Rizzoli best

Cecelia Ahern

La menzogna

Traduzione di Elena Paganelli

Rizzoli

ISBN 978-88-17-09699-7

Titolo originale dell'opera:
THE MARBLE COLLECTOR

Prima edizione: novembre 2017

Realizzazione editoriale: Librofficina

La menzogna

Per il mio Sonny Ray

Vidi l’angelo nel marmo e scolpii fino a liberarlo.

Michelangelo

Prologo

Ci sono tre categorie di ricordi nella mia memoria: le cose che voglio dimenticare, le cose che non riesco a dimenticare e le cose che avevo dimenticato di aver dimenticato finché non mi sono tornate in mente.

Il mio primissimo ricordo risale all'età di tre anni e riguarda mia mamma. Siamo in cucina, lei prende la teiera e la lancia contro il soffitto. La tiene con due mani, una sul manico e una sul beccuccio, e la tira come se stesse partecipando a una di quelle gare contadine di lancio della fascina. La teiera vola in alto, sbatte contro il soffitto e ricade sul tavolo, dove finisce in mille pezzi in un tripudio di torbida acqua marrone e bustine di tè fradicie e strappate. Non so che cosa abbia preceduto il suo gesto, o cosa sia accaduto dopo, ma so che fu un'esplosione di rabbia, e la rabbia di solito era mio padre a farla esplodere. Questo ricordo non rende effettivamente giustizia al personaggio di mia madre, non la mette proprio in buona luce. Per quanto ne so, non si è mai più comportata così, perciò immagino che sia per questo che l'episodio mi è rimasto impresso.

All'età di sei anni, mentre usciamo da un negozio, vedo mia zia Anna che viene fermata sulla porta da una guardia giurata. La guardia rovista con una mano pelosa nella sua busta e ne estrae una sciarpa con cartellino del prezzo e antitaccheggio ancora attaccati. Non ricordo cosa sia successo dopo, zia Anna mi rimpinzò di gelato all'Ilac Centre, scrutandomi attentamente nella speranza che ogni traccia del fattaccio finisse nell'oblio, un boccone di zucchero alla volta. Ma quel ricordo è ancora vivido, nonostante tutti credano che me lo sia inventato.

Il mio attuale dentista è un ragazzo con cui sono cresciuta. Non siamo mai stati amici ma frequentavamo gli stessi giri. Ora è un uomo molto serio, un uomo assennato, un uomo austero. Ogni volta che incombe sulla mia bocca aperta, rivedo il quindicenne che faceva pipì contro le pareti del soggiorno a una festa, gridando qualcosa sul fatto che Gesù era stato il primo vero anarchico.

Quando mi capita di imbattermi nella mia vecchia insegnante delle elementari, la quale parlava a voce così bassa che quasi non la sentivamo, ripenso a quella volta in cui lanciò una banana al buffone della classe e gli urlò di *lasciarla in pace per l'amor di Dio, di lasciarla in pace e basta*, prima di scoppiare in lacrime e scappare dall'aula. Di recente, ho incontrato una ex compagna di classe e ho tirato fuori questa storia, ma lei non sapeva di cosa stessi parlando.

Quando penso a una persona, è come se non la richiamassi alla mente nella sua quotidianità, ma nei suoi momenti più teatrali, o in quelli in cui ha mostrato una parte di sé che di solito rimane nascosta.

Mia madre dice che ho un talento speciale per ricordare quel che gli altri dimenticano. Qualche volta è una maledizione; a nessuno piace che si rivanghi ciò che si è cercato con tutte le forze di seppellire. Io sono quella che ricorda sempre tutto di una serata alcolica e che tutti si augurano tenga i propri ricordi per sé.

Posso solo dedurre di ricordare episodi del genere perché personalmente non mi sono mai comportata così. Non mi sovviene alcuna occasione in cui mi sia trasformata o sia diventata un'altra versione di me stessa che voglio e devo dimenticare. Io sono sempre uguale. Sono come la prima volta che mi hai conosciuto, non c'è molto altro da scoprire. Seguo le regole della persona che so di essere, e non mi sembra di poter diventare niente di diverso, neppure nei momenti di grande stress quando di certo una crisi di nervi sarebbe accettabile. Penso che sia questo il motivo per cui ammiro tanto questa capacità negli altri e ricordo quel che loro scelgono di dimenticare.

Insolito? No. Sono fermamente convinta che persino un cambiamento improvviso nel comportamento di una persona rimanga pur sempre entro i confini della sua natura. Quella parte di noi è comunque lì, dormiente, e aspetta solo il suo momento per rivelarsi. Io non faccio eccezione.

1
Il gioco delle biglie
Gli alleati

«*Fergus Boggs*!»

Sono le uniche due parole che capisco della tirata rabbiosa di padre Murphy nei miei confronti, e soltanto perché sono il mio nome, mentre il resto di quel che dice è in gaelico irlandese. Ho cinque anni e da un mese vivo in questo Paese. Mi sono trasferito qui dalla Scozia con la mamma e i miei fratelli dopo la morte di papà. È successo tutto così in fretta: papà è morto, noi ce ne siamo andati; e anche se ero già venuto prima in Irlanda, durante le vacanze estive per andare a trovare nonna, nonno, zio, zia e tutti i miei cugini, ora non è lo stesso. Non ci sono mai venuto in una stagione che non sia estate. Sembra un posto diverso. Da quando siamo arrivati, ha piovuto tutti i giorni. La gelateria non è neanche aperta, è sbarrata con delle assi come se nemmeno fosse esistita, come se me la fossi inventata. La spiaggia dove andavamo di solito non è come la ricordavo e il camioncino del *fish and chips* non c'è più. Anche le persone sembrano diverse. Sono tutte infagottate e scure.

Padre Murphy torreggia sul mio banco, è alto, grigio e con le spalle larghe. Sputa mentre mi urla contro; sento la saliva finirmi sulla guancia ma non oso pulirla via per paura che lui si arrabbi ancora di più. Provo a guardare gli altri bambini per vedere le loro reazioni, ma lui mi colpisce. Un manrovescio. Fa male. Indossa un anello, bello grosso anche; credo che mi abbia fatto un taglio sulla faccia, ma non mi azzardo a controllare perché lui potrebbe colpirmi ancora. Tutto a un tratto devo andare in bagno. Sono già stato picchiato prima, ma mai da un prete.

Sta gridando parole irlandesi piene di rabbia. È arrabbiato perché non capisco. Considerando quanto spesso parla in gaelico dovrei capirlo ormai, ma proprio non ci riesco. Non mi esercito a casa. Mamma è triste e non voglio disturbarla. Le piace sedersi e farmi le coccole. E a me piace quando lo fa. Non voglio rovinare le nostre coccole parlando. E comunque penso che nemmeno lei ricordi molte espressioni in gaelico. Ha lasciato l'Irlanda parecchio tempo fa per fare la tata in una famiglia in Scozia e poi ha incontrato papà. Non parlavano mai irlandese là.

Il prete vuole che ripeta dopo di lui, ma io riesco a malapena a respirare. A fatica mi esce qualcosa dalla bocca.

«*Tá mé, tá tú, tá sé, tá sí…*»

VOCE!

«*Tá muid, tá sibh, tá siad.*»

Quando padre Murphy smette di urlarmi contro, la stanza si fa così silenziosa da ricordarmi che è piena di bambini della mia età, tutti in ascolto. Mentre balbetto quelle parole, padre Murphy parla di quanto sono stupido. Tremo dalla testa ai piedi. Mi sento male. Devo andare in bagno. Glielo dico. Diventa viola in faccia ed è allora che tira fuori la cinghia di cuoio. La usa per frustarmi sulle mani, più tardi vengo a sapere che ha cucito delle monete tra uno strato di pelle e l'altro. Mi dice che me ne darà «sei di quelle belle!» su ogni mano. Non sopporto il dolore. Devo andare in bagno. Me la faccio addosso, proprio lì. Mi aspetto che gli altri bambini ridano, ma nessuno lo fa. Tengono la testa bassa. Forse rideranno dopo, o forse capiranno. Forse sono solo felici che non stia capitando a loro. Io sono in imbarazzo, mi vergogno, ed è giusto che mi senta così, mi informa padre Murphy. Poi mi trascina fuori dall'aula, tirandomi per l'orecchio, e anche quello fa male; mi porta via dagli altri, in fondo al corridoio, e mi spinge in uno stanzino buio. La porta si chiude con un tonfo alle mie spalle e lui mi lascia da solo.

Non mi piace il buio, non mi è mai piaciuto, e inizio a piangere. Ho i pantaloni bagnati, la pipì mi è colata giù fin dentro i calzini e le scarpe, ma non so cosa fare. Di solito è la mamma che me li cambia. Cosa ci faccio qui? Non ci sono finestre e non riesco a vedere nulla. Spero di non rimanerci a lungo. I miei occhi si abituano al buio e la luce che filtra da sotto la porta mi aiuta a scorgere qualcosa. Sono in una specie di ripostiglio. Vedo una scala, un secchio e un mocio senza manico, c'è solo la testa. Puzza di marcio. C'è una vecchia bicicletta appesa al contrario, senza catena. Ci sono due stivali di gomma ma sono diversi ed entrambi per lo stesso piede. Tutti gli oggetti in questa stanza non c'entrano niente l'uno con l'altro. Non so perché padre Murphy mi abbia rinchiuso qui né per quanto ci starò. Mamma verrà a cercarmi?

Mi sembra che sia passata un'eternità. Chiudo gli occhi e canticchio tra me le canzoni che mi canta mamma, ma non troppo forte in caso lui mi senta e pensi che mi stia divertendo. Si arrabbierebbe ancora di più. In questo posto, il divertimento e le risate sono cose che fanno arrabbiare. Non siamo qui per comandare, siamo qui per servire. Ma non è questo che papà mi ha insegnato, lui diceva che ero un leader nato, che potevo diventare chiunque volessi essere. Andavamo a caccia insieme, lui mi insegnava tutto, mi lasciava persino camminare davanti, diceva che ero io il capo. Cantava anche una canzoncina: «Seguo il capo, il capo, il capo. Fergus è il capo, da da da da da». Accenno il motivetto, ma senza cantare le parole. Al prete non piacerebbe sentirmi dire che sono un capo, in questo posto non ci è permesso essere chiunque vogliamo, dobbiamo essere chi ci dicono loro. Io intono le canzoni che mio papà cantava una volta, quando avevo il permesso di stare alzato fino a tardi e ascoltarlo. Papà aveva una voce dolce per essere un uomo così robusto e qualche volta piangeva quando cantava. Mio papà non diceva mai che piangere è una cosa da bambini, come sostiene il prete, ma che è quello che fanno le persone tristi. Canticchio tra me e me ora, e provo a non piangere.

All'improvviso la porta si apre e io mi sposto per paura che sia di nuovo lui con quella cinghia di cuoio. Ma no, è un altro, quello giovane con gli occhi gentili che insegna musica. Si chiude la porta alle spalle e si inginocchia.

«Ciao, Fergus.»

Provo a salutarlo, ma dalla bocca non mi esce nulla.

«Ti ho portato qualcosa. Una scatola di *bloodies*.»

Mi ritraggo impaurito e lui allunga una mano. «Non temere, sono biglie. Ci hai mai giocato?»

Scuoto il capo. Il prete giovane apre la mano e vedo le biglie luccicare nel suo palmo come tesori, quattro rubini rossi.

«Le adoravo da ragazzo» continua lui piano. «Me le regalò mio nonno. "Una scatola di *bloodies*" disse, "tutte per te". Ora non ce l'ho più la scatola, anche se mi piacerebbe, perché potrebbe valere qualcosa. Ricorda sempre di tenere la confezione, Fergus, questo è il mio consiglio. Però almeno ho conservato le biglie.»

Qualcuno passa davanti alla porta, sentiamo le scarpe pesanti far tremare e scricchiolare il pavimento sotto di noi e il prete si volta a guardare. Quando i passi ci superano torna a rivolgersi a me, a voce più bassa. «Devi lanciarle. O colpirle.»

Lo osservo posare le nocche a terra e mettere la biglia in equilibrio sull'indice piegato; dietro ci posiziona il pollice e poi spinge delicatamente la sfera, che rotola velocemente sul parquet. È una *bloodie* di un fiero colore rosso che cattura la luce, sfavilla e risplende. Si ferma accanto al mio piede. Ho paura a raccoglierla. E le dita ferite mi fanno ancora male, faccio fatica a piegarle. Lui se ne accorge e fa una smorfia.

«Avanti, prova» mi esorta.

Ci provo. All'inizio non sono molto bravo perché è dura chiudere le mani come mi ha mostrato, poi capisco come fare. A quel punto mi mostra altri modi di lanciare le biglie. Uno si chiama «fatti sotto». È il mio preferito e, anche se il prete dice che è il più difficile, è quello che mi riesce meglio. Me lo conferma e devo mordermi il labbro per non sorridere.

«Le biglie hanno nomi diversi a seconda di dove vai» mi racconta chinandosi e facendomi vedere di nuovo come fare. «Alcuni le chiamano palline, proiettili o sfere, ma io e i miei fratelli le chiamiamo alleati.»

Alleati. Mi piace. Anche se sono chiuso in questo stanzino da solo, ho degli alleati. Mi sento un soldato, un prigioniero di guerra.

Il prete mi inchioda con un'occhiata severa. «Quando prendi la mira, ricordati di guardare il bersaglio con occhio fermo. L'occhio guida il cervello, il cervello guida la mano. Non te lo dimenticare. Tieni sempre l'occhio sul bersaglio, Fergus, e il tuo cervello farà il resto.»

Annuisco.

Suona la campanella, le lezioni sono finite.

«Okay.» Il prete si alza e si scuote la tonaca impolverata. «Ho lezione ora. Resta qui seduto. Tra un po' dovrebbero venire ad aprirti.»

Annuisco.

Ha ragione. Tra un po' dovrebbero venire ad aprirmi, però non vengono. Padre Murphy non ha nessuna intenzione di liberarmi. Mi lascia qui tutto il giorno. Mi faccio persino un'altra volta la pipì addosso perché ho paura di bussare per chiamare qualcuno, ma non mi importa. Sono un soldato, un prigioniero di guerra, e ho i miei alleati. Mi esercito per ore e ore nello stanzino, nel mio piccolo mondo, voglio che la mia abilità e precisione non abbiano pari in tutta la scuola. Sfiderò gli altri bambini e li batterò ogni volta.

Quando padre Murphy mi rinchiude una seconda volta, ho le biglie nascoste in tasca e passo la giornata ad allenarmi ancora. In questo stanzino buio c'è anche un ponte ad archetti. Ce l'ho portato io tra una lezione e l'altra, in caso servisse. È un pezzo di cartone con sette archi intagliati. Ho visto dei bambini che ne avevano uno bello, comprato in un negozio, e me lo sono costruito da solo con una scatola di cereali vuota della signora Lynch trovata nella sua spazzatura. L'archetto centrale è il numero 0, quelli ai lati sono l'1, il 2 e il 3. Appoggio il ponte alla parete di fondo e lancio le biglie da lontano, appena davanti alla porta. Ancora non so bene come ci si gioca e comunque non posso farlo da solo, ma posso sempre esercitarmi a lanciare. Finalmente sarò più bravo dei miei fratelli più grandi in qualcosa.

Il prete gentile non rimane a lungo nella nostra scuola. Dicono che bacia le donne e che andrà all'inferno, ma non mi importa. A me lui piace. Mi ha regalato le mie prime biglie, le mie *bloodies*. In un momento buio della vita, mi ha regalato degli alleati.

2
Regolamento della piscina

Vietato correre

Respira. Qualche volta devo ricordarmi di respirare. Dovrebbe essere un istinto umano innato, penserete voi, invece no, io inspiro e poi mi dimentico di espirare, perciò mi ritrovo con il corpo rigido, tutto teso, il cuore che batte all'impazzata, una morsa al petto e la mente in preda all'ansia a chiedersi cosa ci sia che non va.

La conosco la teoria della respirazione: l'aria che inspiri dal naso dovrebbe scendere giù, fino al diaframma. Respira e rilassati. Respira a ritmo. Respira in silenzio. Lo facciamo dal momento stesso in cui nasciamo, eppure nessuno ce l'ha insegnato. Ma qualcuno avrebbe dovuto insegnarlo a me. Mentre guido, faccio la spesa, lavoro, mi ritrovo a trattenere il fiato, nervosa, irrequieta, non so proprio in attesa di cosa. Qualsiasi cosa sia, non arriva mai. Ironia della sorte, sulla terraferma non riesco a svolgere questo semplice compito, al contrario per lavoro mi si richiede di farlo in modo eccellente. Sono una bagnina: nuotare mi viene facile, naturale, non mi mette alla prova e mi fa sentire libera. Nel nuoto, il tempismo è tutto. In superficie inspiri una volta e poi espiri subito dopo, sott'acqua invece posso raggiungere la proporzione di tre a uno, un respiro ogni tre bracciate. È semplice. Non devo nemmeno pensarci.

Ho dovuto imparare a respirare fuori dall'acqua quando ero incinta del mio primo figlio. Era necessario per il travaglio, o così mi avevano detto, ed effettivamente si è rivelato vero. Perché partorire è naturale come respirare, le due cose vanno di pari passo, eppure, la seconda per me è un'azione tutto fuorché naturale. Fuori dall'acqua, vorrei soltanto starmene in apnea. Ma trattenendo il fiato non si riesce a dare alla luce un bambino. E ci ho provato, credetemi.

Poiché sapeva che era il mio elemento, mio marito mi ha incoraggiata a provare il parto in acqua. Sembrava una buona idea che fossi nel mio habitat naturale, a casa, nell'acqua, peccato che non ci sia niente di naturale nello stare seduti in soggiorno, dentro una piscina di gomma gigante; peraltro sarebbe stato il bambino, non io, a sperimentare il mondo subacqueo. Avrei fatto volentieri a cambio. Il mio primo parto è finito con una corsa in ospedale e con un cesareo d'emergenza, e i due bambini successivi sono arrivati allo stesso modo, senza emergenza però. A quanto pareva la creatura acquatica che a cinque anni aveva deciso che preferiva stare sott'acqua non era in grado di portare a compimento uno degli atti più naturali del mondo.

Faccio la bagnina in una casa di riposo. È una casa di riposo parecchio esclusiva, una specie di hotel a quattro stelle con assistenza medica ventiquattr'ore su ventiquattro. Sono sette anni che lavoro qui, maternità più maternità meno. Occupo la sedia del bagnino cinque giorni a settimana, dalle nove alle due, e sorveglio le tre persone all'ora che fanno le vasche. Un flusso continuo di monotonia e immobilità. Non succede mai nulla. I corpi che emergono dagli spogliatoi sono testimonianze ambulanti dell'implacabilità dello scorrere del tempo: pelle floscia, tette, culi e cosce, alcuni secchi e cascanti per il diabete, o per malattie ai reni e al fegato. Le persone costrette a letto o in sedia a rotelle sfoggiano dolorose piaghe da decubito, gli altri, invece, esibiscono le macchie scure dell'età come medaglie degli anni trascorsi. Ogni giorno nuove escrescenze della pelle appaiono e mutano. Io le vedo tutte, pienamente consapevole di quel che aspetta in futuro il mio corpo dopo aver dato alla luce tre figli. Agli ospiti che fanno fisioterapia individuale in acqua con gli istruttori basta lanciare un'occhiata ogni tanto; in caso questi ultimi affoghino, suppongo.

In sette anni, raramente mi è capitato di dover intervenire. Questa piscina, tranquilla e pacifica, non ha niente a che vedere con quella pubblica dove porto i miei ragazzi di sabato; da lì esci con un mal di testa tremendo per le urla dei bambini che frequentano i corsi strapieni.

Soffoco uno sbadiglio mentre osservo la prima nuotatrice mattutina. Mary Kelly, il transatlantico, è impegnata nel suo stile preferito: la rana. Sarà un metro e cinquanta per centotrenta chili e, lenta e rumorosa, solleva schizzi come se stesse cercando di svuotare la piscina intera, dopodiché prova a scivolare sull'acqua. Riesce a compiere la manovra senza immergere nemmeno una volta la testa ed espirando costantemente come se la temperatura fosse sottozero. Ci sono sempre le stesse persone agli stessi orari. So che tra poco arriverà il signor Daly, seguito dal signor Kennedy, detto il Re della Farfalla, che si crede una sorta di esperto, poi le sorelle Eliza e Audrey Jones che camminano per venti minuti sul lato corto della piscina, dove l'acqua è meno profonda. Poi arriverà il non-nuotatore Tony Dornan, che si aggrapperà a un salvagente quasi se ne andasse della sua vita e quella fosse l'ultima scialuppa di salvataggio; rimarrà dove l'acqua è bassa, vicino alla scaletta, attaccato al muro. Giocherello con il laccetto di gomma di un paio di occhialini e ricordo a me stessa di respirare, cacciando via il senso di costrizione nel petto che se ne va solo quando mi ricordo di buttare fuori l'aria.

Alle 9:15 in punto, il signor Daly esce dallo spogliatoio e si incammina sulle mattonelle. Indossa il suo bel costume a mutanda, di uno spietato azzurrino che quando si bagna non risparmia i dettagli. Attorno agli occhi, sulle guance e sulle chiappe gli casca la pelle, così trasparente che riesco a vedergli quasi tutte le vene del corpo; inoltre è coperto di lividi che compaiono alla minima botta, ne sono certa. Ha le unghie dei piedi gialle e dolorosamente incarnite. Mi lancia uno sguardo infelice e si sistema gli occhialini. Mi supera trascinando i piedi senza darmi il buongiorno, mi ignora come sempre, tenendosi alla ringhiera di metallo, quasi da un momento all'altro dovesse scivolare sulle mattonelle fradicie che Mary Kelly sta inondando a ogni bracciata. Me lo immagino sul pavimento, con le ossa che spuntano dalla pelle incartapecorita, tipo pollo arrosto.

Tengo un occhio su di lui e uno su Mary, che emette forti grugniti nemmeno fosse Maria Sharapova. Il signor Daly raggiunge i gradini, si regge alla ringhiera e si cala lentamente in acqua. Gli si allargano le narici a quel contatto freddo. Una volta dentro, controlla che io lo stia guardando. Nei giorni in cui mi vede farlo, galleggia sulla schiena per un lungo lasso di tempo simile a un pesce rosso morto. In quelli in cui non lo guardo, come oggi, immerge corpo e testa sott'acqua, aggrappandosi con le mani al bordo della piscina per tenersi giù e rimanerci. Lo vedo, chiaro come il sole, praticamente in ginocchio nell'acqua bassa che tenta di annegarsi. Succede tutti i giorni.

«Sabrina» mi richiama Eric, il mio supervisore, dall'ufficio alle mie spalle.

«Lo vedo.»

Vado dal signor Daly ai gradini, mi allungo verso l'acqua, lo afferro da sotto le ascelle e lo sollevo. È così leggero che viene su facilmente, ansimando, con gli occhi da pazzo dietro gli occhialini e un'enorme bolla di muco nella narice destra. Si toglie gli occhialini e li svuota, tra grugniti e borbottii, tremante di rabbia perché ancora una volta ho rovinato il suo ignobile piano. Ha la faccia viola e il petto che sale e scende affannosamente, mentre cerca di prendere fiato. Mi ricorda mio figlio di tre anni che si nasconde sempre nello stesso posto e poi si arrabbia quando lo trovo. Non dico nulla e, con le infradito che mi schizzano i polpacci di acqua fredda, mi limito a tornare al mio sgabello. Questa scena si ripete tutti i giorni. È l'unica cosa che succede.

«Te la sei presa comoda» mi dice Eric.

Davvero? Forse ci ho messo un secondo più del solito. «Non volevo rovinargli il divertimento.»

Eric non riesce a evitare di sorridere, ma scuote il capo in segno di disapprovazione. Prima dell'apertura della casa di riposo e di cominciare a lavorare qui con me, ha fatto un'esperienza da bagnino alla Mitch Buchannon a Miami. In punto di morte sua madre l'aveva fatto tornare a casa in Irlanda, poi il fatto che sia sopravvissuta l'ha costretto a rimanere. Eric scherza sempre dicendo che alla fine sarà lei a seppellire lui, anche se mi sembra un tantino nervoso, come se pensasse che accadrà davvero. Penso che stia aspettando che lei muoia per iniziare a vivere, e adesso che si avvicina ai cinquanta teme che non succederà mai. Per riuscire ad accettare la pausa che ha autoimposto alla sua vita credo anche che finga di essere ancora a Miami, e nonostante la sua sia una sorta di allucinazione, qualche volta gli invidio questa capacità di far finta di essere in un posto ben più esotico di questo. Secondo me se ne va in giro con in testa il suono delle maracas in sottofondo. Ed è per questo che è una delle persone più felici che conosca. Ha dei riflessi arancioni nei capelli e anche la pelle vira su quella tonalità. Durante l'anno non frequenta mai nessuno con regolarità, si conserva per il mese di gennaio, quando sparisce in Thailandia. Ritorna fischiettando e con un gran sorriso stampato in faccia. Non voglio sapere cosa combini laggiù, ma so che spera che, dopo la morte di sua madre, sarà come essere in Thailandia tutti i giorni. Mi piace Eric e lo considero mio amico. Passo cinque giorni alla settimana in questo posto, perciò gli ho raccontato di me più di quanto abbia mai rivelato persino a me stessa.

«Non trovi buffo che l'unica persona che salvo ogni giorno in realtà non vuole vivere? Non ti fa sentire completamente inutile?»

«Ci sono un sacco di cose che mi fanno sentire inutile, ma non questa.» Eric si piega a raccogliere un groviglio di peli grigi e bagnati che intasa lo scarico; assomigliano a un ratto annegato, e lui li stringe in mano e li agita per scrollare via l'acqua, all'apparenza senza provare il mio stesso ribrezzo. «È così che ti senti?»

Sì. E non dovrei. Non dovrebbe importarmi se l'uomo che salvo non vuole essere salvato, il punto non dovrebbe essere semplicemente che lo sto salvando? Ma non rispondo. È il mio supervisore, non il mio analista, e visto che faccio la bagnina non dovrei mettere in discussione l'opportunità di salvare la gente. Eric avrà anche la testa in un mondo tutto suo ma non è stupido.

«Perché non vai a prenderti un caffè?» propone, e mi passa la mia tazza, mentre nell'altra mano tiene ancora la palla di peli pubici che sembra un ratto annegato.

Adoro il mio lavoro, ma negli ultimi tempi sento un certo formicolio nervoso. Non capisco cosa lo provochi e non so esattamente cosa mi aspetti che succeda nella mia vita, o che cosa speri possa accadere. Non ho obiettivi o sogni particolari. Volevo sposarmi e l'ho fatto. Volevo dei figli e li ho avuti. Volevo fare la bagnina e lo faccio. Ma il formicolio non può essere proprio un segnale di tutto questo? Come quando pensi di avere delle formiche addosso, e invece non ce le hai.

«Eric, cosa vuol dire quando senti un formicolio?»

«Ehm. Che sei irrequieto, penso, a disagio.»

«Ha qualcosa a che vedere con le formiche?»

Si acciglia.

«Pensavo che fosse come quando credi di avere delle formiche che ti camminano sopra e cominci a sentirti così.» Rabbrividisco un po'. «Solo che non ne hai addosso neanche una.»

Lui si picchietta il labbro. «Sai che proprio non ne ho idea? È importante?»

Ci penso. Vorrebbe dire che credo che ci sia qualcosa che non va nella mia vita perché *c'è* effettivamente qualcosa che non va nella mia vita. Oppure che qualcosa non va in me. Ma è solo una sensazione, e a dire il vero non c'è nulla che non va. Il fatto che tutto sia *a posto* sarebbe la soluzione migliore.

Che c'è che non va, Sabrina? Aidan me lo chiede spesso ultimamente. Ma se si domanda di continuo a qualcuno se è arrabbiato, finisce che questi si arrabbia sul serio.

Niente. Ma davvero non c'è niente che non va, o qualcosa c'è? O non c'è *proprio* niente, e *tutto quanto* è niente? È questo il problema? Che tutto è niente? Evito lo sguardo di Eric e mi concentro invece sul regolamento della piscina, che mi irrita, perciò guardo altrove. Ed eccolo di nuovo qui, il formicolio.

«Posso controllare» dice lui, studiandomi.

Per sfuggire al suo sguardo, vado a prendermi il caffè dalla macchinetta in corridoio e me lo verso nella tazza. Mi appoggio alla parete e penso alla nostra conversazione, e alla mia vita. Una volta finito il caffè, senza essere arrivata ad alcuna conclusione, torno in piscina e lungo il corridoio vengo quasi investita da una barella spinta a tutta velocità da due paramedici; sopra c'è una Mary Kelly fradicia, con le gambe deformi, pallide e segnate da vene blu come un pezzo di formaggio Stilton. Ha una maschera d'ossigeno sul viso.

Sento la mia voce esclamare: «Non è possibile!» mentre i paramedici mi sfrecciano accanto.

Quando entro nella stanzetta dei bagnini trovo Eric seduto, completamente sotto shock; ha la tuta zuppa e i capelli arancioni tirati indietro, bagnati dall'acqua della piscina.

«Ma che cavolo è successo?»

«Penso abbia avuto un... Voglio dire, non lo so, ma forse era un infarto. Cazzo.»

L'acqua gli sgocciola dal naso a punta.

«Me ne sono andata solo per cinque minuti.»

«Lo so, è successo nell'istante in cui sei uscita. Ho suonato il campanello di emergenza, l'ho trascinata fuori e le ho fatto la respirazione bocca a bocca, e poi in un attimo sono arrivati qui loro. Hanno reagito in fretta. Li ho fatti entrare dall'uscita d'emergenza.»

Deglutisco, la gelosia mi assale. «Le hai fatto la respirazione bocca a bocca?»

«Sì. Non respirava. Ma poi ha ricominciato. Ha tossito e buttato fuori un sacco d'acqua.»

Controllo l'ora. «Nemmeno cinque minuti.»

Lui scrolla le spalle, ancora sconvolto.

Guardo la piscina, poi di nuovo l'orologio. Il signor Daly è seduto a bordo vasca, a fissare con invidia il fantasma della barella. Per l'esattezza sono passati quattro minuti e mezzo.

«Ti sei dovuto tuffare? L'hai tirata fuori? Le hai fatto la respirazione bocca a bocca?»

«Sì. Sì. Senti, Sabrina, non sentirti in colpa, non saresti comunque arrivata da lei prima di me.»

«Hai dovuto suonare il campanello d'emergenza?»

Mi guarda confuso.

Non ho mai suonato quel campanello. Mai. Nemmeno durante le esercitazioni. Eric invece l'ha fatto. Sento la rabbia e la gelosia affiorare in superficie, cosa che per me è alquanto insolita. Mi succede a casa – a una madre arrabbiata con i suoi ragazzi capita un'infinità di volte di perdere le staffe – ma mai in pubblico. Di solito reprimo tutto, specialmente se sono al lavoro e questi sentimenti sono diretti al mio supervisore. Sono un essere razionale, pacato; le persone come me non perdono la pazienza davanti a tutti. Ma ora non sto affatto reprimendo la rabbia. La lascio quasi venire a galla. Sarebbe liberatorio lasciarmi andare se non fossi così profondamente frustrata, così terribilmente irritata.

Tanto per mettere le cose in prospettiva, ecco come mi sento: lavoro qui da sette anni. Fanno 2310 giorni. 11.550 ore. Meno nove mesi, sei mesi e tre mesi di maternità. Per tutto questo tempo me ne sono stata seduta sullo sgabello a sorvegliare la piscina, spesso vuota. Mai fatta una respirazione bocca a bocca, mai fatto un tuffo teatrale. Nemmeno una volta. Il signor Daly non conta. E neanche l'assistenza in caso di crampi alle gambe o ai piedi. Mai niente. Me ne sto seduta sullo sgabello, qualche volta mi alzo e vado a guardare l'enorme orologio che ticchetta e la lista di regole della piscina. Vietato correre, saltare, tuffarsi, spingersi, gridare, è vietato tutto… non si può fare niente in questo posto, è tutto proibito, è quasi una presa in giro. Vietato salvare vite. Sono sempre allerta, sono stata formata per questo, ma non succede mai nulla. E proprio nel momento in cui mi prendo una pausa caffè non prevista mi perdo un forse-attacco di cuore, un indiscutibile quasi-annegamento e pure il campanello d'emergenza.

«Non è giusto» dico.

«Avanti, Sabrina, quella volta che Eliza ha calpestato un pezzo di vetro ti sei precipitata in un secondo.»

«Non era vetro. Le si era rotta una vena varicosa.»

«Va bene. Ma sei stata tempestiva.»

Quando sono fuori dall'acqua è sempre tutto così faticoso, non riesco a respirare. È quando sono fuori dall'acqua che mi sembra di annegare.

Scaglio la tazza contro il muro, con forza.

3
Il gioco delle biglie
Spariglia

Mi stringe il collo con una forza tale che comincio a vedere dei puntini neri davanti agli occhi. Glielo direi, ma non riesco a parlare, ho il suo braccio serrato attorno alla gola. Non respiro. Non respiro. Sono basso per la mia età, per questo mi prendono in giro e mi chiamano Zecca. Mamma però mi ha detto di usare quel che ho a disposizione: sono piccolo, ma sono sveglio. Con un'esplosione di energia, inizio a divincolarmi, e mio fratello maggiore Angus fatica parecchio a mantenere la presa.

«Cazzo, Zecca» dice, e mi afferra più stretto.

Non respiro, non respiro.

«Mollalo, Angus» dice Hamish. «Torna a giocare.»

«Lo stronzetto bara, non ci gioco con lui.»

«Io non baro!» Vorrei gridare, ma non ci riesco. Non respiro.

«Non ha barato» interviene Hamish in mia difesa. «È solo più bravo di te.» Hamish è il fratello più grande, ha sedici anni e ci sta osservando dai gradini di casa nostra. Detta da lui, una frase del genere vale molto. Hamish è uno strafigo. Sta fumando una sigaretta. Se mamma lo sapesse, gli staccherebbe la testa a suon di schiaffi, ma ora non lo può vedere, è dentro con la levatrice, il che spiega perché siamo stati sbattuti fuori per l'intera giornata, finché non sarà tutto finito.

«Non ti azzardare a ripeterlo» Angus sfida Hamish.

«Altrimenti?»

Altrimenti niente. Angus non sfiorerebbe mai Hamish che, pur avendo solo due anni più di lui, è infinitamente più figo. Nessuno di noi lo farebbe. È un duro, lo sanno tutti; ha persino iniziato a bazzicare Eddie Sullivan, soprannominato il Barbiere, e la cricca che frequenta il suo negozio. Sono loro che gli danno le sigarette, e i soldi anche, ma non so in cambio di cosa. Mamma è preoccupata per lui, però le serve il denaro quindi non fa domande. Sono io il preferito di Hamish. A volte di notte mi sveglia, io mi vesto e andiamo di nascosto nelle strade dove non ci è permesso giocare. Non devo dire niente a mamma. Giochiamo a biglie. Ho dieci anni, ma sembro più piccolo; non si direbbe che gioco così bene, molti non ci credono, perciò Hamish li frega. Lui si becca un pacchetto di sigarette e a me, sulla strada di casa, dà le caramelle, così non parlo. Non ha bisogno di comprarmi, ma questo a lui mica lo dico, le caramelle mi piacciono.

Gioco a biglie nel sonno, gioco quando dovrei fare i compiti, gioco quando padre Faccia di Culo mi sbatte nello stanzino, gioco nella mia testa quando mamma mi sgrida, per non ascoltarla. Le mie dita si muovono in continuazione mimando un lancio, e mi sono fatto una bella collezione di biglie. Devo nasconderle ai miei fratelli però, almeno quelle più belle. Non sono neanche lontanamente bravi quanto me, le perderebbero.

Sentiamo mamma gridare come un animale al piano di sopra e Angus molla un po' la presa su di me, abbastanza da permettermi di muovermi. Tutti ci irrigidiamo al suono delle sue urla. Anche se per noi non è una novità, non ci piace. Non è naturale sentire qualcuno gridare così. Mattie apre la porta ed esce fuori, persino più bianco del solito.

Guarda Angus. «Lascialo.»

Angus obbedisce e finalmente respiro. Inizio a tossire. C'è solo un'altra persona con cui Angus non attacca briga ed è il nostro patrigno, Mattie. Mattie Doyle è un tipo che fa davvero sul serio.

Mattie lancia un'occhiataccia a Hamish che fuma. Mi aspetto che gli tiri un pugno – quei due stanno sempre a litigare –, però non lo fa.

Invece, chiede: «Te ne avanza una?».

Hamish sorride, quel suo sorriso che si estende fino agli occhi verdi. Gli stessi di papà. Ma non risponde.

A Mattie quel silenzio non piace. «Fottiti.» Gli dà uno scappellotto e Hamish gli ride in faccia, contento di avergli fatto perdere la pazienza. Ha vinto. «Vado al pub. Venitemi a chiamare quando esce.»

«Probabilmente lo sentirai fin da là» replica Duncan.

Mattie ride, ma sembra un po' spaventato.

«Nessuno di voi lo sta tenendo d'occhio?» Indica il bambino accovacciato per terra. Guardiamo tutti Bobby, il più piccolo, di due anni. È seduto nel fango e ne è anche ricoperto. Ce l'ha persino in bocca e sta mangiando l'erba.

«La mangia sempre» risponde Tommy. «Non ci possiamo fare niente.»

«Sei una mucca o cosa?» gli chiede Mattie.

«Qua qua» fa Bobby, e ridiamo tutti.

«Che cazzo, qualcuno glieli insegna 'sti versi degli animali?» dice Mattie, sorridendo. «Bene, papà va al pub, fai il bravo, Bobby.» Mattie accarezza la testa di Tommy. «Tienilo d'occhio, figliolo.»

«Ciao, Mattie» saluta Bobby.

«Mi devi chiamare papà» gli dice Mattie, con la faccia un po' arrossata dalla rabbia.

Mattie si incavola di brutto quando Bobby lo chiama così, ma non è colpa sua, è abituato a sentirci tutti chiamare Mattie per nome, lui non è il nostro papà, solo che Bobby non capisce, pensa che siamo uguali. Solo il primo figlio di Mattie, Tommy, lo chiama papà. In questa famiglia ci sono i Doyle e i Boggs e la conosciamo tutti la differenza.

«Riprendiamo a giocare» propone Duncan mentre mamma grida di nuovo.

«Lui non può giocare se non ripete il tiro di prima» sbotta Angus, arrabbiato.

«Va bene, tirerà di nuovo, calmati» dice Hamish.

«Ehi! Non ho barato» protesto.

Hamish mi fa l'occhiolino. «Faglielo vedere.»

Sospiro. Ho dieci anni, Duncan ne ha dodici, Angus quattordici e Hamish sedici. I due Doyle, Tommy e Bobby, hanno cinque e due anni. Con tre fratelli più grandi sto sempre a dimostrare qualcosa, e anche quando sono più bravo di loro, tipo con le biglie, non lo sopportano e devo faticare il doppio perché pensano che baro. Sono io a insegnargli i nuovi giochi di cui ho letto nei libri. Sono il più bravo. Lo detestano tutti, ma è Angus quello che ci va proprio fuori di testa. Mi picchia ogni volta che perde. Anche Hamish odia perdere, ma ha trovato il modo di sfruttarmi.

Stiamo giocando a Spariglia, io, Duncan e Angus. Angus non lascia partecipare Tommy perché fa schifo, gioca così male che rovina solo la partita. Quando i miei fratelli più grandi non ci sono, insegno a Tommy a giocare. Mi piace farlo, anche se lui è davvero diabolico. Hamish usa questa parola in continuazione. Con Tommy utilizzo le mie biglie peggiori, quelle trasparenti, perché lui le scheggia e tutto il resto. Tommy è seduto sui gradini lontano da Hamish, ha paura di lui. Sa che Hamish e suo papà non vanno d'accordo, perciò pensa di doverlo difendere quando non c'è. Ha solo cinque anni, ma è un piccoletto duro, ossuto e scheletrico come suo padre. I ragazzi lo chiamano Lavabottiglie perché è magrissimo e asciutto.

Sono finito mezzo strangolato perché Angus ha tirato per primo, poi Duncan ha lanciato la sua biglia contro quella di Angus e l'ha colpita, e già lì Angus ha cominciato ad arrabbiarsi. Duncan ha vinto la biglia di Angus, poi ne ha tirata un'altra per far ripartire il gioco. Io ho colpito quella di Duncan, l'ho vinta e ne ho lanciata un'altra per ricominciare.

Angus ha lanciato la sua biglia e ha mancato la mia.

Poi Duncan ha mirato a quella di Angus, non perché fosse la più vicina, ma perché ho visto che si era accorto che Angus si stava già arrabbiando e voleva provocarlo. Però l'ha mancata e dopo di lui toccava a me. I bersagli erano due; potevo scegliere la biglia opaca di Duncan, che non voglio perché ce l'hanno tutti – è una di quelle di un colore solo – o la *popeye* di Angus, che adocchiavo da un bel po'. Angus dice che l'ha vinta giocando, ma penso che l'abbia rubata al negozio di alimentari di Francis. Non ho mai conosciuto nessuno con una biglia come quella, l'avevo vista solo in foto, in uno dei miei libri, perciò so che è un'edizione speciale a tre colori chiamata anche *snake*. Ha una doppia spirale, è verde e trasparente con dei filamenti bianchi opachi. Ha anche delle piccole bolle all'interno. L'ho trovata nel suo cassetto qualche giorno fa, lui mi ha beccato a ficcanasare e mi ha dato un calcio nelle palle per riprendersela. Non l'ho lasciata cadere però, non sono tanto stupido da rischiare di graffiarla, ma vederlo giocarci mi fa più male del calcio nei cosiddetti. Dovrebbe tenerla in una scatola, al sicuro, così non si rovina.

Ho deciso di usare una tecnica su cui lavoravo da un po' e impressionarli tutti, volevo fare un lancio curvo con la mia biglia e colpire entrambe le altre con un unico tiro. E quindi ho lanciato e ho centrato l'opaca di Duncan come da programma, poi Tommy ha cacciato un urlo e si sono girati tutti verso Bobby, che aveva una lumaca in bocca, con il guscio e il resto. Angus è corso a togliergliela e l'ha lanciata dall'altra parte della strada, poi ha aperto bene la bocca a Bobby.

«La lumaca non è nel guscio. L'hai mangiata, Bobby?»

Bobby non ha risposto, aspettava semplicemente che si scatenasse l'inferno, con gli occhi azzurri spalancati. È l'unico biondo. Grazie a quegli occhi azzurri e ai capelli biondi, la passa sempre liscia. Hamish non lo picchia nemmeno la metà di quanto vorrebbe. Comunque, siccome erano tutti presi a chiedersi dove fosse finita la parte molle della lumaca, nessuno ha visto che la mia biglia aveva colpito anche quella di Angus, il che voleva dire che ne avevo vinte due con un lancio solo. Quando i miei fratelli si sono girati mi hanno visto che le tenevo in mano entrambe, ed è stato allora che Angus mi ha accusato di barare e mi ha stretto un braccio attorno al collo.

Adesso che mi sono liberato, devo rispondere all'accusa di aver imbrogliato cercando di ripetere la mossa, cosa che mi dovrebbe riuscire, so che posso farcela, ma non se loro pensano che baro. Hamish mi rifà l'occhiolino. So che sa che posso farcela, se non vinco però potrebbe non portarmi con lui stasera. Iniziano a sudarmi le mani.

Mamma urla di nuovo e Tommy spalanca gli occhi.

«Bambino?» chiede Bobby.

«Quasi, amico, quasi» risponde Hamish, rollandosi un'altra sigaretta, con quel suo atteggiamento da strafigo. Da grande voglio essere proprio come lui, sul serio.

La porta della signora Lynch, la nostra vicina di casa, si apre e lei esce con sua figlia, Lucy, che arrossisce tutta quando vede Hamish. Lucy ha in mano un vassoio con una montagna di panini impilati, ne punto uno alla marmellata di fragole, e la signora Lynch ha versato del succo d'arancia in una brocca.

Ci fiondiamo sul cibo.

«Grazie, signora Lynch» diciamo tutti a bocca piena, impegnati a divorare i panini. Con mamma in quello stato, non mangiamo da ieri sera a cena.

Hamish fa l'occhiolino a Lucy, lei ridacchia e corre dentro casa. Una sera tardi li ho visti insieme: Hamish aveva una mano infilata sotto la sua maglia e l'altra sotto la gonna, lei aveva una gamba avvinghiata attorno a lui come una scimmietta; la sua coscia, bianca e cicciottella, praticamente brillava al buio.

«Vostra mamma continuerà a provarci finché non avrà una femmina, eh?» dice la signora Lynch, sedendosi sul gradino.

«Mi sa che è una femmina stavolta» replica Hamish. «La sua pancia è diversa.»

Hamish è serio; anche se si caccia sempre nei guai, nota un sacco di cose, cose che il resto di noi non vede.

«Forse hai ragione» concorda la signora Lynch. «È parecchio più alta.»

«Sarà bello avere attorno una bambina» dichiara Hamish. «Basta con questi bastardi puzzolenti che mi rompono.»

«Ah, vi comanderà tutti a bacchetta, aspettate e vedrete» commenta la signora Lynch «Come la mia Lucy.»

«Di sicuro lei comanda a bacchetta Hamish» borbotta Angus, e si becca un calcio nello stomaco dall'interessato. Sputa fuori un pezzo di panino alla marmellata masticato e per un attimo rimane senza fiato. Sono contento, l'ha pagata per avermi strozzato.

Gli occhi verdi di Hamish brillano, ha davvero l'aria di uno che vuole una sorellina. Con quella faccia lì, pare un gran pappamolle.

Mamma grida di nuovo.

«Non manca molto» dice Hamish.

«Sta andando bene» dice la signora Lynch, e sembra che soffra solo ad ascoltarla. Forse sta ricordando, e io mi sento male al pensiero di un bambino che esce da lei.

La levatrice comincia a incitare mamma, come se fosse il suo allenatore nel bel mezzo di un match di boxe. Mamma sta strillando come un maiale inseguito da qualcuno armato di coltellaccio.

«Ultima spinta» commenta Hamish.

La signora Lynch è colpita dall'esperienza di Hamish. È il maggiore, ci è passato già cinque volte; e sia che le ricordi tutte oppure no, ha decisamente imparato come funziona.

«Okay, finiamo la partita prima che esca» propone Angus, saltando in piedi e pulendosi con la manica la faccia sporca di marmellata.

So che Angus vuole dimostrare a tutti che ho torto. Sa che piaccio a Hamish e visto che è troppo debole per colpirlo direttamente, mi usa per arrivare a lui. Fare del male a me è come farlo a Hamish. E Hamish lo sa. Buon per me, e male per chi mi tratta male: la scorsa settimana

Hamish ha fatto saltare un incisivo a un tipo che non mi aveva scelto nella sua squadra di calcio. Io nemmeno ci volevo giocare a pallone.

Mi alzo e vado al mio posto. Mi concentro al massimo, mi martella il cuore nel petto, mi sudano i palmi. Voglio quella biglia.

La levatrice sta gridando che vede la testa. I versi che fa mamma a questo punto sono terrificanti. Lo stanno squartando, il maiale.

«Brava ragazza, brava ragazza» dice la signora Lynch, mordendosi le unghie e dondolando avanti e indietro sul gradino, come se mamma potesse sentirla. «È quasi fatta, tesoro. Ci sei ormai. Ci sei.»

Lancio la mia biglia, che colpisce quella di Duncan proprio come previsto e poi va verso quella di Angus. Voglio quella biglia.

«È una femmina!» grida la levatrice.

Hamish si alza, sta per levare il pugno in aria, ma si ferma.

La mia biglia viaggia fino a quella di Angus. La manca ma nessuno ci fa caso, nessuno lo vede. Sono tutti paralizzati, la signora Lynch rimane immobile. Stanno aspettando, aspettano che la bambina pianga.

Hamish si prende la testa tra le mani. Io controllo di nuovo. Nessuno sta guardando me né la mia biglia, che ha superato spedita quella di Angus, non l'ha nemmeno sfiorata.

Faccio un passettino a destra, ma loro continuano a non guardarmi. Allungo il piede e spingo un po' indietro la mia biglia in modo che tocchi la *popeye* di Angus. Il cuore mi batte selvaggio, non ci credo che lo sto facendo, ma se non mi beccano ce l'avrò, sarà davvero mia.

All'improvviso si sente piangere, ma non è la bambina, è mamma.

Hamish corre dentro, seguito da Duncan. Tommy prende Bobby da terra e lo porta in casa. Angus abbassa lo sguardo e vede che la sua biglia e la mia si stanno toccando.

La sua faccia è seria. «Okay. Hai vinto.» Poi segue gli altri dentro.

Raccolgo la *popeye* verde e la esamino, finalmente felice di averla in mano e nella mia collezione. È incredibilmente rara. Ma la mia felicità dura poco, l'adrenalina scende e io capisco.

Non c'è nessuna sorellina. Non c'è proprio nessun bambino. E io ho barato.

4
Regolamento della piscina

Vietato saltare

«Sabrina, stai bene?» mi chiede Eric, dall'altro lato della scrivania.

«Sì» rispondo, mantenendo un tono di voce misurato, anche se mi sento tutto meno che bene. Ho appena lanciato la mia tazza contro il muro di cemento perché mi sono persa un quasi-annegamento. «Pensavo che i pezzi sarebbero stati di più.» Entrambi guardiamo la tazza posata sulla sua scrivania: il manico si è staccato, la vernice si è sbeccata, ma questo è quanto. «Mia mamma ha lanciato una teiera contro il soffitto una volta. C'erano decisamente più pezzi.»

Eric osserva la tazza, la studia. «Mi sa che dipende dal modo in cui colpisce il muro, dall'angolazione o qualcosa del genere.»

Consideriamo la questione in silenzio.

«Credo che dovresti andartene a casa» dice lui all'improvviso. «Prenditi la giornata libera. Goditi l'eclissi di sole di cui tutti parlano. Ci vediamo lunedì.»

«Okay.»

Casa per me è una villetta con tre camere da letto, dove vivo con mio marito, Aidan, e i nostri tre figli. Aidan lavora all'assistenza tecnica di Eircom per i servizi di banda larga, anche se a casa nostra internet sembra non funzioni mai. Siamo sposati da sette anni; ci siamo incontrati a Ibiza, partecipavamo entrambi a un gioco che si svolgeva sul bancone del bar di una discoteca: vinceva chi leccava via del tutto della panna dal petto di uno sconosciuto per primo. Lui ci aveva messo il petto, io la lingua. Abbiamo vinto. E non vi azzardate a pensare che non sia nel mio stile. Avevo diciannove anni, abbiamo battuto gli altri quattordici partecipanti davanti a migliaia di spettatori, e ci siamo aggiudicati una bottiglia di tequila che abbiamo bevuto dopo sulla spiaggia, mentre facevamo sesso. Semmai *non farlo* non sarebbe stato nel mio stile. Aidan all'epoca era un estraneo per me, ma ora sarebbe lui l'estraneo per la persona che era allora, quel ragazzo arrogante con il piercing all'orecchio e il sopracciglio rasato non lo riconoscerebbe affatto. Immagino che siamo cambiati entrambi. A Aidan adesso non piace nemmeno più andare in spiaggia, dice che la sabbia gli si infila dappertutto. Io, invece, sto cercando di evitare i latticini. È raro che sia sola in casa; in effetti, non ricordo nemmeno l'ultima volta che è successo, l'ultima volta in cui non ho avuto bambini tra i piedi a chiedermi di fare qualcosa ogni due secondi. Non so che fare, perciò mi siedo nella cucina vuota e silenziosa, guardandomi attorno. Sono le dieci del mattino, la giornata è a malapena iniziata. Preparo una tazza di tè, tanto per tenermi occupata, ma non la bevo. Sto mettendo le bustine del tè in frigo, me ne accorgo appena in tempo. Mi capita spesso di fare cavolate del genere. Guardo la pila di abiti da lavare e stirare, ma non ho la forza di affrontarla. Mi rendo conto che sto trattenendo il fiato, perciò espiro.

Ci sono sempre delle cose che devo fare, cose per cui non ho mai spazio nella mia routine quotidiana sapientemente orchestrata. Ora che ne ho, ora che ho tutta la giornata a dire il vero, non so da dove cominciare.

Il mio cellulare squilla, salvandomi dall'indecisione. È la clinica di mio papà.

«Pronto?» rispondo, con una stretta al petto.

«Ciao, Sabrina. Sono Lea.» L'infermiera preferita di papà. «Ci hanno appena consegnato cinque scatoloni per Fergus. Li hai spediti tu?»

«No.» Aggrotto la fronte.

«Oh. Be', ancora non glieli ho fatti vedere, sono alla reception, volevo aspettare di parlare con te prima, nel caso ci sia qualcosa dentro che possa confonderlo.»

«Sì, hai fatto bene, grazie. Non ti preoccupare. Vengo a prenderli subito, sono libera.»

Ecco, mi succede sempre. Ogni volta che ho un minuto per me, senza lavoro e bambini, ci pensa papà a tenermi occupata. Arrivo alla clinica trenta minuti dopo e vedo gli scatoloni impilati in un angolo della reception. Mi basta uno sguardo per capire all'istante da dove arrivano e mi infurio. Sono i pacchi con le cose di papà che ho imballato dopo che la sua casa è stata venduta. Li aveva tenuti mamma, ma evidentemente ha deciso che non le va più di farlo. Non capisco perché li abbia mandati qui e non da me.

L'anno scorso papà ha avuto un grave ictus ed è stato trasferito in una clinica a lunga degenza, in grado di offrirgli cure adeguate che di sicuro io non potrei con tre bambini piccoli – Charlie di sette anni, Fergus di cinque e Alfie di tre – e un lavoro. Mamma non si sarebbe mai presa questo impegno, visto che lei e papà hanno divorziato e sono separati da quando ho quindici anni. Nonostante ciò, adesso i miei genitori vanno più d'accordo che mai e credo che a lei faccia piacere andare a trovarlo ogni due settimane.

C'è chi insiste nel dire che lo stress non sia tra le cause dell'ictus, ma a papà è successo in uno dei momenti più stressanti della sua vita, mentre faceva i conti con le conseguenze della crisi finanziaria. Lavorava in una società di investimenti e si era arrabattato per un po': aveva cercato di trovare nuovi clienti, di riconquistare quelli vecchi, e nel frattempo osservava le vite altrui andare in pezzi e si sentiva responsabile. Non era una situazione sostenibile. Alla fine si era trovato un nuovo lavoro come venditore d'auto e stava cercando di voltare pagina, ma aveva la pressione alta, aveva preso molto peso, fumava tantissimo, non faceva esercizio fisico e beveva troppo. Non sono un medico, ma tutte queste cose le faceva perché era stressato, e poi ha avuto l'ictus.

Adesso si fa fatica a capirlo quando parla ed è in sedia a rotelle, anche se sta provando a ricominciare a camminare. È dimagrito molto, sembra un uomo completamente diverso da quello che era prima dell'attacco. Ha anche problemi di memoria, che fanno infuriare mamma. Pare aver scordato tutta la sofferenza che le ha causato, è riuscito a cancellare dalla mente tutti i problemi e le discussioni, le pene d'amore e le mancanze – che da parte sua sono state molte – relative al loro matrimonio. Ne è uscito pulito.

«Può vivere come se nulla fosse, senza doversi sentire in colpa e senza doversi scusare di niente» sbraita di continuo mamma. Evidentemente aveva progettato di farlo vivere nel rimorso per il resto dei suoi giorni, invece lui si becca un ictus e rovina tutto, dimentica ogni cosa. Ma anche se inveisce contro il Fergus pre-ictus, mamma gli fa visita regolarmente e parlano come la coppia che entrambi avrebbero voluto essere. Conversano di quel che sentono al telegiornale, del giardino, delle stagioni, del tempo. Chiacchiere confortanti. Credo che quello che la fa arrabbiare di più sia il fatto che lui ora le piaccia. Con quest'uomo dolce, premuroso, gentile, paziente, sarebbe potuta rimanere sposata.

Ciò che è capitato a papà è brutto, ma non l'abbiamo perso. È ancora vivo e in effetti abbiamo perso solo il lato di lui distante, freddo, a volte permaloso, e più difficile da amare. Il lato di lui che allontanava le persone, quello che voleva stare solo ma averci sempre a disposizione, nel caso ci avesse cercato. Adesso è abbastanza contento del posto in cui si trova: va d'accordo con le infermiere, si è fatto degli amici, e io passo più tempo con lui di quanto non abbia mai fatto, ogni domenica lo vengo a trovare con Aidan e i ragazzi.

Non so mai esattamente cosa papà abbia dimenticato finché non tiro fuori qualche episodio e vedo che gli occhi gli si annebbiano in un modo ormai fin troppo familiare; noto il suo sguardo vacuo mentre cerca di confrontare quel che ho appena detto con il suo bagaglio di ricordi ed esperienze, senza trovare riscontro, come se la cosa non gli tornasse. Capisco perché l'infermiera Lea non abbia portato direttamente a lui gli scatoloni, una mole così consistente di oggetti di cui non ha memoria di sicuro lo rattristerebbe. Ci sono vari modi per affrontare momenti come questi: li schivo con delicatezza, passo oltre in fretta quasi non fossero mai accaduti, fingo di essermi sbagliata. Non perché lui ci rimanga male – la maggior parte delle volte sorvola il tutto senza drammi, come se non se ne rendesse conto – ma perché ci rimango male io.

Ci sono più scatoloni di quanti ricordassi e, troppo impaziente per aspettare finché non torno a casa, uso una chiave per tagliare lo scotch che ne chiude uno e lo apro, lì in corridoio. Sollevo i lembi, curiosa di vedere che cosa ci sia dentro. Mi aspetto di trovarci album di fotografie, o partecipazioni di matrimonio; qualcosa di sentimentale che invece di suscitare bei ricordi faccia vomitare a mamma l'elenco di tutto ciò che suo marito le ha strappato. I sogni infranti, le promesse non mantenute.

Al contrario, ci trovo un raccoglitore con alcuni fogli scritti fitti fitti a mano, con la grafia tonda e vorticante di papà, che mi fa venire in mente le giustificazioni di scuola e i biglietti di compleanno. In cima alla pagina leggo: *Inventario delle biglie*. Sotto il raccoglitore ci sono barattoli, borsellini e scatole, alcune avvolte nel pluriball, altre nella carta velina. Ne apro qualcuna. In ogni contenitore ci sono delle palline di vetro tutte colorate, che sembrano caramelle. Le guardo tra lo stupore e la meraviglia. Non avevo idea che papà fosse appassionato di biglie, non sapevo nemmeno che avesse la minima conoscenza in materia. Se non fosse stato per la sua calligrafia sul raccoglitore, avrei pensato a un errore. Mi sento come se avessi aperto una finestra sulla vita di qualcun altro.

Sfoglio le pagine e leggo la lista, che non ha un carattere sentimentale come mi era parso all'inizio. No, è quasi scientifica.

I borsellini – alcuni di velluto, altri di rete – e le scatole di latta sono etichettati per colore e numero, per evitare che si faccia confusione, e corrispondono ai colori elencati nell'inventario.

Il primo della lista è un piccolo borsellino di rete che contiene quattro biglie. L'inventario le indica sotto il nome di *bloodies*, accanto c'è scritto: *(Alleati, p. Noel Doyle)*.

Apro il borsello, a prima vista le biglie mi sembrano più piccole delle altre e hanno delle spirali rosse all'interno, ma papà le ha descritte nel dettaglio:

> Le rare *bloodies* della Christensen Agate hanno vortici rossi trasparenti con punte di marrone traslucido su una base opaca bianca.

C'è una scatola cubica con altre *bloodies*, fabbricate nel 1935 dalla Peltier Glass Company. Convenientemente etichettate con il colore rosso, sono state inserite nell'elenco insieme a quelle del borsellino di rete. Prendo alcune biglie e le faccio rotolare in mano, godendomi il suono che fanno quando si toccano, mentre il mio cervello corre a mille all'ora rimuginando su ciò che ho appena scoperto. Borselli, barattoli, scatole, con dentro bellissime sfere colorate, con vortici e spirali, che luccicano quando catturano la luce. Ne tiro fuori alcune e le tengo in controluce davanti alla finestra, esaminando i dettagli interni, le bolle, il riflesso, incantata dalla complessità che può racchiudere un oggetto così piccolo. Sfoglio velocemente le pagine:

> ... vortici centrali lattiginosi, vortici centrali separati, vortici centrali solidi, vortici centrali a fiocco, vortici multicolore, vortici a strisce decentrate, vortici color menta, vortici *clambroth*, a strisce opache, indiani, *lutz* a strisce, *lutz* a cipolla, *lutz* con fiocco...

Una miriade di biglie che non ho mai visto in vita mia. La cosa ancora più sconcertante è che in un'altra pagina dell'inventario mio padre ha incluso una tabella che determina il valore di ogni biglia in base alle sue condizioni:

perfetta, quasi perfetta, in buono stato, accettabile. A quanto pare quella modesta scatola di *bloodies* vale tra i centocinquanta e i duecentocinquanta dollari.

Tutti i prezzi sono elencati in dollari americani. Alcune biglie ne valgono cinquanta o cento, mentre le *lutz* con fiocco da due pollici valgono 4500 dollari se sono in condizioni perfette, 2500 dollari se quasi perfette, 1250 dollari se sono in buono stato e 750 dollari se sono accettabili. Non ho la minima idea di come valutarne la condizione – mi sembrano tutte perfette, nessuna è crepata o sbeccata – ma qui ce ne sono impacchettate centinaia, e pagine e pagine di inventario. A quanto pare papà possiede diverse migliaia di dollari in biglie.

Mi fermo a pensare. Tutto attorno a me, i suoni e gli odori della clinica mi riportano dal mondo parallelo delle biglie alla realtà. Temevo che mio padre non potesse permettersi le spese mediche, ma se i prezzi elencati sono corretti, ho tra le mani una miniera d'oro. Sono sempre preoccupata per i suoi conti, non possiamo sapere se avrà bisogno di un'altra operazione, di una nuova medicina, o di altra fisioterapia. Le sue condizioni sono in continua evoluzione, le spese aumentano sempre e dopo aver pagato il mutuo e i suoi numerosi debiti non ci è rimasto molto del ricavato della vendita del suo appartamento. Nessuno di noi sapeva che le sue finanze fossero messe così male.

La sua scrittura è impeccabile, una bellissima grafia fluente; non ha commesso neanche un errore e, qualora l'abbia fatto, immagino abbia ricominciato il foglio da capo. Queste pagine sono scritte con amore, ci sono voluti molto tempo, dedizione, ricerca ed esperienza per stilarle. Si vede che sono compilate da un esperto.

È la scrittura di un altro uomo, non di quello che ora

afferra la biro con grande fatica, ma nemmeno del padre che conoscevo, il cui unico hobby sembrava fosse guardare e commentare partite di calcio. Vorrei prendermi un po' di tempo per esaminare gli scatoloni a casa, perciò rimetto via tutto e Gerry, il portiere, mi aiuta a caricarli in macchina. Ma prima di chiuderli nel portabagagli ho un momento di esitazione e prendo il borsellino di biglie rosse.

Papà è seduto nel salone, a bere una tazza di tè e a guardare *Bargain Hunt.* Lo guarda tutti i giorni: ci sono delle persone che cercano oggetti nei mercatini e poi li rivendono all'asta per ricavarne il più possibile. Forse gli indizi della sua passione sono sempre stati lì, sono io che non ci ho fatto caso. Ripenso all'inventario e mi chiedo se andare a prenderlo. Mentre lo osservo seguire attentamente la prezzatura di quei vecchi oggetti, mi domando se dopotutto non si ricordi alla perfezione che cosa c'è in quelle scatole. Ma papà mi vede prima che abbia tempo di rifletterci oltre, perciò lo raggiungo e lui mi sorride. Mi si spezza il cuore vedendo quanto sia felice di ricevere visite, non perché si senta solo, ma perché prima le persone spesso lo irritavano, a meno che non le stesse convincendo a comprare qualcosa da lui, e ora non ne ha mai abbastanza di stare in compagnia, senza avere niente in cambio.

«Buongiorno.»

«Ah, a cosa devo il piacere?» mi chiede. «Niente lavoro oggi?»

«Eric mi ha lasciata uscire prima» spiego senza scendere nei dettagli. «E Lea mi ha chiamata. Mi ha detto che era un'emergenza, che stavi aizzando i degenti e cercando di organizzare un'altra evasione.»

Lui ride, poi mi guarda le mani e la risata gli muore subito sulle labbra. Ho in mano il borsellino con le biglie rosse. Sul suo viso compare qualcosa, uno sguardo che non gli ho mai visto prima. Alla stessa velocità con cui è arrivato, però, sparisce e lui mi sorride di nuovo, confuso.

«Che hai lì?»

Apro la mano e gli mostro le *bloodies* nel borsello di rete.

Lui si limita a fissarle, aspetto che dica qualcosa ma non succede niente. A malapena batte ciglio.

«Papà?»

Niente.

«Papà?» Gli appoggio la mano libera sul braccio, con dolcezza.

«Sì.» Mi guarda, turbato.

Sciolgo i lacci del borsello e faccio scivolare le biglie nel palmo della mano. Mentre le muovo, rotolano e sbattono le une contro le altre. «Vuoi tenerle tu?»

Le fissa di nuovo, attentamente, come se stesse cercando di dar loro un senso. Voglio sapere cosa succede nella sua testa. Troppo? Tutto? Niente? Conosco quella sensazione. Cerco di nuovo il barlume di riconoscimento di poco fa. Non arriva. Ci sono solo fastidio e irritazione, forse perché non riesce a ricordare quel che vorrebbe. Mi metto in fretta le biglie in tasca e cambio argomento, cercando di nascondergli la mia delusione.

Ma l'ho notato: lo sfarfallio di una fiamma, una piuma arruffata, il bagliore del mare sotto i raggi del sole. Qualcosa di breve e fulmineo, eppure reale. Quando ha scorto le biglie per un attimo è diventato un uomo diverso, con un volto che non avevo mai visto.

5
Il gioco delle biglie
La raccolta delle susine

Sono a casa da scuola, con la febbre, ed è il primo e unico giorno di scuola che io abbia mai perso. Odio la scuola; in qualsiasi altro giorno dell'anno scolastico mi sarebbe piaciuto tantissimo stare a casa, solo non oggi. Il funerale è stato ieri. Be', non è stato un funerale vero e proprio con un prete, ma un amico di Mattie è un becchino e ha scoperto dove avrebbero seppellito la nostra sorellina, ossia nella stessa bara di una vecchia signora morta in ospedale. Quando siamo arrivati al cimitero, il funerale della signora stava finendo perciò abbiamo dovuto aspettare lì attorno. Mamma era contenta che fosse sepolta con una donna anziana, e non con un vecchio, o in generale con un uomo. La signora in questione era una mamma, e una nonna. Mamma ha parlato con una delle sue figlie, che le ha detto che sua madre si sarebbe presa cura della bambina. Ci hanno pensato zio Joseph e zia Sheila a dire tutte le preghiere durante la cerimonia. Mattie non le dice, non credo che ne conosca, e mamma non riusciva a parlare.

Il prete ha fatto un salto a casa prima e ha cercato di convincere mamma a non dare spettacolo andando alla tomba. Lui e mamma si sono urlati contro e Mattie ha tolto il brandy di mano al prete e gli ha detto di andare fuori dai coglioni. Hamish ha aiutato Mattie a liberarsene, è stata l'unica volta che li ho visti dalla stessa parte. Ho notato il modo in cui tutti guardavano mamma mentre facevamo la strada del cimitero, vestiti di nero. La fissavano come se fosse pazza, come se la nostra sorellina non fosse stata una bambina vera, solo perché non ha respirato quando è venuta fuori. Anche se in teoria non si può, la levatrice ha lasciato che mamma tenesse la bambina in braccio dopo la nascita. L'ha tenuta per un'ora, poi quando la levatrice ha iniziato ad arrabbiarsi e ha cercato di riprenderla, è intervenuto Hamish. Mattie non c'era, perciò ha preso lui le redini della faccenda, ha tolto la bambina dalle braccia di mamma e l'ha portata al piano di sotto. L'ha baciata prima di restituirla alla levatrice, che l'ha portata via per sempre.

«Era viva dentro di me» ho sentito mamma dire al prete, ma non penso che lui abbia gradito. Sembrava che trovasse un po' disgustoso pensare a qualcosa che viveva dentro di lei. Ma mamma gliel'ha detto lo stesso e ha organizzato il funerale per conto suo al cimitero; faceva freddo, era tutto grigio, e non ha mai smesso di piovere. Le mie scarpe si sono bagnate così tanto che avevo i calzini e i piedi talmente fradici da non sentirli più. Ho starnutito tutto il giorno, non riuscivo a respirare dal naso ieri notte, i miei fratelli continuavano a darmi botte per farmi smettere di russare e ho trascorso la notte passando dal caldo al freddo, rabbrividendo e poi sudando; avevo freddo quando sudavo, e caldo quando gelavo. Ho fatto dei sogni strani: papà e Mattie che litigavano, padre Murphy che mi urlava non so cosa sui bambini morti e mi picchiava, i miei fratelli che mi rubavano le biglie, e mamma vestita di nero che ululava per la pena. Quest'ultima parte era vera.

Anche se ho la pelle in fiamme e mi gira la testa, non chiamo mamma. Rimango a letto, a girarmi e rigirarmi, qualche volta a piangere perché sono tanto confuso e mi sento bruciare. Mamma stamattina mi ha portato un uovo sodo e mi ha messo un panno fresco sulla testa. Si è seduta accanto a me, vestita di nero, e con ancora il pancione come se dentro avesse un bambino; guardava nel vuoto e non diceva niente. È un po' come quando è morto papà ma questa volta è diverso; con papà era arrabbiata, ora è solo triste.

Di solito, mamma non sta con le mani in mano. È sempre impegnata a pulire, a cambiare il pannolino a Bobby, a sistemare la casa, a sbattere lenzuola e tappeti, o a preparare da mangiare in cucina. Non sta mai ferma, si dà da fare per casa, noi le stiamo in mezzo, e lei ci sposta con le gambe e con i piedi, spingendoci di lato come se fosse in un campo e noi fossimo erba alta. Di tanto in tanto fa una pausa per raddrizzare la schiena e si lascia sfuggire un gemito, prima di rimettersi all'opera. Ma oggi la casa è silenziosa e io non ci sono abituato. Di solito noi gridiamo, litighiamo, ridiamo, parliamo; anche di notte c'è qualche bambino che piange, o mamma che canta una ninna nanna, o Mattie che urta qualcosa quando torna a casa ubriaco e dice le parolacce. Adesso sento rumori che non ho mai sentito prima, crepitii e tubature che cigolano, e mamma invece è silenziosa. Questa cosa mi preoccupa.

Scendo dal letto, mi tremano le gambe e mi sento debole, come se non avessi mai camminato prima; mi tengo forte alla ringhiera e vado al piano di sotto, le assi scricchiolano una dopo l'altra sotto i miei piedi nudi. Arrivo in soggiorno. È collegato alla cucina, minuscolo, e dà l'impressione di essere stato aggiunto sul retro della casa all'ultimo momento. È vuoto. Lei non c'è. Non è in cucina, non è in giardino, non è in soggiorno. Sto per andarmene quando tutto a un tratto la vedo, vestita di nero, in un angolo della stanza, su una poltrona su cui si siede solo Mattie; così perfettamente immobile che per poco non l'ho notata. Sta fissando il vuoto, ha gli occhi rossi e sembra che non abbia smesso di piangere da ieri. Non l'ho mai vista tanto immobile. Non ricordo nemmeno di essere mai stato da solo con lei prima d'ora, soltanto noi due. Non ho mai avuto mamma tutta per me. Pensarci mi rende nervoso: cosa le dico visto che non c'è nessuno attorno a sentirmi o a vedermi, nessuno da istigare, da prendere in giro, da provocare, da impressionare? Cosa dico a mamma visto che non devo scatenare una reazione di qualche fratello, o fare la spia? Come faccio a sapere se quel che dico è giusto o sbagliato se non vedo l'espressione degli altri?

Sto per andarmene quando penso a qualcosa, a qualcosa che le voglio chiedere, ma che le domanderei solo se fossimo soli, senza nessuno attorno.

«Ciao» dico.

Mi guarda, sorpresa, come se si fosse presa uno spavento, poi mi sorride. «Ciao, amore. Come va la testa? Vuoi altra acqua?»

«No, grazie.»

Continua a sorridere.

«Voglio farti una domanda, se posso.»

Mi fa un cenno, io mi avvicino e mi fermo davanti a lei, torcendomi le dita.

«Cosa c'è?» mi chiede con dolcezza.

«Tu... tu pensi che sia con papà?»

La mia domanda sembra coglierla alla sprovvista. Le si riempiono gli occhi di lacrime e fa fatica a parlare. Credo che se ci fossero stati gli altri non le avrei fatto una domanda così stupida. Sono venuto qui e l'ho messa in agitazione, proprio quello che Mattie ci ha detto di non fare. Devo squagliarmela prima che lei gridi o, peggio, pianga.

«So che non è il suo papà, ma lui ti amava, e tu sei la sua mamma. E lui amava i bambini. Non mi ricordo tanto di lui, ma questo sì. Aveva gli occhi verdi e giocava sempre con noi, ci inseguiva, facevamo la lotta. Mi ricordo che rideva. Era magro ma aveva delle mani enormi. Altri papà non facevano mai quelle cose, ecco perché so che gli piacevamo. Penso che lei sia in paradiso e che lui stia badando a lei, perciò non ti devi preoccupare.»

«Oh, Fergus, amore» dice spalancando le braccia mentre le lacrime le corrono lungo il viso. «Vieni qui da me.»

Vado tra le sue braccia e mi stringe così forte che quasi non respiro, ma ho paura di dirlo. Lei mi culla e dice: «Il mio bambino, il mio bambino» ancora e ancora, e credo di aver forse detto la cosa giusta dopotutto.

Quando mi lascia dico: «Posso farti un'altra domanda?».

Lei fa segno di sì.

«Perché l'hai chiamata Victoria?»

La sua faccia si accartoccia di nuovo per il dolore, ma poi si ricompone e sorride persino. «Non l'ho detto a nessuno il perché.»

«Oh. Scusa.»

«No, cucciolo, è solo che nessuno me l'ha chiesto. Vieni qui che te lo dico» mi dice, e anche se sono troppo grande mi sistemo a forza sulle sue ginocchia, metà sulla poltrona, metà su di lei. «Mi sentivo diversa con lei. Era un pancione diverso. Ho detto a Mattie: "Sembra una susina". Lui ha risposto: "La chiameremo Susina, allora".»

«Susina!» Rido.

Lei fa segno di sì e si asciuga di nuovo le lacrime. «Mi ha fatto pensare alla casa di mia nonna. Io, Sheila e Paddy andavamo sempre a trovarla. Aveva meli, peri, cespugli di more e due susini. Li adoravo perché lei ne parlava sempre, non pensava ad altro, non avrebbe mai permesso a quegli alberi di sopravviverle.» Fa una risatina e, anche se non capisco perché, rido anche io. «Credo la trovasse una scelta esotica, o che avere dei susini la rendesse esotica, quando in realtà era un tipo normale, normalissimo, come ciascuno di noi. Faceva delle torte alle susine e a me piaceva prepararle con lei. Andavamo a trovarla ogni anno per il mio compleanno, perciò la mia torta era sempre alle susine.»

«Mmm» dico, leccandomi le labbra. «Non ho mai mangiato una torta così.»

«No?» dice sorpresa. «Io non te ne ho mai fatta una. La nonna aveva delle susine Opal, ma non sempre crescevano perché d'inverno i ciuffolotti mangiavano i germogli. Ripulivano completamente i rami e la nonna impazziva, correva in giro per il giardino per scacciarli con uno strofinaccio. Qualche volta ci faceva stare in piedi accanto all'albero tutto il giorno per tenere lontani quegli uccelli; io, Sheila e Paddy ce ne stavamo lì come degli spaventapasseri.»

Rido immaginandoli.

«Stava più attenta alle Opal perché erano più buone e diventavano più grosse, quasi il doppio di quelle dell'altro susino, ma l'Opal la faceva arrabbiare di più e non produceva frutti ogni anno. Il mio susino preferito era l'altro, il susino Victoria. Era più piccolo ma faceva sempre i frutti, e poi i ciuffolotti gli stavano più alla larga. Per me, era il più dolce...» Il suo sorriso svanisce e lei distoglie lo sguardo. «Ecco, tutto qui.»

«Conosco un gioco di biglie che si chiama La raccolta delle susine» intervengo.

«Ah, sì?» mi chiede. «Hai un gioco di biglie per ogni occasione?» Mi punzecchia con un dito dove mi fa il solletico e rido.

«Vuoi giocare?»

«Perché no!» risponde, sorprendendo anche se stessa.

Sono così stupefatto che corro di sopra più veloce che posso per prendere le biglie. Quando torno giù, lei è ancora sulla poltrona, a sognare a occhi aperti. Preparo il gioco e intanto glielo spiego.

Non posso disegnare sul pavimento perciò uso la stringa di una scarpa per fare da linea e metto le biglie in fila, lasciando in mezzo uno spazio per due. Uso una corda per saltare per fare un'altra linea sul lato opposto della stanza. Per giocare bisogna stare dietro quest'ultima linea e colpire a turno la fila di biglie.

«Allora, quelle sono le susine» le dico, indicando la fila di sfere, eccitatissimo perché ho la sua attenzione, perché è tutta mia, perché mi sta ascoltando mentre parlo di biglie, perché forse ci giocherà, e perché nessuno può distoglierla da me. Tutti i malesseri e i dolori della febbre sono spariti con quella distrazione e, con un po' di fortuna, anche il suo di dolore ha fatto la stessa fine. «Devi lanciare la tua biglia contro le susine e, se la fai uscire dalla fila, la susina è tua.»

Lei ride. «Che gioco sciocco, Fergus.» Ma ci gioca lo stesso e si diverte, si arrabbia quando sbaglia e festeggia quando vince. È il miglior momento che ho passato con lei in tutta la mia vita. Continuiamo finché tutte le susine non sono state raccolte e, per una volta, spero di mancare il bersaglio, perché non voglio che il gioco finisca. Poi sentiamo delle voci alla porta, le grida e gli insulti dei miei fratelli che tornano da scuola, e io corro a raccogliere le biglie dal pavimento.

«A letto, tu!» Mamma mi spettina i capelli e se ne va in cucina.

Non dico agli altri di cosa abbiamo parlato io e mamma, e non dico loro nemmeno che abbiamo giocato a biglie insieme. Voglio che rimanga tra lei e me.

Quella settimana mamma smette di vestirsi di nero e ci prepara una torta di susine per dolce, ma non dico a nessuno perché. Una cosa che ho imparato, prima tenendo le biglie in tasca nel caso padre Murphy mi chiudesse nello stanzino, poi uscendo con Hamish e facendo credere agli altri bambini che non avevo mai giocato a biglie prima, è che avere dei segreti mi fa sentire potente.

6

Regolamento della piscina

Vietato tuffarsi

A metà mattina, di ritorno a casa, scarico gli scatoloni di papà al centro del soggiorno e metto da parte i due di cui già conosco il contenuto, quelli con oggetti importanti e di valore sentimentale che non potevamo non tenere. Li sposto per fare spazio ai tre che mi sono nuovi. Sono disorientata. Io e mamma abbiamo svuotato tutto l'appartamento di papà, ma questi scatoloni non sono stata io a riempirli. Mi faccio un'altra tazza di tè e inizio a svuotare quello che ho aperto prima, voglio ricominciare da dove mi sono interrotta. È strano avere del tempo per me. Lentamente e con attenzione, comincio a esaminare l'inventario di papà.

Vortici centrali lattiginosi, vortici centrali separati, vortici centrali a fiocco, vortici multicolore. Tiro fuori le biglie e le allineo accanto ai rispettivi contenitori, inginocchiata sul pavimento come i miei figli quando giocano con le macchinine. Le guardo da vicino, ne esamino l'interno, cerco di individuare somiglianze e differenze. Ammiro i colori e i dettagli; alcune biglie sono nebulose, altre chiare, altre ancora sembrano avere intrappolati dentro degli arcobaleni, oppure dei mini tornado congelati in un istante. Altre infine hanno semplicemente il vetro dipinto di un colore primario e basta. Sebbene siano classificate sotto tanti nomi diversi, non riesco a distinguerle, pur provandoci con tutte le mie forze. Ciascuna mi sembra assolutamente unica e devo stare attenta a non mischiarle.

La descrizione di ogni singola biglia mi prende moltissimo, cerco di individuare quale sia il vortice centrale che ricorda l'uva spina, il caramello o la crema pasticcera; oppure la biglia a spicchi con il vortice color menta, o quella di mica. Ma non ho dubbi sul fatto che papà lo sapesse, le conosceva tutte, le sue biglie. Ci sono quelle di mica, le *slags*, le opache, quelle trasparenti, ce ne sono alcune così complesse che paiono avere all'interno delle galassie, altre, invece, sono a tinta unita. Scure, colorate, misteriose e ipnotiche, le ha tutte.

E poi mi imbatto in una scatola che mi fa scoppiare a ridere. Papà, che odiava gli animali, che per quanto lo supplicassi non ha mai voluto prendermi un animaletto domestico, possiede un'intera collezione di biglie *sulphides*, così si chiamano, trasparenti con all'interno degli animali in miniatura. Praticamente ha una piccola fattoria dentro questi minuscoli oggetti. Cani, gatti, scoiattoli, uccelli. Ha persino un elefante. Quella che mi salta di più all'occhio è una biglia chiara con un angelo. La tengo in mano e la studio per un po', raddrizzando la schiena dolorante, mentre cerco di capire cosa ho scoperto e mi chiedo quando, in quale periodo della sua vita, mio padre abbia fatto tutto ciò. Quando ce ne siamo andate di casa, ci ha guardate allontanarci in macchina ed è andato a dedicarsi ai suoi «animali da fattoria»? Se ne prendeva cura in privato, perso nel suo mondo. Oppure è successo prima della mia nascita? O dopo il divorzio da mamma ha deciso di riempire la sua solitudine con un nuovo hobby?

C'è una scatoletta vuota, è una scatola per la vendita

al dettaglio della Akro Agate Company, per essere precisi, che papà ha valutato sorprendentemente tra i quattrocento e i settecento dollari. Trovo persino una bottiglia di vetro con una biglia all'interno, registrata come bottiglia Codd, del valore di 2100 dollari. A quanto pare non collezionava solo biglie, ma anche le loro confezioni, forse nella speranza di completarle con il loro contenuto nel corso degli anni. Sento un'ondata di tristezza per lui, perché non succederà mai, perché queste biglie sono rimaste chiuse negli scatoloni per un anno e lui non hai mai saputo nemmeno di doversene preoccupare, dal momento che si era dimenticato della loro esistenza.

Allineo le biglie, le osservo rotolare, il movimento dei colori al loro interno è un caleidoscopio. E poi, quando ogni centimetro del mio tappeto ne è ricoperto, mi metto a sedere, stiracchiando la schiena finché non scrocchia. Non so che altro fare, ma non voglio metterle di nuovo via. Sono così belle in fila a terra, come un esercito di caramelle.

Raccolgo l'inventario e riprovo a vedere se riesco a riconoscerle, è il mio personalissimo gioco di biglie, e mentre ci provo mi rendo conto che non tutto quel che è scritto sulla lista è qui sul mio pavimento.

Controllo di nuovo lo scatolone, ma è vuoto, fatta eccezione per alcuni borsellini e scatole che sono collezionabili soltanto perché in buono stato, anche se dentro non ci sono biglie. Apro il terzo scatolone e ci sbircio dentro, ma ci trovo solo pile di vecchi giornali e brochure, niente di paragonabile alla grotta di Aladino che ho trovato nei primi due.

Dopo una ricerca accurata, che ripeto altre due volte, posso confermare che ci sono due oggetti mancanti rispetto all'inventario, contrassegnati con degli adesivi tondi azzurri e gialli. Il primo è una scatola della Akro Agate Company, del 1930 circa, la scatola campione originale usata dai venditori ambulanti per mostrare la merce. Papà l'ha valutata tra i 7500 e i 12.500 dollari. L'altro oggetto mancante risponde al nome di *World's Best Moons*. È una scatola originale della Christensen Agate Company con venticinque biglie, di un valore compreso tra i 4000 e i 7000 dollari. I due elementi più preziosi sono spariti.

Resto seduta in una sorta di silenzio stordito, finché non realizzo che sto trattenendo il fiato e devo espirare. Papà potrebbe averli venduti; si è preso la briga di farli valutare, perciò avrebbe avuto senso venderli, erano anche i più costosi. Aveva problemi di soldi, questo si sapeva; forse era stato costretto a separarsi dalle sue amate biglie per sopravvivere. Ma mi sembra improbabile. È tutto così ben documentato e catalogato che avrebbe scritto un appunto in caso di vendita, probabilmente avrebbe persino allegato la ricevuta. I due pezzi mancanti della collezione invece sono elencati con orgoglio e ostentazione sull'inventario, proprio come tutti gli altri oggetti della lista che ora sono sparpagliati sul pavimento.

All'inizio rimango perplessa. Poi il pensiero che mamma non mi abbia mai parlato della sua collezione mi infastidisce. Quei beni, tenuti così da conto, sono stati imballati e dimenticati. Non ho nessun ricordo che leghi papà alle biglie, ma questo non significa che un legame non ci fosse. So che gli piaceva tenersi i suoi segreti. Ripenso all'uomo che conoscevo prima dell'ictus e mi vengono in mente completi gessati, fumo di sigaretta, discorsi sulla borsa e sull'economia, sulle oscillazioni delle azioni, con il notiziario o una partita di calcio sempre in sottofondo, alla radio o in televisione. In tempi più recenti chiacchierava spesso di auto. Nessun cassettino della mia memoria mi dice niente sulle biglie, e fatico a mettere in relazione questa collezione – quest'attenta passione – con i ricordi dell'uomo della mia infanzia.

Poi mi viene in mente un'altra cosa. Mi chiedo se in effetti queste biglie siano davvero di papà. Forse le ha ereditate. Suo padre è morto quando era piccolo, e lui aveva un patrigno, Mattie. Ma da quel che so di Mattie, mi sembra improbabile che fosse un appassionato di biglie, tantomeno della loro catalogazione. Forse erano di suo padre, o di suo zio Joseph, e papà le ha solo elencate e fatte valutare. L'unica cosa di cui sono certa è che l'inventario è scritto nella sua calligrafia; tutto il resto è un mistero.

Esiste solo una persona in grado di aiutarmi. Allungo le gambe, prendo il telefono e chiamo mamma.

«Non sapevo che papà avesse una collezione di biglie» le dico subito, cercando di nascondere il tono accusatorio.

Silenzio. «Come, scusa?»

«Perché non l'ho mai saputo?»

Lei fa una risatina. «E così adesso colleziona biglie? Che dolce. Be', l'importante è che la cosa lo renda felice, Sabrina.»

«No. Non si è messo a collezionarle adesso. Le ho trovate negli scatoloni che hai mandato oggi alla clinica.» Di nuovo quel tono accusatorio.

«Oh.» Un sospiro intenso.

«Eravamo d'accordo che li avresti tenuti tu. Perché li hai mandati là?»

Non ho riconosciuto le biglie, ma mi sono accorta che negli altri scatoloni ci sono alcuni oggetti che abbiamo portato via dall'appartamento di papà prima di metterlo in vendita. Ancora mi sento in colpa per averlo dovuto fare, ma dovevamo tirar su quanti più soldi possibile per le sue cure. Abbiamo cercato di conservare tutti i ricordi preziosi, come la sua maglietta da calcio fortunata, le sue fotografie e i suoi cimeli, che tengo nel capanno del nostro giardino sul retro, l'unico posto in cui potessi conservarli. Non avevo spazio per il resto, che quindi si è presa mamma.

«Sabrina, *avevo detto* che avrei conservato i suoi scatoloni, ma poi Mickey Flanagan si è offerto di tenermeli e allora gli ho spedito tutto.»

«Mickey Flanagan, l'avvocato, aveva le cose di papà?» chiedo, seccata.

«Non è che sia proprio uno sconosciuto. È una specie di amico. È stato l'avvocato di Fergus per anni, si è anche occupato del nostro divorzio. Sai, spingeva perché lui avesse la tua custodia esclusiva. Avevi quindici anni... Come cavolo se la sarebbe cavata Fergus con te adolescente? Per non parlare del fatto che a quell'età non volevi nemmeno vivere con *me* e a malapena riuscivi a vivere con *te stessa*. Comunque, Mickey stava gestendo la questione dell'assicurazione e delle spese mediche, e ha detto che avrebbe tenuto lui le cose di Fergus, che aveva un sacco di spazio.»

Sento la rabbia montarmi dentro. «Se avessi saputo che i suoi effetti personali sarebbero finiti da un avvocato, ci avrei pensato io piuttosto, mamma.»

«Lo so. Ma tu hai detto che non avevi più posto per nient'altro.»

Infatti non ce l'avevo, e non ce l'ho. Qui dentro a stento ci stanno le mie scarpe. Aidan scherza sempre sul fatto che deve uscire di casa se vuole cambiare idea.

«Allora perché Mickey ha mandato le scatole alla clinica stamattina?»

«Perché doveva liberarsene e io gli ho detto che quello era il posto migliore. Non volevo che te le accollassi tu. È una storia triste: il figlio di Mickey ha perso la casa, e lui, sua moglie e i suoi figli devono trasferirsi a casa del padre e di sua moglie. Porteranno tutti i loro mobili, che andranno a occupare il garage di Mickey, perciò lui mi ha avvertito che non poteva più tenere le cose di Fergus, il che è comprensibile. E quindi gli ho detto di mandarle alla clinica. È roba di Fergus, dopotutto. Può decidere che cosa farci, ne è perfettamente in grado, sai. Pensavo che potesse fargli piacere» aggiunge in tono più dolce, poiché sono sicura che si sia accorta che sono arrabbiata. «Immagino che per lui sia un modo per passare il tempo, una bella passeggiata sul viale dei ricordi.»

Mi rendo conto che sto trattenendo il fiato. Espiro.

«Hai discusso di questa passeggiata con i suoi dottori prima?»

«Oh» dice lei all'improvviso, rendendosi conto dell'errore. «No, non l'ho fatto, io... Oh, santo cielo. Sta bene, tesoro?»

Capisco che la sua preoccupazione è sincera. «Sì, sono arrivata alle scatole prima di lui.»

«Mi dispiace, non ci ho proprio pensato. Sabrina, non te l'ho detto perché avresti insistito per prenderti tutto, avresti riempito casa tua di cose di cui non hai bisogno e come al solito avresti fatto anche più del necessario. Hai già abbastanza a cui pensare.»

Il che è anche vero.

Non posso biasimarla perché vuole liberarsi della roba di papà, lui non è più un suo problema, ha smesso di esserlo diciassette anni fa. E credo che abbia agito pensando al mio bene, per non darmi un'altra preoccupazione.

«Allora lo sapevi che aveva una collezione di biglie?» le chiedo.

«Oh, quell'uomo!» Il suo risentimento nei confronti dell'altro Fergus rispunta fuori. Il Fergus del passato. Il vecchio Fergus. «L'avrai trovata tra le sue altre collezioni inutili, ne sono sicura. Era un accumulatore compulsivo... Ti ricordi quanta roba abbiamo buttato quando abbiamo venduto l'appartamento? Portava sempre a casa confezioni di mostarda, ketchup e maionese da qualunque ristorante in cui andasse. Ho dovuto dirgli io di smettere. Credo che avesse sviluppato una specie di dipendenza. Lo sai, no, si dice che le persone che accumulano abbiano problemi emotivi. Si aggrappano agli oggetti perché hanno paura del distacco.»

La tirata prosegue e me ne lascio scorrere addosso un buon novanta per cento, compresa l'abitudine di mia madre di parlare di papà al passato, come se fosse morto. Per lei l'uomo che conosceva non c'è più, le piace parecchio invece quello che va a trovare ogni quindici giorni in clinica.

«Abbiamo litigato per una biglia una volta» mi dice contrariata.

Penso che abbiano litigato praticamente su tutto almeno una volta nella vita.

«Perché?»

«Non mi ricordo» mi risponde, un po' troppo in fretta.

«Ma non hai mai saputo della collezione?»

«E come avrei potuto?»

«Perché eri sposata con lui. E perché non le ho imballate io le biglie, perciò devi essere stata tu.»

«Oh, per favore. Non posso essere chiamata a rispondere di tutto quello che ha fatto da quando ci siamo separati, e nemmeno di quello che faceva durante il nostro matrimonio, per la cronaca» sputa lei.

Sono perplessa.

«Ci sono alcuni oggetti mancanti» le dico guardando il contenuto degli scatoloni sparpagliato sul pavimento. Più ci penso, più mi vengono dei sospetti, soprattutto ora che ho saputo che erano in possesso dell'avvocato. «Non sto insinuando che Mickey Flanagan li abbia *rubati*» preciso. «Voglio dire, papà potrebbe averli persi.»

«Che cosa manca?» chiede lei, sinceramente preoccupata. L'uomo da cui ha divorziato era un imbecille, ma non sia mai che si faccia un torto al brav'uomo della clinica.

«Parte della collezione di biglie.»

«Ha perso anche le biglie, oltre alla testa?» Lei ride, io no. Alla fine, riprende fiato. «Be', non credo che tuo padre abbia mai avuto niente a che fare con le biglie, cara. Forse è un errore, forse non sono sue, o magari Mickey ha spedito le scatole sbagliate. Vuoi che lo chiami?»

«No» rispondo, confusa. Guardo sul pavimento e vedo pagine e pagine che catalogano queste biglie, scritte con la grafia di papà, eppure mamma sembra davvero all'oscuro di tutto.

«Le biglie sono decisamente sue e i pezzi mancanti erano di valore.»

«Secondo la sua stima, suppongo.»

«Non so chi le abbia valutate, ma ci sono dei certificati che dimostrano che sono autentiche. I certificati delle cose che mancano non ci sono. Secondo l'inventario una poteva valere fino a dodicimila dollari.»

«Che?» Trattiene il respiro. «Dodicimila dollari per delle biglie!»

«Per una scatola di biglie.» Sorrido.

«Non c'è da stupirsi che sia quasi finito sul lastrico. Non erano menzionate tra i beni patrimoniali nelle pratiche di divorzio.»

«Forse allora non le aveva» replico, con calma.

Mamma ignora quel che le ho detto e costruisce teorie cospirative nella sua testa, ma c'è una domanda che ancora non ha fatto. Io non le ho imballate, e lei non era al corrente della loro esistenza, ma in qualche modo queste biglie sono rispuntate tra ciò che rimane degli averi di papà.

Mi faccio dare numero e indirizzo dell'ufficio di Mickey e riattacco.

La collezione di biglie copre tutto il pavimento: sono bellissime, luccicano sul tappeto come un cielo stellato.

La casa è silenziosa ma adesso mi ronza la testa. Prendo il primo gruppo di biglie sulla lista. La scatola di *bloodies* che ho mostrato a papà, quella catalogata con il nome «Alleati».

Inizio a lucidarle, come per scusarmi di non aver saputo prima della loro esistenza.

Ho un talento speciale per ricordare cose che le persone dimenticano e ora so una cosa importante su papà che lui si è sempre tenuto per sé e che ora ha dimenticato.

Cose che vogliamo dimenticare, cose che non riusciamo a dimenticare e cose che avevamo dimenticato di aver dimenticato finché non ci tornano in mente. C'è una nuova categoria. Tutti abbiamo cose che non vorremmo mai dimenticare. E tutti abbiamo bisogno di una persona che le ricordi, nel caso serva.

7
Il gioco delle biglie
Acchiappa la volpe

In teoria avrei dovuto tenere d'occhio Bobby. È esattamente questo che mamma mi ha ordinato di fare quando è uscita di casa, con il solito tono minaccioso. «Tienilo d'occhio, mi hai sentita? Non. Togliergli. Gli. Occhi. Di. Dosso.» Aveva sottolineato ogni parola battendomi sul petto il suo dito dalla pelle secca e screpolata.

Gliel'ho promesso. E dicevo sul serio. Quando ti guarda in quel modo, non puoi fare altro.

Ma poi mi sono distratto.

Per qualche ragione, mamma si è fidata a lasciarmi Bobby. Potrebbe avere qualcosa a che vedere con la breve chiacchierata che abbiamo fatto su Victoria quando gli altri erano a scuola e abbiamo giocato a biglie insieme. Dopo quella volta mi sembra che lei sia stata un po' diversa con me. Forse no, forse mi sto immaginando tutto, forse è diverso solo per me. Non l'avevo mai vista giocare così prima; a volte giocava con i piccoli, ma non sul pavimento come ha fatto con me, con la gonna tirata su, inginocchiata sul tappeto. Credo che pure Hamish l'abbia notato. Hamish si accorge di tutto e forse questo mi fa sembrare anche un po' più figo ai suoi occhi... mamma che mi affida dei compiti e mi stacca la testa a suon scappellotti meno spesso di prima. O magari è così con me perché è in lutto.

Un prete mi ha spiegato cosa vuol dire essere in lutto. Forse lo sono stato anche io dopo che papà è morto, ma non me lo ricordo. Però mi sa che è una cosa che fanno solo i grandi.

Mamma odia i preti ora, dopo quello che il nostro le ha detto quando Victoria è morta, quando Mattie e Hamish l'hanno cacciato fuori di casa. Eppure a messa ci va ancora, dice che è peccato non farlo. Ci trascina ogni domenica alla chiesa di Gardiner Street per la funzione delle dieci, vestiti a festa. Sento sempre l'odore della sua saliva sulla fronte quando mi liscia i capelli. La domenica mattina sa di saliva e incenso. Ci sediamo rigorosamente in terza fila, la maggior parte delle famiglie si siede ogni volta allo stesso posto. Mamma dice che la messa è l'unico momento in cui tutti noi chiudiamo la nostra cazzo di bocca e lei trova un po' di pace. Persino Mattie ci viene, con ancora addosso la puzza di quello che si è bevuto la sera prima, e si agita sulla sedia come se fosse ancora arrabbiato. Stiamo sempre zitti a messa perché il mio primo ricordo della chiesa è mamma che indica Gesù sulla croce, con il sangue che gli cola sulla fronte e i chiodi che gli spuntano da mani e piedi, e ci dice: «Se vi azzardate a dire una sola parola qui dentro, o a farmi vergognare, quella è la fine che farete». Io le ho creduto. Le abbiamo creduto tutti. Pure Bobby se ne sta seduto tranquillo, con il suo biberon di latte in mano, mentre il prete blatera e blatera e la sua voce riecheggia contro i soffitti enormi. Bobby guarda i dipinti sulle pareti, in cui un uomo mezzo nudo viene torturato in quattordici modi diversi, e capisce che in questo posto non si scherza.

Mamma è andata a scuola con Angus. È nei guai perché, mentre faceva il chierichetto, è stato beccato a mangiare le particole della comunione anziché metterle via dopo la messa. Se n'è mangiato un sacchetto intero, trecentocinquanta per essere precisi. Quando gli hanno domandato se avesse qualcosa da dire a sua discolpa, ha chiesto da bere, perché gliene erano rimaste attaccate almeno una dozzina al palato. «Avevo la bocca secca come la figa di una suora» ci ha sussurrato più tardi quella sera, quando eravamo tutti a letto. A momenti ce la facevamo sotto dalle risate. Poi, quando ci eravamo quasi addormentati e le risate si erano finalmente spente, Hamish ha bisbigliato: «Angus, più che mangiarti il corpo di Cristo, ti sei mangiato proprio tutta la sua carcassa», e ci ha fatto ridere di nuovo tanto che Mattie ha dovuto battere il pugno sul muro per metterci a tacere.

Angus adora fare il chierichetto, lo pagano pure, e prende un extra per i funerali. A scuola, il prete passa davanti alla finestra della sua classe e gli mostra il pollice in su o in giù per fargli sapere se gli serve per quel fine settimana. Se il pollice è in su, c'è un funerale e lui prende più soldi. Se invece c'è un matrimonio, ne prende di meno. Nessuno vuole fare il chierichetto ai matrimoni.

Duncan è alla macelleria di Mattie a spennare polli e tacchini come punizione per aver copiato in una verifica. Vuole mollare la scuola come Hamish, ma mamma non glielo permette perché sostiene che non è intelligente quanto lui, cosa che per me non ha molto senso; pensavo che quelli intelligenti fossero bravi a scuola, e per gli stupidi invece fosse meglio lasciarla.

Tommy sta giocando a calcio fuori, perciò tocca a me occuparmi di Bobby, solo che io non lo sto guardando. Neanche Dio riuscirebbe a tenere d'occhio Bobby tutto il tempo, è un tornado, non sta mai fermo.

Lui gioca sul pavimento con il suo trenino, io tiro fuori

il nuovo set di Acchiappa la volpe che ho ricevuto per il mio undicesimo compleanno. È della Cairo Novelty Company, i segugi sono due biglie con i vortici bianchi e neri, mentre la volpe è un'opaca. Non ho visto Bobby prendere la volpe, ma con la coda dell'occhio tutto a un tratto lo vedo immobilizzarsi; mi sta osservando. Lo guardo e noto che ha l'opaca in mano, vicina alla bocca.

La avvicina sempre di più mentre mi lancia quel suo sguardo insolente di traverso, con gli occhi azzurri che gli brillano birichini come se fosse pronto a tutto pur di farmi un dispetto, anche a lasciarci le penne.

«Bobby, no!» grido.

Lui sorride, godendosi la mia reazione. Avvicina ancora di più la biglia alla bocca.

«No!» Mi fiondo su di lui e lui scappa, lo stronzetto su due gambe più veloce che si sia mai visto, tutto ciccia e niente muscoli, fa lo slalom tra le sedie a cento all'ora, si china, si tuffa. Alla fine, lo metto all'angolo e mi fermo. Ha accostato la biglia alle labbra.

Fa una risatina.

«Bobby, ascoltami» provo a riprendere fiato. «Se metti quella in bocca, soffochi e muori, capisci? Bobby non c'è più. Bobby stecchito. Cazzo.»

Lui ridacchia di nuovo, stuzzicato dalla mia paura, dal potere che ha su di me.

«Bobby...» gli dico in tono serio, avvicinandomi lentamente a lui, pronto a balzargli addosso da un momento all'altro. «Dammi la biglia...»

Se la mette in bocca e io mi tuffo su di lui, strizzandogli le guance grassocce e cercando di fargliela sputare. Qualche volta le cose si limita a tenerle lì: pietre, lumache, unghie, terra... A volte se le tiene in bocca come se fosse una sala d'attesa e poi le risputa. Ma non riesco a sentire la biglia, ha le guance molli, solo carne mista a saliva e moccio del naso. Fa un verso strozzato e io gli spalanco la bocca: è vuota. Ci sono soltanto i dentini bianchi da latte e la bavosa lingua rossa.

«Cazzo» sussurro.

«'azzo» ripete.

«HAMISH!» urlo. Hamish dovrebbe essere al lavoro, o a cercarsi un lavoro, o a fare qualsiasi cosa faccia ora che non va più a scuola, ma l'ho sentito rientrare, sbattere la porta e salire le scale fino in camera nostra pestando i piedi.

«HAAAAA-MIIIIIISH!» urlo. «Ha mangiato la volpe! Bobby ha mangiato la volpe!»

Bobby mi guarda, spaventato dalla mia reazione, dalla mia paura, e sembra sul punto di scoppiare in lacrime da un secondo all'altro. Quella è l'ultima delle mie preoccupazioni.

Sento gli scarponi di Hamish sulle scale e lui piomba nella stanza. «Che c'è?»

«Bobby ha inghiottito la volpe.»

Lì per lì Hamish sembra confuso, poi vede il mio gioco sul tavolo e capisce.

Va verso Bobby, e a quel punto lui sta davvero per mettersi a piangere. Cerca di scappare ma lo blocco; lui strilla come un maiale.

«Quando?»

«Ora.»

Hamish solleva Bobby e lo gira a testa in giù. Lo scuote come se stesse cercando di fargli uscire di tasca qualche moneta, a volte gliel'ho visto fare con dei ragazzi. Bobby inizia a ridere.

Hamish lo rimette in piedi e gli apre la bocca, ci infila

dentro le dita. Bobby spalanca gli occhi, gli vengono dei conati e vomita del porridge puzzolente.

«C'è?» mi chiede Hamish, e non capisco di che cosa stia parlando finché non si mette in ginocchio ed esamina la poltiglia in cerca della biglia.

Prima che Bobby abbia anche solo il tempo di piangere, Hamish lo afferra di nuovo e inizia a strizzarlo e a scuoterlo, pizzicandolo sulla pancia e all'altezza delle costole. Bobby ride di nuovo, nonostante la puzza di vomito che aleggia, e cerca di evitare le dita di Hamish; pensa che sia un gioco, invece noi siamo sempre più irritati.

«Sei sicuro che l'ha mangiata?»

Faccio segno di sì, pensando che il prossimo a finire a testa in giù sarò io.

«Mamma mi ucciderà» gli dico, con il cuore che batte all'impazzata.

«Ma no» replica lui, poco convincente, quasi divertito.

«Mi ha detto di non giocare a biglie con Bobby nei paraggi, lui cerca sempre di mangiarle.»

«Oh. Be', allora sì, potrebbe ucciderti.»

Immagino Gesù in croce, con i chiodi nelle mani, e mi chiedo perché nessuno si è mai domandato se è stata Maria ad appenderlo lì. Magari il più grande miracolo di tutti non è che Maria sia rimasta incinta senza toccare un pisello, ma che la mamma di Gesù l'abbia fatta franca dopo averlo inchiodato a una croce. Se mai io dovessi finire così, la prima persona di cui tutti sospetterebbero sarebbe mia mamma e lei non si prenderebbe il disturbo di fare le quattordici stazioni, andrebbe dritta al sodo.

«Però sta bene, mi sembra» osserva Hamish, mentre Bobby, annoiato dalla nostra ispezione, si rimette a giocare con il trenino.

«Sì, ma glielo devo dire» replico, nervoso, con il cuore a mille all'ora, tremante. Sto pensando alle spine in testa, ai chiodi nelle mani, al pisello coperto da uno straccio e ai capezzoli in bella vista. Sicuramente lei mi metterebbe in croce in pubblico, così mi vedrebbero tutti, come Gesù sulla collina, solo che io forse sarei nel cortile della scuola o attaccato al muro dietro il bancone della macelleria. Magari mi appende a uno di quegli uncini giganti per la carne, così tutti quelli che entrano per prendersi l'arrosto della domenica mi vedranno. *Eccolo là, il ragazzo che non ha tenuto d'occhio il fratellino. Male, male, male. Due costolette di maiale, per favore.*

«Non devi dirglielo per forza» mi dice Hamish tranquillo, mentre va in cucina a prendere una pezza. «Tieni, pulisci il vomito.»

Obbedisco.

«E se la volpe è rimasta incastrata da qualche parte dentro di lui?» chiedo. «E se smette di respirare?»

Hamish ci pensa su. Guardiamo Bobby giocare. Biondo e cicciottello, sbatte in continuazione il trenino contro la gamba di una sedia, parlando tra sé nel suo linguaggio fatto di parole che non gli escono come si deve perché ha la lingua troppo grossa rispetto alla bocca.

«Senti, non possiamo dirlo a ma'» conclude Hamish. Sembra così grande e sicuro di sé. «Non dopo Victoria, per lei sarebbe...» Non c'è bisogno che dica come sarebbe per lei, abbiamo visto abbastanza da poterlo immaginare.

«Cosa faccio?» domando.

Dev'essere per il modo in cui lo chiedo, mi accorgo di aver fatto la voce da bambino piccolo, che a volte lui odia e fa sparire a suon di botte, ma stavolta invece si addolcisce. «Tu non ti preoccupare. Ci penso io.»

«Come?»

«Be', è entrata in un modo, e ce n'è solo un altro in cui può uscire. Dobbiamo tenere d'occhio il suo pannolino.»

Lo guardo sbalordito e lui ride, una risata di gola da fumatore già simile a quella di Mattie, anche se Hamish ha solo sedici anni e Mattie è un matusa.

«Come la facciamo uscire?» gli domando, seguendolo in giro come un cagnolino.

Lui apre il frigo, lo esamina, poi lo chiude, senza trovare niente che faccia al caso nostro. Picchia un dito sul bancone e si guarda attorno nel cucinino, mentre si spreme le meningi.

Io me la sto facendo addosso, ma Hamish se la cava alla grande con queste faccende. Gli piacciono i guai, così tanto che vuole che il mio guaio diventi suo. Adora trovare soluzioni, spronato dal conto alla rovescia dei minuti che ci rimangono prima che le nostre vite si trasformino in un inferno.

La maggior parte delle volte, però, le soluzioni non le trova, anzi crea dei problemi ancora più grossi nel tentativo di aggiustare le cose. Hamish è fatto così. Ma è tutto quello che ho, ora come ora. Sono inutile come le tette per un toro, come mi dice sempre lui.

I suoi occhi verdi si posano sul pane nero appena sfornato che mamma ha lasciato a riposare sul tagliere, coperto da uno strofinaccio a quadri bianchi e rossi. L'ha impastato questa mattina e ha riempito la casa di un profumo delizioso.

«Ma' mi ha detto di non toccarlo.»

«Ti ha anche detto di non togliere gli occhi di dosso a Bobby.»

Sì, me l'ha detto. Sento di nuovo quel fremito nervoso

nella pancia, mi vedo con una corona di spine e obbligato a trascinare una croce per la strada, anche se, trattandosi di mamma, forse trascinerei un cesto di panni sporchi. Lo dice sempre che ha due croci: i panni e noi sei figli.

«E se il pane non basta a farla uscire...» dice a mezza bocca Hamish, prendendo un cucchiaio e una bottiglia di olio di ricino dalla credenza. Poi toglie lo strofinaccio e afferra la pagnotta. «Oh, Bobby» canticchia, sventolandogli il pane davanti alla faccia. Al piccoletto si illuminano gli occhi.

Un'ora dopo ho cambiato due pannolini pieni della merda più molliccia che io abbia mai visto, e ancora non c'è traccia della volpe.

«L'hai acchiappata davvero quella volpe, eh, amico?» dice Hamish a Bobby, con una risata isterica.

Gli offre un altro pezzo di pane e un cucchiaio di olio di ricino, Bobby dice: «No!» e corre via. Non lo biasimo, anzi sono contento. Sono letteralmente immerso fino ai gomiti nei pannolini sporchi di merda. Non so come li pulisca mamma, io ho fatto bollire un po' d'acqua e ce li ho immersi più a lungo che ho potuto, bruciandomi le mani nel processo; poi ho cercato di sfregarli per togliere le macchie, ma niente. Però sono ancora convinto che mi sia andata meglio che a Hamish, il quale si occupa di ispezionare la cacca con un coltello prima di passarmi il pannolino. Se non fossi terrorizzato al pensiero di mamma che torna a casa e scopre che il pane è sparito e una biglia è rimasta incastrata dentro il suo prezioso bambino, allora anche io riuscirei a ridermela come Hamish.

Hamish sta esaminando il terzo pannolino sporco di Bobby quando sento la chiave nella porta. Mamma è a casa, la fine del mondo è arrivata. Mi batte forte il cuore, mi si chiude la gola come se fosse giunta la mia personale apocalisse.

«Sbrigati» sussurro e Hamish ravana più in fretta nella cacca.

La porta d'ingresso si apre; Hamish corre fuori da quella sul retro, e mamma e Angus vengono accolti da Bobby, nudo dalla vita in giù, che fa capriole sul pavimento, con le gambe cicciotte che sbattono ovunque.

«Tutto bene?» chiede mamma, entrando nella stanza.

Angus è dietro di lei, silenzioso, ha una guancia rossa come se si fosse appena preso uno schiaffo, le mani in tasca e le spalle curve. Non mi è difficile capire che ci è andata giù pesante con lui. Angus mi guarda sospettoso. Hamish è nel giardino alle prese con la cacca. O almeno, spero. Una parte di me è convinta che se la sia svignata nel vicolo passando dal cancello sul retro e mi abbia lasciato a vedermela da solo con questo casino.

Sulla faccia di Angus si disegna un sorriso, sa che ho combinato qualcosa, probabilmente ho l'aria colpevole. Gli piacerebbe da matti se venissi beccato, è convinto che le stia per prendere, e che per un po' non ci sarà più lui nel mirino.

«Che è successo, Zecca?»

«E ora che diamine c'è?» chiede mamma, guardando Bobby che fa capriole a più non posso. Poi nota il piatto di pane vuoto sul tavolo e le briciole dappertutto, mentre fuori dalla finestra io vedo Hamish con la mano sporca di merda, una biglia bianca tra le dita e un gran sorriso stampato in faccia. Sono immensamente sollevato ma ora devo occuparmi del problema del pane.

«Bobby ne ha mangiato un po', scusa» dico in fretta. Troppo in fretta. Mamma sospetta che ci sia dell'altro.

«Il mio pane nero!» grida. «Era per il tè. Vi avevo detto di non toccarlo!» continua a urlare. Hamish compare al mio fianco, mi molla in mano il pannolino sporco e mi infila la biglia in tasca, adesso ha le mani pulite.

«Scusa, ma', colpa mia» interviene. «Ho detto a Fergus che avrei badato a Bobby al posto suo, ma devo averlo perso di vista un secondo e lui s'è mangiato il pane. Lo sai, sta sempre a mettersi roba in bocca.» Non appena mamma distoglie gli occhi da lui e li rivolge con aria disperata alla sua pagnotta mezza mangiata, Hamish incrocia il mio sguardo e mi fa l'occhiolino.

Mamma si lancia in una tirata rabbiosa contro Hamish e per tutto il tempo penso che dovrei interromperla e confessare, ma poi non lo faccio. Non ci riesco, sono troppo codardo.

Mamma vede il pannolino che tengo in mano, e l'acqua bollente fuori con gli altri a bagno, e la sua espressione cambia in un modo che non capisco. «Quanti ne hai cambiati?»

«Tre» rispondo nervosamente.

Scoppia a ridere, cogliendomi di sorpresa. «Oh, Fergus.» Mi scompiglia i capelli e mi bacia la testa. Va nel bagno esterno per sciacquare il pannolino dalla cacca, sempre ridendo, e io vedo Hamish che la osserva con aria triste.

Più tardi, quando gli altri dormono, gli chiedo perché abbia fatto una cosa del genere per me, perché mi abbia aiutato e si sia preso la colpa.

«Non l'ho fatto per te, ma per lei. Non vuole che tu la deluda, con me invece ci è abituata.»

Mamma ha ragione a dire che Hamish è intelligente, infatti quando mi ha rivolto uno sguardo eloquente e ha detto: «Mi devi un favore», io ho capito subito che non stava scherzando, mi teneva in pugno. Non so se abbia sempre avuto in mente quel che abbiamo fatto in seguito e per quel motivo si sia preso la colpa, sapendo che non avrei avuto altra scelta se non fare ciò che mi chiedeva, o se ci abbia pensato solo dopo. A ogni modo, quello è stato l'inizio delle nostre avventure, o disavventure, con le biglie, e, incidente con il pane nero o no, io con lui sarei andato ovunque.

In ogni caso, questo episodio fa più o meno capire che tipo era Hamish. Uno pronto a navigare nella merda per salvarmi il culo.

8
Il gioco delle biglie
Le uova nel paniere

Sono le tre del mattino e sono in giro con Hamish. Viene spesso a prendermi di sera tardi, ma negli ultimi tempi la faccenda è un po' cambiata: niente spintarelle né calci, neanche una mano sulla bocca per non farmi urlare dallo spavento, come succedeva sempre quando mi svegliava nel cuore della notte. Ora, invece, mi deve lanciare dei sassi contro la finestra perché da qualche mese, cioè da quando mamma l'ha cacciato in malo modo, non vive più con noi. Mamma ha scoperto che lavora per il Barbiere, ma non è per questo che l'ha fatto. Lui e Mattie hanno litigato di brutto, si sono pestati e hanno distrutto casa. Hamish ha persino sbattuto la testa di Mattie contro il vetro della credenza buona e l'ha sfondata – c'erano schegge dappertutto e gli hanno messo tre punti. Tommy se l'è fatta nei pantaloni, anche se ha detto di no.

Perciò Hamish non vive più con noi. A ventun anni, dice mamma, avrebbe già dovuto essere andato via di casa, essersi sposato e avere un lavoro. Io continuo comunque a vederlo. Non possiamo più fregare le persone come prima, ora che ho quindici anni e tutti sanno che sono il miglior giocatore di biglie della zona, o almeno uno dei migliori; è spuntato fuori un tizio nuovo, Peader Lackey. Alla gente piace quando giochiamo uno contro l'altro, quindi il Barbiere ci combina degli incontri nella sua bottega, di notte. Vuole che i suoi scagnozzi si divertano mentre lui riceve gente nell'ufficio sul retro. Perciò, quando è impegnato con qualcuno, in bottega si beve e si fuma, e poi ci sono partite a carte, sfide di biglie, donne, tutto quel che volete. Hamish sostiene che il Barbiere scommetterebbe persino su una corsa di lumache, ma non glielo dice in faccia, ovviamente, è meglio non farlo incazzare, il Barbiere. Se lo provochi, e dopo vai da lui a tagliarti barba e capelli, potresti uscirne con qualche taglio di troppo.

Quando partecipo alle sue serate il Barbiere mi dà qualche scellino, che quasi sempre si tiene Hamish. In effetti, per me non è cambiato niente rispetto a quando avevo dieci anni e mi beccavo le caramelle: mi stava bene giocare gratis allora e mi sta bene giocare gratis adesso. Gli spettatori piazzano scommesse sul vincitore e Hamish le raccoglie. Se non paghi è meglio che cominci a guardarti le spalle, Hamish suscita parecchio rispetto, perché è uno dei fedelissimi del Barbiere; non pagare equivale ad andare in cerca di guai, e trovarli puntualmente.

Ma stanotte Hamish non ha dovuto svegliarmi, l'ho beccato prima io nel vicolo dietro casa nostra, chino a cercare sassolini. Mi avvicino senza farmi sentire, gli do un calcio nel culo e lui si prende un colpo come se il Barbiere in persona gli avesse puntato un coltello affilato sul collo.

Me la faccio sotto dalle risate.

«Che cazzo ci fai sveglio?» mi chiede, cercando di far finta di niente, anche se ha le pupille scure e dilatate.

«Non sono cazzi tuoi.»

«Ah, è così che mi rispondi ora?» Sorride. «Ho sentito che te la stai spassando con una delle ragazze Sullivan. Sarah, giusto?»

«Forse.» Mi sorprende sempre il fatto che Hamish sappia tutto. Non ho detto a nessuno di lei, mi sono tenuto la cosa per me... Non che ci fosse poi molto da dire, non vuole fare nulla fino al matrimonio, me l'ha detto chiaro e tondo.

Sarah è dolcissima, stasera però non ho visto lei, ma sua sorella Annie, che è molto meno dolce. Ha due anni di più e mi ha aggiornato su quello che la sua sorellina non ha intenzione di condividere. Mi tremano ancora le gambe, ma mi sento vivo, mi sento un uomo, in grado di fare qualunque cosa. Solo che probabilmente è il momento sbagliato, visto che c'è di mezzo Hamish.

Mi fa segno di seguirlo senza dirmi cosa andiamo a fare. Immagino che ci sia una partita di biglie da qualche parte e che lui abbia dato appuntamento a un po' di scommettitori, di solito funziona in questo modo. E se così non è, vuol dire che stiamo andando a far visita ai ragazzi che non hanno pagato. Andiamo alla scuola, scavalchiamo il muro posteriore e raggiungiamo senza difficoltà i dormitori. Hamish sa già come entrare; mentre oltrepassiamo il davanzale della finestra, urto un barattolo di biglie posato su una scrivania e le palline finiscono dappertutto sul pavimento. Mi aspetto che Hamish mi molli un ceffone, invece si piscia sotto dal ridere. Per fortuna, non arriva nessuno dei preti. Un conto è far casino durante le ore di scuola, un altro quando non dovresti nemmeno essere lì. Hamish ride come un isterico e scivola sulle biglie, ed è a questo punto che mi accorgo che puzza di alcol. La cosa mi allarma un po'.

Due ragazzi si svegliano e si mettono a sedere sul letto, ancora assonnati. Hanno quindici anni, come me, ma io sembro più piccolo.

«Sveglia, finocchi» dice lui, colpendoli entrambi sulla testa. Poi lega loro le mani dietro la schiena e le caviglie alle gambe delle sedie, usando le stringhe delle scarpe, le cravatte della divisa scolastica e qualsiasi altra cosa riesca a trovare. Infine li avvisa che faremo un piccolo gioco.

Mentre si occupa di loro, io raccolgo le biglie dal pavimento e le osservo. Non è una collezione di valore, c'è solo una manciata di opache, di occhi di gatto, di biglie con vortici e di *patches*, niente di interessante, niente di collezionabile. Resto un po' sorpreso, perché so che uno dei ragazzi è pieno di soldi. Ha il paparino che fa il dottore, guida una bella macchina, mi sarei aspettato qualcosa di meglio. Scavo nel barattolo e trovo il tesoro: una *peerless patch* bicolore della Peltier. Salta subito all'occhio perché le macchie colorate hanno i bordi tondeggianti anziché dritti, e questo dev'essere il mio giorno fortunato perché ce ne sono tre con sopra delle figure, alcuni personaggi dei fumetti disegnati in nero e marchiati a fuoco. Non avevo mai visto niente del genere prima. Il ragazzo mi guarda mentre le studio e fa bene a essere preoccupato. I personaggi sulle sue tre biglie sono Smitty, Andy e, quasi non ci credo, Annie, impressa in nero su una biglia rossa e bianca. Mi sembra un segno del destino. Comunque non sono un bastardo crudele, ne intasco solo una: Annie.

Hamish dice loro che giocheremo alle uova nel paniere, un gioco di indovinelli, che non richiede alcun tipo di tecnica. È perfetto per un lungo viaggio in famiglia, non che la nostra vada così spesso in giro. Costa troppo e mamma dice che siamo un cazzo di incubo e che non può portarci da nessuna parte. Va a finire sempre che ci dividono e ci spediscono ognuno da un diverso membro della sua famiglia per una settimana. Per due anni di fila sono andato da zia Sheila, che ha due figlie femmine e vive praticamente dietro l'angolo. Mi sono ritrovato a dormire sul pavimento e non ho bei ricordi del mio soggiorno da lei; sono state le peggiori vacanze estive di sempre, se non fosse che mia cugina Mary era amica di Sarah Sullivan, ed è così che l'ho conosciuta. Ho finto di essere il cugino buono, bravo e educato per una settimana, e ne è valsa la pena.

Tornando al gioco, un giocatore prende in mano un certo numero di biglie e chiede all'altro di indovinare quante sono. Se quello indovina si prende le biglie; altrimenti deve pagare all'avversario la differenza tra il numero che ha detto e l'effettivo numero di biglie che questi ha in mano. Solo che Hamish ha aggiunto un tocco personale al gioco: ogni volta che i ragazzi sbagliano, la differenza viene corrisposta in pugni in faccia e su tutto il corpo. Il gioco smette in fretta di essere divertente. È già capitato che andassimo a recuperare dei soldi e abbiamo già spaventato alcuni scommettitori, a cui in effetti per farsela sotto basta vedere Hamish entrare in camera loro di notte, sapendo che è stato mandato dal Barbiere, ma non abbiamo mai fatto una cosa del genere, o almeno non andandoci giù pesante. Hamish esagera. Li picchia troppo, troppo forte, i ragazzi sanguinano, piangono, sempre legati alle sedie.

Provo a dirgli che forse è sufficiente così e lui se la prende anche con me, mi tira i capelli tanto forte che penso che mi stia per fare lo scalpo. La puzza di alcol è ancora più intensa adesso, e lui ha gli occhi iniettati di sangue, come se ci avesse messo un po' ad andare in botta. Quel che prima, nel vicolo, mi era sembrato uno spavento e poi un moto di gioia nel vedermi, in realtà era qualcos'altro. Hamish li pesta ancora e uno dei ragazzi, con il naso che sanguina e un occhio nero, chiama aiuto gridando forte. Non provo alcuna soddisfazione, sono solo ragazzini, e poi non gli dovevano nemmeno tutti questi soldi. Hamish intasca i loro risparmi, si prende tutto, dopodiché ce ne andiamo. Rientriamo in silenzio; mio fratello sa che disapprovo il suo comportamento e lo detesta. Anche se cerca di fare il duro, quel che vuole davvero è piacere agli altri, peccato che non abbia mai capito come si fa.

Non mi riaccompagna a casa, si limita a salutarmi all'inizio del vicolo. Penso che stia per andarsene senza dirmi nulla, ma non è così, c'è dell'altro.

«Senti, il Barbiere mi ha chiesto di dirti di non vincere domani sera.»

«Che?»

«Mi hai sentito. Non devi vincere.»

«Perché?»

«Secondo te? Ha combinato con qualcuno. Tu perdi, lui vince una barca di soldi. Magari ne avrai un po' anche tu.»

«Contro chi gioco?»

«Peader.»

«Non perdo contro Peader, non esiste.»

«Be', devi.»

«Non devo fare proprio niente. Io non lavoro per il Barbiere, come te, e comunque non perdo per nessuno.»

Hamish mi prende per il bavero e mi spinge forte contro il muro, ma non ho paura di lui, anzi, mi fa solo una gran tristezza. Al posto di mio fratello, che una volta vedevo come un eroe, c'è soltanto un bullo.

«Fatti trovare pronto domani sera alle undici, okay? Altrimenti...»

«Altrimenti cosa? Non sarai più mio fratello, Hamish?» Tutto a un tratto sono furioso, furioso per il modo in cui lui ha picchiato quei ragazzi, per il modo in cui mi ha coinvolto nella faccenda, perché crede di potermi ancora dire cosa fare aspettandosi che io lo faccia, senza porre domande. «Mi picchierai come i ragazzi di stasera? Non credo proprio. Pensi che mamma ti lascerà mai rimettere piede in casa se lo fai?»

Lui è a disagio. So che desidera tornare a casa più di ogni altra cosa. È un mammone, anche se ha un modo strano per dimostrarlo, il tipo che sfotte da matti la ragazza che gli piace, che ti tratta male se vuole diventare tuo amico, che quando è con la sua famiglia fa il cretino e invece vuole solo esserne parte.

«Il Barbiere ti verrà a cercare» mi minaccia lui.

«No che non lo farà. Il Barbiere ha di meglio da fare che preoccuparsi di me e di una partita a biglie, che usa solo come diversivo per qualsiasi cosa stia facendo nel retro. E anche tu sei solo una pedina di quel diversivo, Hamish, ecco cosa sei. Ti ha mai fatto entrare nella stanza sul retro? Non si prenderebbe nemmeno la briga di venirti a cercare di persona per punirti, lo chiederebbe a qualcun altro. Non gliene frega niente di te. E quindi io non perderò per lui, e non perderò per te. Non perderò e basta. Punto.»

Devo aver pronunciato quelle parole in uno strano modo, perché il messaggio gli arriva forte e chiaro, Hamish mi crede, sa che non conta nulla per il Barbiere, che ha sempre cercato di sembrare più importante di quel che è, facendo cavolate come quella di stasera. L'ho smascherato e non lo sopporta. Sa che non c'è nulla che possa fare per indurmi a cambiare idea, o per convincermi.

Mentre cammino lungo il vicolo, verso casa, all'improvviso mi arriva uno schiaffo sulla nuca. Fa male. All'inizio penso sia il Barbiere, ovviamente non lui, ma uno dei suoi scagnozzi. Invece è Sarah, e sta piangendo.

«Gesù, Sarah, che ci fai qui a quest'ora?»
«È vero?» singhiozza. «Tu e Annie l'avete... fatto?»
E la mattina dopo posso scordarmi di Annie, di Sarah e pure di Hamish.

I poliziotti vengono a cercarlo, ma lui se l'è già data a gambe. È più fortunato a essere sfuggito all'ira di mamma che non ai poliziotti. Tutti pensano che io sappia dov'è, ma non è così. Dico loro che non lo so e che non mi interessa saperlo, il che poi è vero. Ha passato il limite ieri notte e non posso coprirlo su una cosa del genere. Per la prima volta in vita mia, non posso. Dovrei sentirmi triste ma non lo sono, mi sento un duro, più forte, come se anche solo *pensare* di essere meglio di Hamish mi abbia dato dei superpoteri. Non avevo mai creduto di essere meglio di lui, e passo la giornata ringalluzzito da qualcosa di molto simile all'orgoglio.

Di notte, a letto, io e i miei fratelli bisbigliamo tra noi, è l'unico modo che abbiamo per parlare, perché mamma ha i nervi così a fior di pelle che basta un niente per farla sclerare. Duncan dice che un tizio che conosce e che lavora al porto ha visto Hamish salire su una nave diretta a Liverpool.

E ora non mi sento più tanto un supereroe. Non sapevo che quel nostro incontro sarebbe stato l'ultimo. Volevo che avessimo la possibilità di fare pace, che lui mi chiedesse scusa, che riconoscesse che sono diventato grande. I miei fratelli si chiedono cosa farà Hamish in Inghilterra, se la ridono a immaginarlo nelle situazioni più assurde, mentre io me ne sto sdraiato al buio e lo vedo viaggiare dall'Inghilterra fino alla Scozia, una sorta di immagine antica di lui che si inerpica fin lassù con un bastone, trova qualcuno della famiglia di papà con cui stabilirsi e va a vivere nella fattoria che io ormai non ricordo nemmeno più, a fare il contadino come papà. Questo pensiero mi aiuta a addormentarmi, ma sono sempre preoccupato, mi sento sempre in colpa, e i superpoteri che mi sembrava di avere fino a un momento fa sono spariti.

Mi becco una segnalazione da parte delle guardie, ma mi considerano solo un ragazzino stupido nel posto sbagliato al momento sbagliato, sotto l'influenza del fratello maggiore. Per farmi perdonare, restituisco al ragazzo ricco che Hamish ha picchiato la sua biglia Annie, anche se mi dispiace da morire. Comunque gliela rivinco qualche settimana dopo. Quella e l'intera collezione con i personaggi dei fumetti. Ogni volta che vedo quelle biglie mi viene in mente la notte in cui sono diventato uomo con Annie, la stessa notte in cui la mia strada e quella di Hamish si sono separate. E qualche volta, quando vorrei davvero aver preso quell'altra strada, la strada di mio fratello, in quei momenti in cui la vita praticamente mi implora di farlo, tiro fuori le biglie come promemoria e metto a tacere la voce nella mia testa.

Non vedo più Hamish per moltissimo tempo, e quando accade mi basta una sola occhiata per capire che non dovrò mai imboccare la sua strada, mai. Ma vedere un cadavere fa quell'effetto alla maggior parte delle persone.

9
Regolamento della piscina

Vietato giocare a palla

Armata delle nuove informazioni ottenute da mamma, salgo in macchina e guido fino a Virginia. Riesco a parcheggiare in strada, fuori dall'ufficio di Mickey Flanagan, che si trova tra un videonoleggio di DVD che ha chiuso e un ristorante cinese d'asporto che deve ancora aprire. La finestra sulla strada ha il vetro satinato con il nome di Mickey stampato in nero. La segretaria, sulla targhetta leggo il nome Amy, è seduta dietro una lastra di vetro rinforzato, con dei buchi tondi che servono a lei per respirare e a noi per parlare. È solo quando faccio per aprire bocca che mi rendo conto di star trattenendo il fiato. Devo averlo fatto per tutto il tragitto fino a Virginia perché mi sento stringere il petto.

«Salve, sono Sabrina Boggs.» Ho preso appuntamento non appena ho riattaccato con mamma e la segretaria gentilmente ha trovato un buco per me, anche se ora che mi guardo attorno nella sala d'attesa vuota non sono certa che abbia fatto poi molta fatica.

«Salve.» Mi sorride cortese. «Per favore, si sieda, Mickey sarà da lei appena possibile.»

La sala d'attesa si trova accanto il vetro satinato. Mi siedo tra un dispenser d'acqua e una pianta in vaso dall'aria malconcia. La radio è accesa per coprire il solito silenzio imbarazzante delle sale d'attesa, si parla ancora dell'eclissi totale di sole di oggi, che ha monopolizzato ogni telegiornale e talk show nell'ultima settimana: che cosa possiamo aspettarci di vedere, dove possiamo aspettarci di vederlo, come guardare il sole, come non guardarlo, dove guardarlo meglio. Questa eclissi mi ha sfinita. Aidan si è preso il pomeriggio libero per andare a prendere i ragazzi a scuola e poi portarli in un campeggio, uno dei punti di osservazione ufficiali del fenomeno. Raggiungerà i suoi nipoti e suo fratello, la cui ultima trovata per far soldi consiste nell'aver investito i suoi risparmi in occhiali speciali per guardare le eclissi solari, che in quest'ultimo periodo ha venduto a prezzi maggiorati. È da una settimana che i miei bambini non vedono l'ora: hanno provato gli occhiali, hanno costruito dei modellini di eclissi solare usando scatole di cereali, polistirolo e gomitoli di lana, e hanno decorato le loro camere con delle lune fosforescenti. Non guasta nemmeno il fatto che sia un venerdì sera di maggio e che il tempo sia bello, così tutti possono mostrarsi interessati e vedere il cielo come si deve. Non che a me non interessi ammirarlo, ma non mi piace andare in campeggio, perciò ho la serata solo per me.

«Non sono fatta per il campeggio» ho detto a Aidan quando mi ha spiegato i suoi piani, la settimana scorsa.

«Diciamo piuttosto che *non ti piace*» ha replicato lui, scrutandomi. Sapevo che mi stava guardando ma ho finto di non accorgermene e ho continuato a preparare i cestini del pranzo per i ragazzi. Il suo commento mi aveva irritata, ma non volevo darlo a vedere. Ho contato mentalmente fino a cinque: burro, prosciutto, formaggio, pane, taglia a metà. Avanti con il prossimo. Quando ho aggiunto gli snack all'uvetta, lui mi stava ancora fissando.

«Si tratta di un fenomeno naturale» sta dicendo uno scienziato alla radio. «In alcune culture antiche e moderne, le eclissi di sole sono state attribuite a cause sovrannaturali o considerate cattivi presagi. Erano eventi spaventosi per le persone che ignoravano la loro spiegazione scientifica, perché il sole sembra sparire durante il giorno e il cielo si oscura nel giro di qualche minuto.»

«Io ci credo a quelle cose» dice Amy all'improvviso da dietro il vetro. «Una volta avevo un fidanzato che dava fuori di matto con la luna piena.» Si massaggia le tempie. «Mi ha chiusa in un armadio, mi ha buttato le scarpe nel water. Mi accusava di aver parlato quando nemmeno avevo aperto bocca, di aver spostato cose che non sapevo neanche che avesse. Diceva: "*Me*, hai toccato la mia scacchiera?", e io rispondevo: "Quale scacchiera?". Comunque odiavo essere chiamata *Me*. Il mio nome è *Amy*. Non è strano che mi chiamasse *Me*, quasi fossi una parte di lui? Roba strana. Se fossi rimasta con lui, sono certa che mi avrebbe uccisa come ha fatto con quel topo.» Mi guarda e spiega: «L'ha torturato in cantina per tre giorni».

Mi immagino la tortura dell'acqua praticata su un ratto.

«Le giornate tipo oggi mi fanno paura, specialmente nei rapporti con il pubblico. Non ci crederebbe alle chiamate che riceviamo. Tutti matti. È per via delle eclissi che si chiamano lunatici, lo sapeva?»

Annuisco ma lei continua imperterrita. «Lunare, lunatico. Viene fuori il peggio nelle persone: violenza, instabilità mentale, e via dicendo. Ho un'amica che fa il paramedico e dice che è sempre più impegnata nei periodi di luna piena. Le persone vanno fuori di testa e basta. Ha a che fare con le maree e con l'acqua che abbiamo in corpo» mi spiega. Sta zitta per un momento, sovrappensiero.

«Anche se penso ci fosse davvero qualcosa che non andava in George. Era pazzo anche nei giorni in cui la luna nemmeno si vedeva.»

Ripenso a me che lancio la tazza contro il muro al lavoro. Immagino di dire a Eric: «È tutta colpa della luna». Sarebbe ridicolo, certo, ma non così strano per i miei standard. Ho sempre fatto fatica a dormire durante le notti di plenilunio. Non tanto per i mal di testa martellanti, quanto per i troppi pensieri, che si affollano alla velocità della luce, tutti insieme, come se la luna facesse da trasmettitore per il mio cervello. Tutto scorre in fretta, anziché essere lentamente filtrato. Penso al fatto che sono venuta fin qui, decisa a ritrovare le biglie di papà e mi chiedo se questa in fondo non sia una pazzia. È la luna che me l'ha fatto fare. Ma in realtà non mi importa chi è che me l'ha fatto fare. Lo sto facendo e se ho bisogno che sia la luna a spronarmi, allora sia.

Immagino quanto saranno elettrizzati i bambini quando il sole si oscurerà davvero, sempre che non arrivino prima le nuvole a coprire il cielo perfetto e a rovinare a tutti l'opportunità di assistere allo spettacolo. Mi chiedo dove sarò, cosa starò facendo in quel momento, e spero che coincida con il ritrovamento delle biglie di papà a casa di Mickey Flanagan, in pieno stile Scooby-Doo, dopo aver approfittato della momentanea oscurità per introdurmi di soppiatto nella sua abitazione e averle rubate dalla sua cassaforte nascosta dietro il dipinto, nello studio rivestito di pannelli di noce.

«Oggi c'è la luna nuova» continua Amy. «Conosciuta anche come "luna nera", perché è solo un cerchio nero, appunto. Sa già quanto impazziscano le persone quando c'è la luna piena, si immagini con una luna piena nera.

Voglio dire, oggi sarebbe stato meglio restare in casa e chiudere a chiave la porta. Chi lo sa cosa può succedere?»

Rimaniamo in sospeso su quel pensiero.

Il telefono squilla ed entrambe facciamo un salto, poi ridiamo. «La può ricevere subito.»

Entro nell'ufficio di Mickey Flanagan in ansia per via di ciò che sono venuta a fare, e mi ritrovo faccia a faccia con un uomo dal volto amichevole, basso e calvo, che ricorda Humpty Dumpty. Ci siamo conosciuti poco dopo l'ictus di papà per discutere di come gestire i suoi affari, ma da allora non ci siamo scambiati più di qualche email. Ogni volta che vedo che me ne ha mandata una, mi preoccupo che i soldi siano finiti e che la riabilitazione di papà debba essere di colpo interrotta. Ho evitato qualsiasi tipo di incontro con lui proprio per non parlare dell'inevitabile. Mickey si alza con una certa fatica, sbatte la pancia contro il bordo della scrivania, le gira attorno per stringermi la mano calorosamente e poi torna a sedersi.

Sono nervosa. Tiro fuori dalla borsa il raccoglitore con l'inventario di papà e mi preparo per il mio interrogatorio. Se ha preso le biglie, so che non ammetterà il furto su due piedi, anzi forse non lo ammetterà affatto, ma spero che vedermi per lo meno gli scuota la coscienza. Ho pensato a ogni scenario possibile, ho già immaginato ogni possibile risposta: *Ho dovuto venderle, non mi paga da mesi, ti aspetti che lavori gratis?* Oppure: *Certo che le ho vendute, avevamo un accordo, vedi questo contratto qui, mi paga tramite la vendita delle sue biglie.*

Ho già pensato a tutto, ma la mia risposta sarà sempre la stessa. Recuperale.

«Che bello vederti, Sabrina, come sta tuo papà?» mi chiede, preoccupato.

«Come sta?» ripeto, sentendo le gambe che iniziano a tremare, e non solo quelle. In realtà mi trema tutto il corpo, lingua inclusa. Comincio a contrarre le labbra, cosa che mi irrita e mi rende persino più frustrata e arrabbiata. Voglio riuscire a dire quel che mi pare senza difficoltà. Dovrei restare impassibile, ma basta la semplice domanda «Come sta?» a farmi subito ribollire dentro. Le emozioni mi annebbiano la mente. Questa sensazione mi ricorda quella che provo durante un sogno ricorrente in cui devo spiegare qualcosa a qualcuno, una persona sempre diversa, ma ho una gomma da masticare che mi si incastra in bocca e più cerco di toglierla più grande diventa, impedendomi di parlare.

Mi schiarisco la voce. «Qualche volta non ricorda nemmeno cosa sia successo il giorno prima, ma poi ti racconta una storia della sua infanzia con precisione assoluta, in modo così chiaro e vivido che ti sembra di tornare indietro nel tempo con lui. Tipo oggi, questa mattina mi ha raccontato di essere stato alla finale del campionato All-Ireland del 1963 in cui il Dublino ha battuto il Galway. Si ricordava ogni minima cosa, è entrato così nel dettaglio che mi sembrava di esserci.»

«Be', quello sì che è stato un giorno memorabile» mi dice in tono gentile e bonario.

«E poi magari si dimentica qualcosa che è, o almeno una volta pareva essere, incredibilmente importante per lui.» Mi schiarisco di nuovo la voce. Arrivaci con naturalezza, Sabrina. «Per esempio le sue biglie. Fino a oggi io nemmeno sapevo della loro esistenza, ma ne ha centinaia. O anche migliaia, non le ho contate. Alcune sono di valore, ma tutte sono importanti a prescindere dal prezzo, altrimenti perché si sarebbe preso la briga di compilare questo?» Gli passo con un gesto goffo l'inventario, le dita mi tremano. Lui sfoglia ogni singola pagina, poi sposta lo sguardo dal raccoglitore a me, su e giù, ancora e ancora.

«Mickey» esordisco, «non c'è un modo cortese per dirlo. Queste biglie sono state in tuo possesso fino a ieri e una parte della collezione è mancante. Sai cosa è successo alle biglie di mio padre?»

Sembra sorpreso, si blocca con ancora in mano l'inventario. «Santo cielo, no!»

«Mickey, ho davvero bisogno di saperlo. Non ti sto accusando di averle rubate, voglio dire, magari avevi preso accordi con qualcuno, con papà forse, e avevi il permesso di prenderle. Qualsiasi cosa sia accaduto, non serve che io lo sappia. Voglio solo ritrovarle, così posso riprendermele e completare la collezione.»

«No, no, non le ho prese io e non c'è stato nessun accordo, con nessuno, nemmeno con tuo papà.» Si raddrizza, un po' rigido. «Come sai, gli scatoloni mi sono stati affidati *dopo* il suo ictus e, come hai detto, lui non si ricorda di possederli, perciò non può avermi dato alcuna istruzione riguardo a cosa farci, e io non li avrei mai sfiorati neanche con un dito.» È sincero e chiaramente arrabbiato per essere stato accusato di una cosa del genere, ma sta mantenendo un atteggiamento professionale. «Ti do la mia parola, Sabrina.»

«Qualcuno a casa tua potrebbe averli aperti? Magari ti sono entrati i ladri in casa?» Cerco di non andarci troppo pesante con i suoi cari. «Le biglie scomparse erano le più costose, sembra che qualcuno abbia consultato l'inventario e le abbia scelte.»

Mi fa la cortesia di fingere di pensarci su un attimo prima di rispondermi. «Posso assicurarti che la responsabilità della sparizione delle biglie non è né mia né di nessuna delle persone che vivono con me. Non li ho mai aperti quegli scatoloni, sono arrivati da me sigillati e se ne sono andati allo stesso modo. Sono rimasti in garage per tutto l'anno scorso, fuori dalla portata e dalla vista di chiunque.»

Gli credo, ma ora sono a un punto morto e non so in quale direzione procedere.

Mickey mi restituisce l'inventario e io resto lì a fissarlo, a fissare la scrittura di papà, bella e sinuosa, poi davanti agli occhi vedo: *Sabrina non è potuta venire a scuola a causa di una visita medica*. Vedo biglietti di auguri scritti a mano, appunti scarabocchiati in giro per casa.

Serro le labbra, ho le guance ancora un po' arrossate per l'imbarazzo di aver accusato Mickey, a prescindere da quanto sia stata educata.

«Ci sarebbe un'altra cosa, oltre al fatto che vorrei ritrovarle. Mi sarebbe d'aiuto sapere chi te le ha portate. Io e mamma abbiamo imballato tutto quel che c'era nell'appartamento e non abbiamo mai visto prima questi scatoloni.»

Lui si acciglia, sinceramente confuso. «Davvero? Non vi ha aiutato nessuno? Addetti ai traslochi o familiari?»

Scuoto il capo. «Ce ne siamo occupate da sole.»

Si prende del tempo per pensarci. «Non so se sai come sono finite da me, le cose di tuo padre.»

«Mamma ha detto che ti sei gentilmente offerto di tenerle. Io non avevo abbastanza spazio e lei… ha voltato pagina, mi sembra evidente.»

«In realtà non mi sono gentilmente offerto» mi informa in tono cortese, e uno scintillio degli occhi blu gli illumina il viso tondo. «Tua madre non è stata del tutto sincera con te, ma io lo sarò, soprattutto dal momento che sei venuta qui con queste… preoccupazioni, e giustamente anche, visto che gli scatoloni nell'ultimo anno sono stati in mio possesso.»

Mi muovo a disagio sulla sedia, sono un po' in imbarazzo, mentre prima ero determinata.

«I tuoi zii, i fratelli di Fergus, non erano contenti che Gina tenesse le sue cose. Pensavano che quegli scatoloni non fossero al sicuro nelle sue mani, considerando i suoi sentimenti nei confronti di tuo padre. Ma a Gina erano venuti dei sospetti sul perché volessero gli scatoloni, dato che, secondo lei, non è che fossero poi così legati, perciò siamo rimasti d'accordo che gli averi di Fergus sarebbero stati conservati presso terzi ed entrambe le parti hanno ritenuto che io fossi abbastanza neutrale. Di solito non faccio cose del genere, ma volevo bene a tuo padre e ho acconsentito. Sfortunatamente, ho avuto dei problemi personali, e non ho più spazio sufficiente per tenere le sue cose.»

Annuisco in fretta, cercando di soffocare il mio precedente imbarazzo e sorpresa che mamma non mi abbia parlato di questa faccenda. Pensava che Mickey non me l'avrebbe detto? Impegnata a sistemare papà nella clinica per la riabilitazione, ero stata del tutto ignara di questo dramma familiare. Ero concentrata solo sul farlo stare meglio, facevo la spola tra l'ospedale, casa sua e il lavoro, e intanto dovevo occuparmi dei miei bambini. Ero completamente esausta, uno zombie ambulante. Avevo fotografato i mobili di papà e li avevo venduti tutti online, portando divani dall'altra parte della città e incontrando gente in George Street alle cinque del mattino per consegnare un tavolino da caffè. Penso ai giorni che ho impiegato a scegliere cosa tenere e cosa vendere, a studiare come viveva papà, a rovistare tra le sue cose private, tutte molto comuni a dire il vero, se si escludono le nauseanti scorte di barrette di cioccolato e l'inquietante collezione di DVD che non vorresti mai immaginare tuo padre a guardare. Nessuna grande rivelazione, comunque. Nessun segno che in quell'appartamento vivessero altre persone oltre papà.

Avevo controllato ogni stanza, ogni armadio, ogni cassetto e avevo venduto ogni singolo mobile che non fosse incollato al pavimento o al muro. Tra tutti gli scatoloni che ho sigillato, non mi sono mai imbattuta nelle biglie. Le ha messe via qualcun altro, e le ha mandate a casa di Mickey. Ma se non siamo state né io né mamma, allora chi è stato?

«Non so come altro aiutarti, Sabrina.»

Nemmeno io.

«Posso solo ipotizzare che non fossero negli scatoloni già prima che mi fossero consegnati. Solo che, se siete state solo tu e tua mamma a impacchettare tutto, non so davvero cosa pensare.»

Ma è ovvio. Dice così solo per educazione, tuttavia se non sono stata io, dev'essere stata per forza mamma, che mi ha già mentito sul perché le scatole di papà siano finite da Mickey, tanto per cominciare.

Così tanti segreti, così tante cose che non sapevo. Cos'altro c'è che non so?

10
Il gioco delle biglie
Buttafuori

Rivedo Hamish quando di anni ne ho diciannove. Dopo esserci venuto a cinque anni via nave, salire su un aereo e lasciare l'Irlanda per la prima volta nella mia vita adulta, e per questo motivo, è l'ultima cosa che mi sarei aspettato.

Ma' ha ricevuto una visita da un poliziotto, il quale aveva a sua volta ricevuto una telefonata dall'ambasciata irlandese che lo informava che Fergus Boggs era stato trovato morto a Londra, e che qualcuno doveva andare a identificare il corpo.

«A Londra? Ma se Fergus è qui!»

Ma' tira giù la casa a suon di urla, tutti corrono da lei, chi non si fionda da lei si precipita a cercare me. Sono seduto al pub a farmi una pinta e a giocare a Buttafuori, anche se dovrei essere al lavoro nella macelleria di Mattie con gli altri ragazzi.

Ho appena iniziato e mi fanno fare i lavori peggiori, per esempio lavare via le budella. La prima settimana, con ancora i postumi della sbronza, sono dovuto scappare in bagno a vomitare. Ora non mi viene più la nausea, mi annoio e basta, e qualche pinta a pranzo mi permette di sopravvivere al pomeriggio. Sono più interessato al tipo di carne che Mattie compra, vorrei occuparmi di questa parte dell'attività, cercare merce di qualità migliore; vorrei parlargliene, ma so che non mi starà a sentire finché non mi faccio almeno un anno immerso nella schifosa puzza del retrobottega.

Angus mi trova al pub, mi afferra, mi dice di stare zitto, che non vuole sapere niente, e mi trascina in fondo alla strada, fino a casa. Credo di essere nei guai per aver mollato il negozio ed essere andato a farmi una pinta quando invece avrei dovuto limitarmi a mangiare un panino nel cortile sul retro. Duncan ci viene incontro sulla porta, che è spalancata. Mamma sta tenendo banco in soggiorno, circondata da donne preoccupate, tè e *scones*. Joe, tre anni, è seduto sul suo ginocchio che fa su e giù, ha i grandi occhi preoccupati e spaventati per l'attacco isterico di mamma. Tutti mi lasciano passare come fossi il figliol prodigo di cui lei aspettava il ritorno. Mi osserva avvicinarmi con lo sguardo di chi ha visto un angelo, con così tanta tenerezza e amore che mi sto cagando sotto. Non capisco che cazzo sta succedendo.

Lei mette giù Joe e si alza. Lui le si aggrappa alla gamba, mentre lei mi accarezza la faccia con le mani calde per i litri di tè che ha bevuto e con la pelle ruvida di una vita passata a pulire e cucinare. Non l'ho mai vista con un'espressione così dolce, i suoi occhi sono di un blu penetrante. O forse l'ho vista guardare in quel modo i suoi bambini, per esempio quando, da piccolo, a sua insaputa l'ho sorpresa ad allattare, i suoi occhi e quelli del neonato incollati gli uni agli altri come se stessero intrattenendo una conversazione silenziosa. Ma non ricordo che abbia mai guardato me così.

«Figlio mio» mi dice in tono tenero, tremendamente sollevata. «Sei vivo.»

Quella frase mi strappa una risatina, non ho idea del

perché me lo stia dicendo, so solo che sono stato trascinato via a forza dal pub in questo assurdo teatrino.

La signora Lynch sbuffa e io vorrei tanto mandarla al tappeto perché così mamma si riscuote.

Il suo sguardo di pura serenità scompare e lei mi tira un bel ceffone in faccia. Non le devo sembrare abbastanza affranto, visto che mi dà anche il bis.

«Okay, ma'» dice Angus, tirandomi via. «Non lo sapeva, non lo sapeva.»

«Non sapevo cosa?»

«Un poliziotto è passato e...»

Mamma viene aiutata a sedersi, da ape regina in lutto qual è.

«Ha detto che Fergus Boggs era stato trovato morto. A Londra» mi spiega Angus. Mi dà una pacca sulla spalla e me la stringe. «Ma non sei morto, stai alla grande. Non è vero?»

Non riesco a rispondere, mi batte il cuore a mille. E allora capisco, lo so e basta. Hamish. Nessun altro avrebbe potuto scegliere il mio nome e, del resto, lui non ne avrebbe mai scelto un altro. Sempre io. Siamo sempre stati io e lui, lui e io. Anche se all'epoca non lo sapevamo, io me ne rendo conto nel momento in cui penso che è morto, e sento la sua mancanza più di quando ha preso e se n'è andato.

«Su con il morale, tutti quanti, eh?» dice Duncan, e le donne si rilassano, capiscono lo scherzo, all'improvviso vedono il lato divertente di quel che è successo.

Ma mamma non ride, e nemmeno io. I nostri sguardi si incrociano. Lo sappiamo tutt'e due.

Mi imbarco sul mio primo volo. Le turbolenze fanno ballare l'aereo e io, aggrappato al sedile come se ne andasse della mia vita, non penso più a Hamish, ma a che strano scherzo del destino sarebbe se morissi mentre vado a vedere un tizio morto che mi ha rubato il nome.

Seamus, il figlio della signora Smith, vive a Londra e ci siamo accordati perché io stia da lui per qualche notte. Non so cosa Seamus abbia detto a sua madre della sua nuova vita, ma immagino non la verità. Dividere una stanza umida con altri sei ragazzi non è ciò che definirei aver successo a Londra, perciò la prima sera resto fuori più che posso per evitare di dover dormire su quel pavimento. Evito anche il pub irlandese in cui tutti mi dicono di andare, per paura che mi obblighino a stare con loro e, invece, dopo aver chiesto in giro con accento inglese, trovo un locale in cui si gioca a biglie, il Bricklayer's Arms. Ma prima vago per le strade per ore, sapendo che ogni minuto che passa mi porta più vicino a rivedere Hamish, e qualche volta vorrei che il tempo rallentasse, altre volte che accelerasse.

Faccio una partita a biglie con qualcuno del posto, giochiamo a Buttafuori, lo stesso gioco a cui stavo giocando quando tutto è iniziato, ed è un po' come continuare da dove mi ero interrotto. Non riesco a credere che sia lo stesso giorno di stamattina e che io sia in un Paese diverso, in attesa di identificare il corpo di qualcuno che sostiene di essere me, e con la sensazione di essere una persona diversa.

A questo gioco possono partecipare da due a quattro giocatori, noi siamo in tre finché il nostro terzo non si vomita addosso e si addormenta in un angolo con il piscio che gli scorre tra le gambe. A quel punto rimaniamo solo io e un tale di nome George, che mi chiama Paddy come se non sapesse che per un irlandese è un insulto. Ma mi sta bene perché lo batto a mani basse. Questo gioco non richiede chissà quale abilità, basta saper lanciare dritte le biglie. Quelle di media misura si chiamano buttafuori; il primo giocatore lancia la sua in avanti, il secondo cerca di colpirla per allontanarla, e via dicendo. È l'unico gioco a cui George riesce a giocare, visto quanto ha bevuto. Se una buttafuori viene colpita, il proprietario paga al lanciatore una biglia; ma non si può prendere la buttafuori, il che è un problema perché è l'unica biglia di George a cui sono interessato. Le buttafuori riescono sempre a farla franca.

La biglia in questione è cecoslovacca, realizzata con fusione a piombo e rifinita con una smerigliatura. George mi dice qualcosa riguardo a un bagno nell'acido.

Gli chiedo se la posso comprare e lui mi dice di no, ma poi finisce per regalarmela. Gli ho raccontato perché sono qui e chi penso che vedrò, e lui si dispiace per me, dice che una volta ha visto un corpo fatto a pezzi, e io mi domando se fosse un'identificazione ufficiale o se invece c'entri in qualche modo il suo stile di vita. Mi chiedo persino se non sia stato lui a farlo pezzi, il morto. La sua storia, però, non mi spinge a scappare a gambe levate e, stranamente, la biglia che mi ha regalato mi fa stare meglio. La infilo in tasca e, dopo aver vagato per altre due ore, torno al monolocale di merda di Seamus Smith alle quattro del mattino, scavalcando i corpi per raggiungere il mio spazio. C'è un tizio che se lo mena per un sacco di tempo, pensando che nessuno lo senta.

Quattro ore dopo sono all'obitorio davanti al cadavere nudo di Hamish steso su un tavolo. Il medico legale mi mostra solo il viso, ma io abbasso il lenzuolo un altro po'. Hamish ha una voglia sull'ombelico a forma di Australia; in realtà non assomiglia per niente all'Australia, ma gli serviva dirlo per fare una battuta. «Vuoi vedere cosa c'è sotto l'Australia?» lo sento chiedere alle ragazze, forte e chiaro, come se fosse uscito davvero dalle sue labbra. Sorrido a quel ricordo, al ricordo di tutte le cose belle di lui e il medico legale mi guarda furioso, come se stessi sorridendo perché è morto.

«Stavo solo pensando a una battuta divertente che diceva di solito» spiego.

Lui mi guarda come se non gliene fregasse niente, è qui solo per la parte scientifica, non per quella emotiva.

Tocco la biglia cecoslovacca in tasca.

«Gli hanno sparato?» chiedo. Ho sempre pensato che, se proprio Hamish doveva morire giovane, avrebbe preferito andarsene in quel modo. Come un cowboy, adorava quei film.

«No. C'è forse il buco di un proiettile?» ribatte sulla difensiva, come se lo stessi accusando di non aver visto qualcosa.

«No.»

«Appunto.»

«Che gli è successo?»

«Glielo dirà la polizia.» Copre di nuovo il volto di Hamish con il lenzuolo. Non vedo mio fratello da quattro anni, ma non saprò mai quanto è cambiato in questo lasso di tempo, perché ora è così gonfio e pesto che a stento riesco a riconoscerlo. So per certo che è lui, ma non sarei comunque in grado di descrivere com'è quell'Hamish più adulto. Pare sia rimasto in acqua per due giorni, forse di più, perché quando il suo corpo è affiorato in superficie, la decomposizione era già iniziata. L'agente con cui parlo in seguito mi dice qualcosa riguardo alla pelle del suo piede che veniva via come un calzino, ed è allora che spengo il cervello. La cosa che mi rimane più impressa è che nessuno ha denunciato la sua scomparsa.

Fergus Boggs era ubriaco. Aveva bevuto troppo e si era messo a dare fastidio a due buttafuori dell'Orbit, una discoteca, di sabato sera. Quando gli hanno impedito di entrare, hanno detto che è diventato aggressivo. Non ho ragione per non crederci, fin qui al suo posto poteva esserci uno qualsiasi dei ragazzi Boggs, persino il piccolo Joe ha delle crisi di nervi quando gli dici di no, si sdraia a pancia in giù e lancia via le scarpe, indipendentemente da dove siamo. Visto che è il più piccolo, mamma non gli dice di no quasi mai. Uno dei buttafuori non ne poteva più di Fergus e gli ha detto che l'avrebbe fatto passare dalla porta sul retro, così il capo non l'avrebbe visto entrare ubriaco fradicio e senza pagare. Invece l'ha portato in un vicolo buio e l'ha pestato di brutto. Con il naso e una costola rotti, Fergus Boggs se n'è andato via barcollando, poi è inciampato, è finito nel fiume ed è annegato. Aveva venticinque anni.

Seamus Smith mi sta aspettando fuori quando esco dall'obitorio. Sta fumando una sigaretta e sembra un tipo losco, con le mani infilate nelle minuscole tasche di una giacca di pelle.

«È lui?» mi chiede.

«Sì.»

«Cazzo.»

Tira fuori un pacchetto di sigarette e me ne dà una. Per fortuna mi porta direttamente al pub, perciò non ricordo più nulla dalla sigaretta in poi. Il giorno dopo, io e Hamish saliamo insieme su una nave per la seconda volta, e lo riporto a casa.

L'agente non avrebbe denunciato il buttafuori, che in

fondo «l'aveva solo picchiato un po'» perché secondo la polizia era stato Fergus a infastidirlo e lui non intendeva ammazzarlo. Fergus era annegato perché era ubriaco. È proprio vero che i buttafuori riescono sempre a farla franca.

11

Regolamento della piscina

Vietato spingere

Aprire quello scatolone di biglie è stato come scoperchiare un vaso di Pandora.

Non so se l'avevo già percepito mentre le esaminavo, le tenevo in mano e sfogliavo l'inventario; di sicuro l'ho capito quando ho visto il viso di papà mutare non appena ha posato gli occhi sulle *bloodies*. E il casino che aveva fatto la mia famiglia solo per decidere dove tenere quegli scatoloni ha confermato ancora di più i miei sospetti. Non so che fare ora. È colpa della luna, ho troppi pensieri, non riesco a elaborarli tutti insieme. Respira.

Una volta fuori dall'ufficio di Mickey chiamo mamma, fumante di rabbia.

«Come va la ricerca delle biglie perdute?» Ride alla sua stessa battuta. «Hai già incontrato Mickey Flanagan?» Avverto l'ansia nella sua voce e mi chiedo se abbia paura che io scopra la sua bugia. «Quale dei fratelli di papà non voleva che tenessi tu le scatole?» le chiedo.

Lei sospira. «Mickey te l'ha detto? Oh, amore, non volevo che lo sapessi.»

«Apprezzo il pensiero, mamma, ma se devo ritrovare queste biglie non ti pare che mi serva sapere la verità?»

«Hai davvero intenzione di metterti a cercare delle *biglie* scomparse? Sabrina, tesoro, va tutto bene? Tra te e Aidan? State ançora andando dalla consulente matrimoniale?»

«Sì, stiamo bene» le rispondo, come se avessi inserito il pilota automatico. Non avrei mai dovuto fare accenno alla consulente con mamma, ora pensa che tutto quello che dico o faccio sia una conseguenza della terapia di coppia, a cui partecipo solo per far piacere a Aidan. Starei benissimo anche senza. Ma di recente mi è capitato spesso di dire che stiamo bene, senza rifletterci sul serio. Stiamo davvero bene? Ritorno al motivo della telefonata. «Raccontami degli scatoloni e dei fratelli di papà.»

Lei sospira, sapendo che non ha altra scelta se non quella di affrontare il discorso, e mentre parla percepisco che è arrabbiata, non con me, ma con loro, per quello che è successo l'anno scorso. «Mi ha chiamata Angus, ma ha fatto solo da portavoce per tutti gli altri. Avevano saputo che eravamo state all'appartamento di Fergus e non volevano che tenessi io le sue cose. A loro sarebbe stato bene se le avessi prese tu, però gli ho spiegato che non avevi spazio. Il resto lo sai.»

Cerco di rievocare l'immagine di Angus. Non sono mai stata particolarmente legata ai miei zii e alle mie zie, non li ho mai frequentati molto perché non lo faceva neanche papà. Da piccola li incontravo nelle classiche riunioni di famiglia, anche se in quelle occasioni non ci fermavamo mai a lungo; papà era sempre teso, c'era sempre qualcuno che diceva qualcosa che lo infastidiva perciò ce ne andavamo presto. Mamma non protestava mai, le odiava anche lei, le riunioni di famiglia: alcuni finivano per litigare, qualche cugino ubriaco ribaltava un tavolo pieno di bottiglie bisticciando con la fidanzata, oppure ci si mettevano le cognate, che non riuscivano a tenersi per sé i loro commenti taglienti. Gli psicodrammi erano sempre all'ordine del giorno nelle riunioni della famiglia Boggs-Doyle, per questo raramente partecipavamo. La maggior parte delle volte facevamo giusto un salto, oppure, per citare papà «ci facevamo vedere». Era solo questo che gli interessava, quando si trattava dei suoi parenti: farsi vedere. E forse è anche tutto quello che faceva con noi, perché chi è quest'uomo che sto scoprendo?

Angus è il maggiore dei suoi fratelli, fa il macellaio, quindi non ha il furgone. Credo che quello sia Duncan, ma ciò non significa che non fossero tutti d'accordo riguardo agli scatoloni. È passato molto tempo dall'ultima volta che li ho visti. È da quando ho diciotto anni che nessuno mi trascina più a una riunione di famiglia, e non ho invitato nessuno di loro al mio matrimonio. Io e Aidan non abbiamo fatto le cose in grande, ci siamo sposati in Spagna e c'erano solo venti invitati.

Voglio sul serio andare a trovare Angus per chiedergli cosa è successo l'anno scorso? Come mai non volevate che mia mamma tenesse le cose di papà? Volevate rubare le sue biglie? Che domande ridicole. Davvero ce l'ho con loro perché non hanno voluto che mamma tenesse gli averi di loro fratello? Avevano proprio ragione, me ne rendo conto solo adesso. In qualsiasi momento mamma avrebbe potuto decidere di farci un falò, alimentato dal vino e dal ricordo amaro di qualcosa che papà le aveva fatto per rovinarle la vita, anche se ora si è felicemente risposata.

«Sapevi della collezione di biglie?» le chiedo di nuovo, in tono deciso. «Sei stata tu a impacchettarle nel suo appartamento?»

«No, assolutamente no. Te l'ho già detto.»

Ci sono abbastanza fastidio e dolore nella sua voce da spingermi a crederle.

«E se le avessi trovate mentre stavamo imballando, le avrei gettate subito nella spazzatura» mi dice, in tono di sfida. «Un uomo adulto che ancora gioca con le biglie, ma per piacere.»

Le credo, eppure mi ritrovo a domandarmi cosa ha trovato nell'appartamento a mia insaputa che non ha ritenuto valesse la pena conservare. Forse all'epoca non era la persona migliore a cui chiedere aiuto. E perché a tutto questo ci penso solo ora? Il senso di colpa mi sta divorando. Ero piena di cose da fare, stressata, preoccupata. Avrei dovuto gestire meglio tutta la situazione. Forse avrei dovuto proporre ai fratelli di papà di venire, per vedere se c'era qualcosa del suo passato che volevano tenere loro. Magari è per questo che si sono arrabbiati con mamma, perché io non li ho coinvolti per niente. Mi sono limitata a prendere le redini, pensando di sapere tutto quel che c'era da sapere su papà.

«Mamma, ti sei ricordata perché avevi litigato con papà riguardo a una biglia?» Mi rifiuto di lasciar perdere. So che mi ha tenuto nascoste delle cose e, ora come ora, ho bisogno di scoprire il più possibile. Basta segreti.

«Oh, a malapena...» Si zittisce per un momento e penso che la sua risposta sia finita lì, poi all'improvviso prosegue. «Eravamo in luna di miele, questo me lo ricordo. È andato a farsi un giro per conto suo, come faceva sempre, senza darmi spiegazioni, e quando è tornato aveva speso i risparmi di mesi e mesi per una stupida biglia.»

Prendo l'inventario dal raccoglitore mentre guido, tenendo comunque d'occhio la strada. Scorro la lista con lo sguardo.

«Era una con sopra un cuore?»

«Non me la ricordo.» Fa una pausa. «A dire il vero, sì, mi pare di sì. Mi aveva mandato fuori di testa il fatto che avesse speso tutti i nostri soldi per quel giocattolo. Siamo stati tre giorni a Venezia senza mangiare, ricordo che un giorno ci siamo divisi una lattina di Coca perché non potevamo permetterci nient'altro. Stupido idiota» dice dolcemente. «Ma tuo padre era così. Comunque, come facevi a sapere che aveva sopra un cuore?»

«Oh, ho... tirato a indovinare.»

Faccio scorrere il dito sulle parole scritte da papà: *Cuore – danneggiato. Condizioni: accettabili. Venezia '79.*

Quindi non è stata mamma a imballare le biglie, o a sottrarne alcune. Mi pare di aver assodato che non volesse averci niente a che fare.

È una questione di accesso. Devo pensare a chi aveva accesso agli scatoloni. Non è stato Mickey e nemmeno qualcuno della sua famiglia. Non ho modo di esserne certa, ma devo fidarmi di lui. Accesso. Contattare l'azienda che si è occupata della spedizione l'anno scorso mi sembra un po' inutile: scusatemi, avete per caso rubato degli oggetti che avete consegnato un anno fa? Forse Mickey si sbaglia sul fatto che le biglie mancanti non fossero già nello scatolone quando l'ha ricevuto. Forse sono state rubate ieri, e tentare con l'autista della consegna non è del tutto inutile.

«Posso aiutarla, Sabrina?» mi chiede gentilmente Amy quando rientro nella sala d'attesa.

Cerco di ricompormi. *È tutta colpa della luna.* «Ieri Mickey mi ha spedito delle cose, le ha mandate da casa sua alla clinica di mio papà, e sto cercando di capire chi le ha consegnate. Lei per caso ne sa qualcosa?»

«Se ne so qualcosa? Ho passato l'intero fine settimana in quel garage, non pagata, a organizzare le consegne. Non è quello il mio lavoro, ma provi a dirlo a Mickey.»

Il mio cuore fa una capriola, sento un briciolo di speranza. «Gli scatoloni erano sigillati prima che lei li spedisse?» le chiedo, con delicatezza, per paura di offenderla.

«Oddio» geme lei. «Sì, erano sigillati ed erano riposti con molta cura, glielo posso assicurare, ma non mi dica che c'è qualcosa di rotto o di mancante.»

«Be', a dire il vero qualcosa manca.»

«Oh, Looper.»

«Mi scusi?»

«Scusi lei. Looper è il tizio che ha fatto la consegna. Mi spiego meglio, sì, gli scatoloni erano assolutamente sigillati quando io li ho maneggiati, e avevo anche ricevuto ordine preciso di non aprirli. Mickey non voleva che vedessi la sua roba, non c'erano solo le sue cose in quel garage, se vuole saperlo. C'era anche un mucchio di altra roba che doveva sparire. Vecchi mobili, vestiti, tutte cose che non venivano toccate da anni, coperte di polvere. A ogni modo, le consegne le ha fatte Looper, il nipote di Mickey. In tanti si sono lamentati di lui, ma non ho altra scelta. Mickey sta cercando di aiutare la sua famiglia, sa com'è. Deve vedersela direttamente con lui, temo di non poterla aiutare oltre, ma posso darle il suo contatto.»

«Sì, grazie» le dico allegra, sentendo che non tutto è ancora perduto. Sto facendo passi avanti.

«Conosce questa zona?» mi chiede, consegnandomi con riluttanza l'indirizzo.

«No, ma ho il navigatore.»

Amy si morde il labbro. «Il navigatore non avrebbe la

minima idea di dove mandarla» mi dice. «È un posto parecchio sperduto.»

«Va bene, non ho fretta» le rispondo, avviandomi verso la porta. Per la prima volta da non so quanto, avverto un'ondata di eccitazione.

«Stia attenta però, non è un tipo molto amichevole, in particolare in giorni come questo.» Mi indica il cielo. «Nelle giornate così i tipi come lui danno il meglio di sé» aggiunge prima che io chiuda la porta.

Mentre guido verso l'indirizzo che mi ha fornito Amy, guardo il sole e mi chiedo se non ci sia un fondo di verità in quel che ha detto. Oggi i nostri destini sono segnati? O forse è solo il giorno in cui mi ha finalmente dato di volta il cervello, spingendomi ad andare in cerca di biglie perdute che non so neanche se sono davvero esistite, tanto per cominciare. Ho soltanto un inventario manoscritto di chissà quanti anni fa, e sto andando da un uomo di nome Looper che abita nel mezzo del nulla per accusarlo di furto.

Dopo aver percorso alla cieca un paio di strade, visto che il navigatore mi ha abbandonata non appena ho lasciato i confini della città, proprio come mi aveva avvertita Amy, trovo il posto giusto. Looper, oltre ad avere un nome piuttosto strano, vive in un piccolo bungalow anni Settanta in pessime condizioni, anzi completamente in rovina. In giro per tutto il cortile anteriore sono sparpagliati pezzi d'auto, gomme, motori, cofani e oggetti di ogni genere. C'è un furgone bianco parcheggiato nel vialetto e da sotto spuntano un paio di gambe fasciate da jeans sporchi slavati, con ai piedi delle scarpe da lavoro. Una radio lì accanto spara gli AC/DC a tutto volume. Parcheggio davanti al cancello e non vado oltre, dal momento che è chiuso con un lucchetto pesante e ha appeso un cartello che recita: VIETATO L'INGRESSO e poi ATTENTI AL CANE, con tanto di immagine di due cani ringhianti.

Esco dall'auto e rimango in piedi lì davanti chiedendomi se alla fine sono davvero andata fuori di testa.

«Mi scusi» grido al paio di gambe. «Looper!»

Le gambe si spostano da sotto il furgone. È un ragazzo quello che si alza in piedi. Ha i capelli lunghi e unti, con l'attaccatura alta nonostante la giovane età; indossa una canotta bianca macchiata di olio, sudore e chissà che altro. È più massiccio che muscoloso, ma è alto e grosso, come un troll, e non sarebbe affatto fuori luogo nella Terra di Mezzo.

Mi fissa mentre pulisce un attrezzo con la maglietta, squadrandomi lentamente dalla testa ai piedi. Osserva la macchina, poi di nuovo me, infine mi si avvicina a passi lenti, con una chiave inglese in mano, quasi avesse tutto il tempo del mondo e stesse valutando con criterio accademico se colpirmi o meno. Si passa la lingua sulle labbra come un serpente e continua a scrutarmi dall'alto in basso; sembra abbia l'acquolina in bocca neanche fossi il suo prossimo pasto.

«Sei tu Looper?» chiedo.

«Forse. O forse no. Dipende da chi lo cerca.»

«Be'... io.» Sorrido. Il mio è un sorriso incerto.

A Looper non piace, pensa che lo stia prendendo in giro, non apprezza ma non è sicuro del perché, non capisce. La confusione lo fa sentire meno uomo perciò si comporta da cavernicolo. Tira su un po' di catarro e lo sputa per terra in chiaro segno di protesta.

«Sei tu il ragazzo delle consegne da queste parti?»

«L'unico e solo. Hai un lavoro per me? Perché altrimenti ne ho io uno per te...» Si afferra il cavallo dei pantaloni e sogghigna.

Faccio un passo indietro, disgustata. «Sei il nipote di Mickey Flanagan?»

«Chi lo vuole sapere?»

«Sempre io» replico, piatta. «Sono una cliente. Mi ha mandata lui qui.» *Lui lo sa che sono qui, si accorgeranno che sono scomparsa. Non mi uccidere!* «Hai fatto una consegna ieri a Dublino per conto di tuo zio?»

«Ne faccio parecchie di consegne a Dublino.»

In tutta sincerità, ne dubito. «Nello specifico in una clinica.»

«È lì che vivi?» mi sfotte, mostrandomi i denti che gli sono rimasti, pochi e verdognoli. Mi squadra di nuovo, come un gatto con un topo. Vuole giocare. I suoi occhi hanno uno strano colore, torbido, non c'è granché nelle sue pupille, né dietro. Il pensiero che questo tipo abbia le preziose biglie di papà mi fa stare male. Io non gli affiderei mai niente. Mi guardo attorno, per lo più in cerca d'aiuto, di un testimone, in caso le cose si mettano male, di un soccorritore nell'evenienza in cui Looper faccia quel che penso voglia fare. Ci sono ettari ed ettari di terreno attorno alla casa. In mezzo a un campo abbandonato c'è un'auto bruciata.

Looper segue il mio sguardo fino ai campi che si stendono a perdita d'occhio. «Mi fanno cagare quei terreni, sono buoni solo per le patate. Mio papà era un contadino. Degli impresari gli hanno offerto una fortuna per comprarli, ma lui ha detto di no, ha detto che era un contadino e non sapeva fare altro. Poi finisce per creparmi, cazzo, e mi lascia tutto, ma ormai 'sti campi non se li fila più nessuno. Spazio sprecato.»

«Perché non li coltivi?»

«Faccio altro qui. Ho la mia officina e le mie consegne.»

Niente in questo cortile può essere associato nemmeno lontanamente alla parola «officina».

«Vuoi entrare? Ti faccio fare un giro.»

Guardo oltre la porta aperta dell'ingresso e vedo un ambiente caotico, con roba sporca, impilata, disordinata. Scuoto la testa, non voglio nemmeno superare il cancello.

«Hai portato cinque scatoloni dal garage di Mickey alla clinica di mio padre. Mancano alcune cose e mi chiedevo se tu potessi… aiutarmi.»

«Mi stai dando del ladro?»

«No, voglio solo il tuo aiuto» ripeto. «Ti sei fermato da qualche parte? Qualcun altro ha avuto accesso al tuo furgone?»

«Ho messo le scatole nel furgone e le ho portate a Dublino. Tutto qui.»

«Le hai aperte? Magari qualcosa è caduto fuori?»

Lui sorride. «Sai che ti dico, rispondo alle tue domande se mi dai un bacio.»

Arretro.

«Okay! Okay!» Ride. «Rispondo se mi stringi la mano.»

Non che l'idea mi attiri, ma sto al gioco. Voglio avere delle risposte.

Looper fa un passo avanti, con la mano tesa. Mette la chiave inglese nella tasca posteriore dei jeans e alza la mano per farmi vedere che è disarmato.

«Eddai. Se mi stringi la mano, ti rispondo. Sono un uomo di parola.»

Guardo sospettosa la mano. Gli porgo la mia e lui la prende; poi mi strattona bruscamente il braccio, attirandomi a sé, mi afferra la nuca e accosta la mia testa alla sua come per baciarmi. Le sue labbra toccano le mie e io rimango bloccata in quella posizione. Sigillo la bocca per impedire che qualsiasi parte di lui entri dentro di me. Cerco di muovermi ma non posso, la sua mano rimane ferma sulla mia nuca. Gli appoggio le mani al petto per spingerlo via, solo che lui è troppo forte. Sento salire il panico. Alla fine si allontana da me, si lecca le labbra e ulula dalle risate.

Mi pulisco furiosamente la faccia, voglio soltanto tornare di corsa alla macchina. Mi batte il cuore a mille, mi guardo attorno in cerca d'aiuto, ma Looper non mi sta più addosso, si è staccato e ride.

«Non hai risposto alla mia domanda» gli dico, arrabbiata, sfregandomi forte le labbra. Adesso mi rifiuto di andarmene senza una risposta, o ancora meglio, senza le biglie. Non sono venuta qui per niente.

Looper mi guarda con la chiave inglese di nuovo tra le mani, divertito. «Ho preso i tuoi scatoloni da casa di Mickey, ho accostato in autostrada e ci ho dato un'occhiata. Non c'era dentro niente di interessante, perciò ho sigillato di nuovo tutto e sono andato a Dublino.» Scrolla le spalle, per niente dispiaciuto. «Fogli di carta e biglie per bambini non mi interessano. Non ho preso niente. Ti suggerisco di cercare da un'altra parte.»

Gli credo. Non è abbastanza intelligente da aver letto l'inventario. È un libro e dubito che ne abbia mai sfogliato uno in vita sua. E comunque non sarebbe stato in grado di riconoscere o collegare gli oggetti della lista alle biglie nello scatolone. La persona che ha rubato le due biglie più preziose si è presa del tempo per esaminare l'elenco, non si è limitata ad accostare in strada per dare un'occhiata. Sono state quelle più pregiate e ci sarà voluto un po' per capire quali fossero, visto che non sono catalogate in base al valore, ma al nome.

«Ne è valsa la pena?» Mi fa l'occhiolino mentre mi fiondo alla macchina. «Ti ho aiutata?» mi grida dietro.

Avvio il motore e vado via. Sì, mi ha aiutata.

Non è stato Looper. Quelle biglie non erano nelle scatole che hanno lasciato la casa di Mickey Flanagan, ne sono assolutamente certa ora. E non c'erano nemmeno quando gli scatoloni ci sono arrivati, a casa di Mickey. Perciò devo tornare più indietro, all'anno scorso. O forse anche prima.

12
Il gioco delle biglie
Moonie

«Fergus, è ora!» mi dice l'infermiera Lea tutta allegra, mentre entra in camera mia con un gran sorriso stampato in faccia. Sorride sempre, ha due profonde fossette sulle guance, grandi abbastanza da contenere delle biglie; magari non ci starebbero quelle di grandezza media, ma le miniature si incastrerebbero abbastanza bene, senza rischiare di cadere. È una ragazza, una ragazza di campagna, di Kerry. Canta a ogni ora e la sua risata risuona dalla postazione delle infermiere fino in fondo al corridoio, dove c'è la mia stanza. Di solito sono comunque di buon umore, ma lei ha la capacità di rallegrarmi ancora di più. Se la fisioterapia è stata faticosa, cosa che succede spesso, si presenta con un sorriso, una tazza fumante di caffè e dei cupcake, che fa con le sue mani e distribuisce a tutti. Le dico sempre che se trattasse così anche i suoi fidanzati potrebbe fare di loro quello che vuole, ma lei è single e spesso mi racconta dei suoi appuntamenti disastrosi.

Ho un debole per Lea, mi ricorda Sabrina.

O meglio, com'era Sabrina prima di avere figli. Ora è distratta, ovviamente, dai suoi tre piccoletti iperattivi. Iniziamo una conversazione e non la finiamo mai, la maggior parte delle volte a malapena riusciamo a concludere una frase. È più sbadata di un tempo, prima invece era acuta, come Lea. È sempre stanca, e ha anche messo su peso. Mia mamma era dura come un vecchio scarpone, le uniche volte in cui si addolciva un po' era quando si scolava più di un brandy, cosa che succedeva raramente, forse una o due volte all'anno. Era uno stecco, sempre intenta a correre dietro a noi sette e, dopo la gravidanza, riusciva ogni volta a tornare in forma smagliante. Forse se l'avessi conosciuta prima che avesse noi, avrei notato un cambiamento anche in lei; forse pure lei prima di noi era spensierata, poi le difficoltà della vita e della maternità hanno mutato la sua indole. Dio solo sa quanto sono cambiato io in vita mia, basti pensare a dove sono ora. Eppure mamma non riesco a immaginarmela spensierata, nemmeno nelle foto, in tutte è rigida e con l'aria severa: braccia lungo i fianchi, niente contatto fisico, guarda l'obiettivo con la faccia seria, che credo considerasse la sua espressione migliore. C'è una fotografia diversa però, una che tengo sempre con me, di mamma sulla spiaggia, scattata da papà, in Scozia. È sdraiata su un asciugamano disteso sulla sabbia, appoggiata sui gomiti, con il viso rivolto verso il sole e gli occhi chiusi. Sta ridendo. Non so quante volte l'ho studiata e mi sono chiesto che cosa l'avesse fatta ridere. La sua posa è sexy, provocante, anche se sono certo che non fosse sua intenzione. Ai suoi piedi c'è Hamish bambino. Probabilmente la sua risata è stata scatenata da qualcosa che ha fatto Hamish, o che ha detto papà, qualcosa di innocente da cui è scaturita quest'espressione. Lo so che è strano conservare foto provocanti di tua madre, gli psicanalisti potrebbero imbastirci sopra una giornata di convegno, ma guardarla mi mette di buon umore.

Quando rievoco nella mia mente l'immagine di Sabrina vedo un viso teso e preoccupato.

«Oggi guardiamo un film in 3D?» chiedo a Lea, prendendola in giro per gli strani occhiali che indossa.

«Ne ho un paio anche per te» mi risponde, tirandoli fuori dalla tasca e passandomeli. «Mettili.»

Lo faccio, poi le mostro la lingua e lei ride.

«Ti sei dimenticato dell'eclissi solare di oggi, Fergus?»

Non so se me la sono dimenticata, perché non ricordo nemmeno di esserne stato a conoscenza.

«Il cielo è perfetto, non c'è nemmeno una nuvola. Certo, non siamo nel posto ideale, quello di cui continuano a blaterare alla radio, ma il sole è sempre il sole, di sicuro dovunque ti metti lo vedi. Ho fatto dei cupcake per tutti, alla vaniglia. Volevo farli al cioccolato ma Fidelma, la mia nuova coinquilina – ti ricordi che ti ho detto di lei, l'infermiera del Donegal? – è una specie di maiale e si è mangiata tutto il cioccolato che avevo in frigo» si arrabbia. «Quattro barrette, e grandi anche. Ora ho messo dei post-it per tutto l'appartamento: "Non toccare", "Non mangiare". Solo a guardarla mi saltano i nervi. E ti ricordi della nuova TV al plasma che ho comprato dal vicino che la stava buttando? Non ha idea di come funzioni e continua a usare il cavolo di telecomando sbagliato. Una volta l'ho beccata a puntare allo schermo l'accendigas.»

Ridiamo entrambi. Lea non si lamenta mai con rabbia, lo fa in modo divertente, sempre con il sorriso sulle labbra e con quella voce squillante e canterina. È piacevole, come un uccellino che cinguetta fuori dalla finestra in un assolato giorno di maggio. Mi racconta questa storia mentre mi aiuta a spostarmi dalla poltrona alla sedia a rotelle. Lea si occupa di me quasi tutti i giorni, ma quando non c'è, trovo difficile abituarmi alle altre infermiere, che hanno uno stile diverso. Alcune sono più silenziose, cercano di mostrarti rispetto, altre sono perse nei loro pensieri, tutte prese dalle proprie vite, altre ancora, invece, sono troppo autoritarie e quando mi parlano mi ricordano mia mamma che mi abbaiava contro quando ero ragazzo. Non è che siano maleducate, è solo che Lea ha un tocco magico. Le sue chiacchiere mi accompagnano in ogni momento, mi parla sempre d'altro per distrarmi da quello che stiamo facendo. È quanto di meglio si possa desiderare da una persona che deve pulirti il culo e le palle. Il silenzio delle altre invece mi rende consapevole di quello che succede. Tom della stanza accanto, al contrario, non sopporta Lea. «Ma non se ne sta mai zitta?» borbotta. Lo dice talmente ad alta voce che sono sicuro che lei lo senta, anche se non si lascia intimidire. Dopotutto, stiamo parlando di Tom, che non è felice se non ha qualcosa di cui lamentarsi.

Lea mi spinge fuori al sole, verso il piccolo giardino dove ci sediamo durante le belle giornate come oggi. Siamo tutti radunati qui e guardiamo il cielo con questi ridicoli occhiali di plastica. La radio è accesa, sintonizzata su Radio One, dove commentano in diretta quel che stiamo per vedere, come fanno da una settimana a questa parte. Non ho mai sentito parlare così tanto di ombre e penombre; poi il discorso si sposta sulle superstizioni legate al plenilunio, e io un po' ci credo. Sabrina non riusciva mai a dormire da piccola ogni volta che c'era la luna piena. Veniva sempre in camera nostra, si arrampicava sul letto, si accoccolava tra me e Gina, e se ne stava lì sveglia, faceva profondi sospiri, mi toccava la spalla, la faccia, qualsiasi cosa perché mi svegliassi e le facessi compagnia. Una volta l'ho portata di sotto, le ho fatto una cioccolata calda, ci siamo seduti nella cucina buia, a luci spente, e abbiamo guardato la luna. Lei era sveglissima, la fissava come se ne fosse ipnotizzata, come se ci stesse facendo una conversazione silenziosa, mentre io mi sono addormentato sulla sedia. Gina è scesa di sotto e me ne ha dette di tutti i colori: il giorno dopo c'era scuola, erano le tre del mattino, che cavolo mi era saltato in mente? Andò così.

Ripenso a lei adesso, nelle notti di luna piena, e mi chiedo se sia sveglia, seduta in cucina con una cioccolata calda, i lunghi ricci che le ricadono sulla schiena, anche se quei ricci ora non ci sono più.

Tutti sono in forma smagliante, eccitati dal fenomeno naturale. Lea mi sta raccontando del suo appuntamento di ieri sera, mentre mi spalma la crema solare sul viso e sulle braccia; le gambe, invece, le ho coperte.

È andata al cinema con un poliziotto di Antrim. Sbuffo.

«Ma al cinema non si può parlare» le dico. «Mai andare al cinema al primo appuntamento.»

«Lo so, lo so, me l'hai detto anche quando me l'ha chiesto e hai ragione, ma dopo siamo andati a bere qualcosa e, credimi, sono stata felice di non averci parlato per due ore. Era un tale idiota, Fergus. La mia ex di qua, la mia ex di là. Be', sai che ti dico, caro mio, riprenditi la tua ex. Io mi levo di torno.»

Rido.

«Ti prendo un cupcake, quale vuoi? Ce ne sono con la gelatina, con i marshmallow, ne avevo pure alcuni con le praline, ma Fidelma si è pappata anche quelli» mi dice con un sorriso.

«Fammi una sorpresa» rispondo. In sua assenza mi guardo attorno e mi rendo conto che ci sono parecchi visitatori oggi. Dei bambini corrono sul prato, uno ha un aquilone, ma per quanto vada veloce non riuscirà mai a farlo volare, visto che non c'è un alito di vento. Non c'è neanche una nuvola in cielo, che è di un bellissimo blu indaco, con dei sottili vortici bianchi. Mi ricorda qualcosa, mi sforzo di capire cosa, ma non ci riesco. Succede a volte. Spesso. E io mi arrabbio. «Ecco qui.» Lea torna con due cupcake su un piatto e una bibita.

Li guardo, un po' perplesso.

«Non li vuoi?» mi chiede lei.

«No, no, non è questo» le rispondo. «Mia moglie viene a trovarmi?»

Lea si irrigidisce un po', prende una sedia e si siede accanto a me.

«Intendi Gina?»

«Certo che intendo Gina. Mia moglie, Gina. E Sabrina, e i ragazzi.»

«I ragazzi vanno in campeggio con il loro papà oggi, ricordi? Aidan li porta a Wicklow con i cuginetti.»

«Ah.» Non me lo ricordavo. Si divertiranno. Alfie senza dubbio si metterà a cercare i vermi, gli piace. Mi ricorda un po' Bobby da piccolo, solo che invece di mangiarseli, come faceva mio fratello, a lui piace dargli dei nomi. Una volta mi ha fatto tenere un verme di nome Whilomena in una tazza per un giorno intero. «E Sabrina? Dov'è?» Mi viene in mente quel viso teso e preoccupato, con un'espressione così concentrata, come se stesse cercando di risolvere un problema, o di farsi venire in mente la risposta a una domanda che ha dimenticato. Sì, lei è così. Sembra sempre che abbia dimenticato qualcosa. Se i ragazzi sono tutti in gita, sarà rimasta da sola. A meno che non sia con Gina, che però ultimamente è molto impegnata, con Robert, il suo nuovo marito. Certo, ecco perché Lea mi ha guardato così, devo smettere di chiamare Gina mia moglie. A volte queste cose me le dimentico.

«Sabrina è stata qui stamattina, ricordi? Penso che avesse da fare, ma tornerà a trovarti domani, come al solito, ne sono certa.»

Mi tasto le tasche.

«Ti serve una mano, Fergus?»

Di nuovo Lea, sempre al momento giusto.

«Il telefono, penso di averlo lasciato in camera.»

«Mi sa che non manca molto all'eclissi. Te lo vado a prendere dopo? Non voglio che te la perda perché sei al telefono.»

Ripenso a Sabrina e desidero ardentemente che non sia sola. La rivedo da piccola, con la sua faccina pallida e seria illuminata dalla luce bianca.

«Lo vorrei ora, per favore, se non ti dispiace.»

Lea ritorna in quello che mi sembra un batter d'occhio. Ero perso nei miei pensieri ma adesso non ricordo più quali. Lea ha il fiatone e mi sento in colpa per averle fatto quasi perdere l'eclissi. Ovvio che è elettrizzata da una cosa del genere; avrebbe dovuto vederla insieme a un ragazzo, se avesse potuto prendere delle ferie, ma egoisticamente sono contento che non le abbia. Le altre infermiere avrebbero aspettato la fine dell'eclissi per andare a prendermi il cellulare.

Chiamo Sabrina.

«Papà» mi risponde subito, al primo squillo. «Ti stavo giusto pensando.»

Sorrido. «Il tuo pensiero mi è arrivato. Tutto bene?»

«Sì, sì» dice, distratta. «Aspetta, fammi allontanare un attimo così possiamo parlare.»

«Oh, non sei sola allora?»

«No.»

«Bene, ci speravo. So che Aidan e i ragazzi sono in campeggio.» Mi sento follemente orgoglioso perché sembra che me lo sia ricordato io, quando in realtà non è così.

«Dove sei?»

«Seduta sul cofano di un'auto nel bel mezzo di un campo a Cavan.»

«E che ci fai lì?»

Lei ride, una risata leggera.

«Sei con degli amici?»

«No, ma qui attorno è pieno di gente che guarda l'eclissi. Sono in uno di quei punti di osservazione ufficiali.»

Silenzio. C'è dell'altro, ma lei non vuole dirmelo.

«Avevo dei giri da fare, sto cercando una cosa.»

«Qualcosa che hai perso?»

«Sì, in un certo senso.»

«Spero che la ritrovi.»

«Già.» Sembra di nuovo distante. «E tu come stai? Sei in un buon punto per vedere l'eclissi?»

«Sto alla grande. Sono fuori nel prato con gli altri, mangio cupcake, bevo bibite gassate e guardo il cielo. Mi sa che non è una postazione appropriata, o come cacchio si dice, ma siamo comunque tutti pronti. Però, mentre aspettavo, qualcosa mi ha ricordato un incidente accaduto quando tu avevi due anni.» È stato il sorriso di Lea a far affiorare il ricordo, le sue fossette perfette per contenere delle biglie in miniatura, e le biglie mi sono venute in mente per via del borsellino che aveva in mano Sabrina stamattina. «Non penso di avertelo mai raccontato.»

«Se ho fatto qualcosa di male, di sicuro me l'avrà detto mamma.»

«No, no, non l'ha mai saputo. Non gliel'ho mai detto.»

«Oh!»

«Un giorno era uscita a fare non so cosa, un appuntamento dal dottore, o forse era un funerale, non me lo ricordo bene, ma ti ha lasciata con me. Avevi due anni. Sei riuscita a mettere le mani su alcune biglie che hai trovato nel mio ufficio.»

«Davvero?» Sembra sorpresa, interessata, ansiosa di sentire il seguito, e la cosa mi sorprende, visto che non sono ancora arrivato al culmine della storia. «Che biglie erano?»

«Oh, minuscole. Delle *moonies* in miniatura. Si sta facendo più scuro qui, anche lì?»

«Sì, anche qui. Continua.»

«È un cane quello che sento ululare?»

«Sì, gli animali si stanno innervosendo, non penso che gli piacciano le eclissi. Dimmi di più, papà, per favore.»

«Be', ti sei infilata una biglia nella narice. Non ricordo se destra o sinistra.»

«Cosa?» chiede. «E perché mai?»

«Perché avevi due anni, quindi perché no?»

Lei ride.

«Be', non riuscivo a tirare fuori quella maledetta biglia. Ho provato di tutto, ma alla fine ti ho dovuta portare al pronto soccorso. Lì hanno tentato di toglierla con delle pinzette, o facendoti soffiare il naso, ma tu non lo sapevi ancora fare, continuavi a soffiare dalla bocca, finché finalmente il dottor Punjabi, un indiano con cui ho avuto a che fare anche in seguito, ti ha fatto una specie di respirazione bocca a bocca. Ti ha soffiato in bocca mentre teneva premuta l'altra narice e puff, la biglia è uscita.»

Ridiamo entrambi. Sembra il crepuscolo ora, tutti attorno a me stanno con il naso all'insù e gli occhiali, sembrano dei cretini, incluso il sottoscritto. Lea mi guarda e alza il pollice tutta eccitata.

«Quando tua madre è rientrata, quel giorno, le hai detto che un signore indiano ti aveva baciata. Ho finto di non sapere di cosa stessi parlando, come se fosse qualcosa che avevi visto in un cartone animato.»

«Mi ricordo una cosa del genere» mi dice, senza fiato. «La nostra vicina, Mary Hayes, mi disse che le avevo raccontato di aver baciato un signore indiano. Non ho mai capito da dove avesse tirato fuori quella storia.»

«L'hai raccontato a tutta la strada, credo.»

Ridiamo di nuovo.

«Dimmi di più su quella *moonie*» mi chiede Sabrina.

Sono preso alla sprovvista dalla sua richiesta. Mi inquieta e non so perché. Mi sento a disagio e un po' turbato. È tutto molto confuso. Forse ha a che fare con quel che sta succedendo lassù in cielo. Magari si sentono tutti un po' così ora. Mi riprendo. «La biglia *moonie*» comincio a dire, evocando la sua immagine nella mente. «Una storia appropriata per una giornata come oggi, forse è per questo che mi è sovvenuta. Ne stavo cercando una di un tipo particolare, ma non riuscivo a trovarla, mi capitavano solo quelle in miniatura. Avevo un set di duecentocinquanta biglie, sembravano perline, e le tenevo in un bellissimo barattolo di vetro, simile a quello della marmellata ma molto più grande. Non so come sei riuscita a metterci le mani. Ti ho lasciata sola per un attimo, credo, o forse non ti stavo tenendo d'occhio bene come avrei dovuto.»

«Com'era fatta la biglia?»

«Non credo possa interessarti, Sabrina, è un argomento noioso...»

«Non è noioso» mi interrompe, insistente. «È importante, mi interessa. Raccontami, voglio sapere.»

Chiudo gli occhi, mi rilasso e immagino la biglia. «Le

moonies sono biglie traslucide, la cosa che mi piace di più di loro è che se le metti sotto un fascio di luce intensa si vede distintamente un fuoco che brucia al centro. Le *moonies* hanno una notevole brillantezza interna.»

Succede qualcosa di strano, o meglio, io mi sento strano, in questo momento insolito in cui il sole è sbiadito, scomparso dietro la luna nel bel mezzo del pomeriggio, perché mi rendo conto del motivo preciso per cui sono così legato alla foto di mamma. È perché, proprio come accade per la *moonie*, si vede il fuoco che le brucia dentro. È un fuoco che c'è in ogni cosa e in ogni persona, qualcosa da ammirare, conservare e proteggere, per tirarlo fuori e osservarlo nei momenti in cui hai bisogno di risollevarti, o di essere confortato, magari quando la luce dentro di te si è affievolita e ciò che è rimasto è più simile alla brace.

«Papà? Papà, stai bene?» sta sussurrando Sabrina, non so perché.

La luna ormai è passata davanti al sole e la luce del giorno è tornata.

Tutti attorno a me esultano.

Io sento una lacrima scorrere giù lungo la guancia.

13
Regolamento della piscina

Vietato fare pipì in acqua

Sono seduta sul cofano della mia auto, in un campo dove ho accostato per ammirare l'eclissi. Uno sveglio contadino della zona ha fatto pagare due euro a tutti quelli che hanno parcheggiato sul suo terreno. È pieno di persone appollaiate sul cofano delle loro auto con indosso occhiali ridicoli. Ho appena riagganciato con papà e ho un groppo in gola, ma decido di ignorarlo e sfoglio freneticamente le pagine dell'inventario delle biglie. Poi tutto a un tratto mi fermo.

Moonies.

Ne ha molte, ma io scorro il dito sulla lista finché non trovo quella che cerco.

Moonies in miniatura (250) e si fa riferimento anche al vaso di vetro, condizioni quasi perfette. Sotto c'è scritto: *World's Best Moon biglia della Christensen Agate Company a sfumatura unica*, poi viene la descrizione di papà: *Biglia bianca traslucida e opalescente, con piccole bolle d'aria, di colore leggermente bluastro. Per gentile concessione del dottor Punjabi.*

Attorno a me stanno esultando tutti perché il sole è riapparso nella sua forma consueta; non so quanto sia durata quest'eclissi, forse qualche minuto, ma tutti si abbracciano e applaudono, stupiti dall'evento e in preda a un'euforia naturale. Ho gli occhi umidi. È stato il tono di voce di papà a cogliermi alla sprovvista e a commuovermi più di tutto il resto, era completamente diverso dal solito, sembrava che fosse qualcun altro a parlarmi. Qualcuno apparso all'improvviso per raccontarmi una storia, una storia segreta di lui e di me da bambina, ma non solo, una storia che parlava di biglie. In trent'anni di vita, non ricordo che le abbia mai nemmeno nominate, e ora nel bel mezzo della mia... ricerca, mentre osservo un fenomeno naturale, me ne sento sopraffatta. Mi tolgo gli occhiali da eclissi per asciugarmi gli occhi. Devo andare subito da papà ora, parlargli delle biglie. Non mi sembrava corretto prima sollevare la questione, visto che era evidente che non ricordasse nulla, ma forse vedere le *bloodies* gli ha aperto qualche cassetto della memoria.

Espiro lentamente e con cautela, e mi pare di risentire una precedente conversazione tra me e Aidan.

«Cosa c'è che non va?»

«Niente» rispondo brusca.

«Hai sospirato» mi dice, per motivare la sua domanda. Ha una voce grave, strascicata, e triste. «Lo fai sempre.»

«Non stavo sospirando, stavo solo... espirando.»

«E non è la stessa cosa?»

«No, non lo è. È che... Non importa.» Continuo a preparare i cestini per il pranzo in silenzio: pane, burro, prosciutto, formaggio, taglia a metà. Avanti con il prossimo.

Lui sbatte la porta del frigo, mi rendo conto che ancora una volta non sto comunicando.

«È solo un'abitudine» gli spiego, facendo un grande sforzo comunicativo, senza sbottare, senza sembrare arrabbiata. Devo seguire le regole che ci ha dato la consulente, non voglio essere di nuovo al centro dell'attenzione questa settimana per via di tutte le mie mancanze. A me andare in terapia non va, punto e basta, ma Aidan pensa che ci sia utile. Io, al contrario, ritengo che il silenzio e la tolleranza siano il modo migliore di procedere, anche se la tolleranza a volte arriva al limite, specialmente quando non so quale sia il problema, o persino se ce ne sia davvero uno. Mi hanno detto che il mio comportamento lascia intendere che ci sia, invece è solo improntato al silenzio e alla tolleranza. È un circolo vizioso.

«Trattengo il fiato e poi lo rilascio» spiego a Aidan.

«Perché lo fai?» mi chiede.

«Non lo so.»

Credo che si stia per arrabbiare di nuovo, penserà che gli sto nascondendo qualcosa, qualche gigantesco segreto che in realtà non esiste ma secondo lui invece sì. Però non dice niente, ci sta pensando.

«Forse stai aspettando che succeda qualcosa» dichiara.

«Forse» dico senza rifletterci a fondo, aggiungendo gli snack all'uvetta nei cestini; sono solo contenta che Aidan non sia di nuovo in collera. Lite schivata, non devo preoccuparmi di camminare in punta di piedi attorno a lui. Magari è lui che deve preoccuparsi di farlo con me.

Ci ripenso adesso. Sì, forse sto aspettando che accada qualcosa, forse è qualcosa che non accadrà mai, forse dovrò essere io a farlo accadere. Forse è questo che sto facendo ora.

Il mio telefono squilla, ma non riconosco il numero.

«Pronto?»

«Sabrina, sono Mickey Flanagan. Puoi parlare?»

«Sì, certo. Sto tornando a casa, ho accostato per vedere l'eclissi.» Mi chiedo se sappia della mia visita a suo nipote. Spero di no, già ho accusato lui, accusare un nipote sarebbe un insulto doppio, anche se è saltato fuori che Looper in effetti gli scatoloni li ha aperti.

«Ah, che cosa impressionante, non è vero? Sono tornato a casa per guardarla con la mia dolce metà, Judy. Stavamo parlando di te e delle biglie.» Si interrompe e io capisco che sta per rivelarmi qualcosa. «A proposito dei tuoi scatoloni, Judy si è ricordata che non sono arrivati tutti insieme, nello stesso giorno, con una consegna unica.»

«No?» Mi raddrizzo sul sedile e rallento.

«I primi scatoloni sono arrivati sul furgone del mio ragazzo delle consegne, proprio come mi ero accordato con la tua famiglia. Ma Judy poco fa mi ha ricordato che qualche giorno dopo ne sono arrivati degli altri. Io me n'ero dimenticato ma lei no, perché non le avevo detto che stavo tenendo delle cose per qualcuno, l'ha scoperto soltanto quando una donna si è presentata a casa nostra con altre tre scatole. Judy ha dovuto chiamarmi in ufficio per controllare, non sapeva se fosse una pazza che si stava inventando tutto.»

«Una donna?»

«Esatto.»

«Ma era di una ditta di consegne?»

«No, Judy pensa di no, e lei è una che ne capisce. Anche se è passato un anno. È sveglia, ha una memoria di ferro. La donna in questione non guidava un furgone, ma un'auto. Purtroppo però mia moglie non sa niente di lei, non hanno parlato molto. Pensava fosse una vicina, o una collega.»

«E questa donna ha consegnato *tre* scatoloni?»

«Già.»

Che potrebbero corrispondere a quelli contenenti le biglie. No? Ripenso a mamma, mi chiedo se per qualche ragione non mi stia nascondendo qualcosa, se non abbia voluto tenermi di proposito all'oscuro di quei tre scatoloni.

«Un'altra cosa» aggiunge lui, in fretta, un po' imbarazzato nel riferire quel piccolo dettaglio. «Judy ha detto che era bionda.»

Mia madre non è bionda. Penso alle mie zie, tuttavia lascio subito perdere, non le vedo da anni e potrebbero avere i capelli viola per quel che ne so, o aver avuto i capelli biondi l'anno scorso ed essere completamente calve ora. Avrei un sacco di altre domande, ma lui non può aiutarmi oltre.

«Buona fortuna, Sabrina» mi dice Mickey. «Spero che le ritrovi, quelle biglie. Sarei più tranquillo anche io.»

14
Il gioco delle biglie
Steelies

Le *commies*, le biglie dei poveri, sono le prime biglie mai esistite. Fatte d'argilla, non sempre rotonde e perfette, ma economiche e molto diffuse, era con quelle che i bambini giocavano all'aperto durante la Prima guerra mondiale. Poi sono arrivate quelle d'agata e di porcellana, infine quelle di vetro, più belle e tutte diverse l'una dall'altra. Sono le mie preferite. Ma ci sono anche le *steelies*, le biglie d'acciaio, ne ho qualcuna anche di quelle. Sono fatte di metallo cromato, sembrano cavalieri in battaglia, e sono dei cecchini letali. Pesanti e veloci, spediscono la biglia dell'avversario dritta fuori dalla pista. Assomigliano a me, come sono oggi. Sono circondato da biglie di vetro e di porcellana, forse anche da qualcuna d'argilla, ma io sono d'acciaio. Ho ventiquattro anni, è il giorno del mio matrimonio e sto sbattendo fuori pista tutti gli uomini della vita di Gina.

Il grande evento si celebra nella chiesa parrocchiale di Iona, la chiesa di Gina, dove è stata battezzata, ha fatto la prima confessione e la prima comunione come una piccola sposina, ha ricevuto la cresima, ha dato il consenso matrimoniale e dove ora si sposa. A unirci in matrimonio oggi è lo stesso prete che l'ha accompagnata in ognuno di quei momenti importanti della sua vita e che da quando mi ha conosciuto mi guarda sempre allo stesso modo.

Mi odia, cazzo.

Che genere di famiglia ha un prete per amico? Be', quella di Gina. Lui ha seppellito suo padre, ha confortato sua madre in diverse lunghe serate a base di whisky gratis e consigli, e ora mi osserva come se fossi il bastardo che ha usurpato il suo posto nel clan familiare. L'ho detto a Gina, gliel'ho detto che mi guarda male. Lei ha risposto che fa così perché la conosce da quando è nata, è protettivo, come un padre. Secondo me ha lo sguardo di un padre che deve essere rinchiuso e pestato per bene, ma questo a lei non l'ho detto.

Gina sostiene che sono paranoico perché penso di non piacere alla maggior parte dei suoi amici. Forse è vero. Penso che mi fissino in modo strano. O forse è solo perché sono tutti molto educati e io non riesco a capire che tipi sono veramente, perché non mi gridano contro a tavola, e non mi sbattono al muro per dirmi quel che pensano davvero; ed è questo che mi rende sospettoso. Nella mia famiglia non esiste educazione né cortesie di facciata né a casa né a scuola né in strada. So sempre cosa pensano gli altri di me, e a quel prete non piaccio, me ne rendo conto. Si vede dalle occhiate che mi lancia quando Gina è distratta. Siamo due uomini, due cervi pronti a scornarsi in ogni momento e a far abbassare la testa all'altro. Ero contento che il padre di Gina fosse morto, almeno non mi sarei dovuto sorbire quelle cazzate da padre-padrone, secondo cui io ero il tizio che gli stava «rubando» la figlia; mai mi sarei immaginato che quel problema l'avrei avuto con il prete di famiglia.

E con il medico.

Santo cielo, anche lui. Che genere di famiglia ha un medico di famiglia? Be', quella di Gina.

Quando stavamo male, mamma aveva i suoi metodi per farci guarire. Acqua e bicarbonato per le scottature, burro e zucchero per la tosse, zucchero di canna e acqua calda per la stitichezza. Ricordo che una volta avevo un bozzo sul ginocchio, Mattie lo immerse in acqua bollente e lo colpì con un libro: ecco fatto, sparito. Un foruncolo sul naso di Hamish fu tagliato via con le forbici e curato con del dopobarba. Per i tagli c'era la tintura di iodio. Per il mal di gola i gargarismi con acqua salata. Raramente prendevamo antibiotici, raramente avevamo lo stesso dottore abbastanza a lungo da stringere il tipo di amicizia che Gina e sua madre hanno con il loro medico di base. Non avevamo nessun medico di famiglia e di certo non un medico a cui fregasse qualcosa di chi cazzo sposavamo. Ma la famiglia di Gina è così. E nel bene o nel male, non lo so ancora, ne farò parte. Mi sembra di sentire Hamish che ride. Lo sento mentre mi aggiusto la cravatta in bagno e mi preparo per il ricevimento che ha pagato il nonno di Gina.

«È il giorno più bello della tua vita?» mi sfotte Angus, che piscia nell'orinatoio accanto a me e disturba i miei pensieri.

«Sì.»

Ho chiesto a Angus di farmi da testimone, ma avrei voluto che qui con me ci fosse Hamish, anche se sarebbe stato un milione di volte più rischioso e con il suo discorso avrebbe fatto scappare a gambe levate dal ricevimento amici e parenti. No, non è vero. Hamish era sveglio, non era come gli altri, osservava, sapeva quando fregare tutti quanti, prima valutava le circostanze, poi agiva. Ciò non vuol dire che non sbagliasse mai, ma per lo meno ci avrebbe pensato su un momento, non avrebbe sparato la prima cosa che gli veniva in mente, come gli altri. Cinque anni che è morto e ancora è vivo nella mia testa. Angus era la persona che più si avvicinava a Hamish e, se non avessi in qualche modo coinvolto la mia famiglia nel matrimonio, sarebbe venuto su un casino. Se avessi davvero avuto scelta, avrei chiesto al mio amico Jimmy di farmi da testimone, ma è una cosa complicata. Un peccato visto che è la persona con cui mi piace di più parlare.

Parlo con lui più che con chiunque altro, stiamo sempre a discutere, per lo più di cose prive di importanza. Potrei stare tutto il giorno a parlare di niente con lui. Ha la mia stessa età ed è appassionato di biglie, è così che ci siamo incontrati, ci facciamo qualche partita ogni settimana. È l'unico uomo adulto che conosco che ci giochi. Lui dice che ce ne sono anche altri, scherziamo sul mettere insieme una squadra e prendere parte a competizioni internazionali. Non so, magari un giorno lo faremo sul serio.

È stato strano, non dire a Jimmy di oggi. Degli amici se lo sarebbero detti, no? Non noi, però. E poi nemmeno lui vuota molto il sacco sulla sua vita privata, lascia trapelare quanto basta perché io alla fine ci arrivi da solo; ma a volte è maledettamente criptico. Comunque, mi piace così. Perché? Me lo sono chiesto molte volte. Mi piace tenermi le mie cose per me, così posso controllare quel che sanno le persone. Sono stato sulla bocca di tutti perché ero il ragazzo scozzese che si era trasferito a Dublino e aveva dormito per terra per un anno, prima di stabilirsi a casa di Mattie dopo un matrimonio lampo di cui tutti hanno parlato – e avevano ragione, il piccolo Tommy è arrivato «in anticipo» – poi hanno avuto da ridire su noi ragazzi che eravamo troppo scalmanati, e poi ancora, molto dopo, quando è morto Hamish, tutti lì a commentare cosa avesse o non avesse fatto. Lo definivano con una frase, una parola o uno sguardo, come se lo conoscessero, invece non l'avevano mai conosciuto e mai lo conosceranno. Non come me, almeno. Credo che nemmeno gli altri nostri fratelli l'abbiano conosciuto bene quanto me. Io volevo solo sottrarmi a tutto ciò, a tutte le chiacchiere. Volevo essere chi mi pareva, perché mi pareva. Niente spiegazioni, niente commenti. Hamish ci era riuscito, ma aveva dovuto lasciare il Paese, io non so se ci riuscirei.

Vorrei scappare, senza però andare troppo lontano. La mia famiglia mi fa impazzire, eppure ho bisogno di loro. Devo almeno poterli vedere da lontano, per sapere che stanno tutti bene.

Se fosse stata mia intenzione sposare una ragazza a cui avevo ficcato dentro le dita quando avevo quattordici anni, sarei rimasto dov'ero, ma la verità è che non volevo. Avevo ventiquattro anni, ero pronto per sposarmi e lasciare le mie parti per quelle di Gina mi pareva la cosa migliore. Non che mi fossi allontanato poi molto, ero a quindici minuti a piedi da casa. Però ero in una nuova comunità. A dire il vero, noi non eravamo messi tanto male. Avevo vissuto in una fattoria in Scozia fino a cinque anni, mamma aveva conosciuto papà quando si era trasferita lì per fare la tata, poi, dopo l'anno passato a dormire sul pavimento di zia Sheila, ci eravamo trasferiti in una bella casa, una villa a schiera in St Benedict's Gardens, proprio dietro l'angolo di Dorset Street, dove bazzicavamo di solito. Era la casa di famiglia di Mattie, che lui si era tenuto quando i suoi erano andati al Creatore. Mattie guadagna bene con la sua macelleria, lavoriamo tutti lì e diamo ogni centesimo guadagnato a mamma, fino al matrimonio. Il problema, però, non è dove sei cresciuto, ma come, e la madre di Gina l'ha tirata su in modo totalmente diverso da come mamma ha cresciuto noi. Tirar su dei maschi è diverso, ho sentito che mamma lo diceva alla signora Lynch mentre parlavano delle sue figlie.

Volevo qualcuno che fosse migliore di me e mi sono reso conto solo dopo che era perché ero *io* a voler essere migliore, come se Gina mi avesse contagiato. Non era il fatto che avesse più soldi ma la sua gentilezza, quel cazzo di modo assolutamente sincero in cui le importava quel che dicevano dei completi idioti. Sia io che lei avevamo perso i rispettivi padri da piccoli, perciò non è che avesse vissuto nella bambagia nemmeno lei, nessun bambino dovrebbe affrontare una cosa del genere, però in effetti la sua vita si era svolta esclusivamente nel circondario: lì c'erano i suoi amici, la sua scuola, i negozi e il lavoro. Suo padre aveva una fabbrica di bottoni, perciò casa loro era una di quelle abitazioni enormi di Iona con un sacco di spazio per i bambini, che però non erano mai arrivati visto che il patriarca era morto stecchito d'infarto. Sua madre allora aveva trasformato la casa in una pensione, che andava molto bene quando c'erano le partite, perché era vicina al Croker, lo stadio di Croke Park. Gina lavora lì con lei. Sono delle perfette padrone di casa: gentili, accoglienti. Ogni volta che le vado a trovare sembra sempre che stiano al bancone della reception, a prescindere da dove si trovino in realtà.

Sapevo che il papà di Gina era morto e avevo sfruttato l'argomento per fare conversazione con lei. Avevo usato la morte di mio padre per fare colpo, mi ero inventato un sacco di stronzate su quanto mi mancasse, sul fatto che lo sentivo vicino, mi chiedevo se mi guardasse da lassù e altre cose del genere. Avevo imparato che alle donne questa roba piace. E a me era piaciuto recitare la parte di un tizio che diceva quelle cose, anche se io papà non l'avevo mai sentito vicino. Mai. Nemmeno una volta. Nemmeno quando avevo bisogno di lui. Non lo dico con risentimento. Papà è morto, i morti sono morti, e quando lo sei, penso che tu voglia solo goderti il fatto di essere morto, senza preoccuparti delle persone che ti sei lasciato alle spalle. Preoccuparsi è compito dei vivi.

Hamish invece, non so, qualche volta penso di sì, penso che mi sia accanto. Se sto per fare qualcosa che forse non dovrei, avverto quella sua risata da fumatore che aveva già a sedici anni, o lo sento ammonirmi, pronunciare il mio nome a denti stretti, serrati, oppure ho la sensazione del suo pugno contro le costole mentre cerca di fermarmi. Ma è solo un mio ricordo, no? Non lui che si intromette davvero, che mi aiuta, come se fosse un fantasma.

Avrei potuto parlare a Gina di Hamish ma non l'ho fatto, ho scelto di parlarle di papà, perché così era più facile inventarmi le cose. Questo non mi rende un bugiardo o una cattiva persona. Non sono di certo il primo che conquista una ragazza dicendole ciò che vuole sentirsi dire. Angus si è accaparrato Caroline fingendo per sei settimane di avere una gamba rotta, dopo che lei l'aveva investito in bici.

Continuava a venirlo a trovare perché si sentiva in colpa; e, ogni volta che lei stava per arrivare, lui piantava la partita di calcio nel vicolo, correva in casa, si fiondava sul divano e alzava la gamba sui cuscini. Dovevamo tutti reggergli il gioco. Penso che ma' trovasse la cosa divertente, anche se non sorrideva; però in effetti non gli ha mai detto di smettere. Credo che le visite di Caroline le facessero piacere, loro due chiacchieravano. Mi sa che le piaceva avere una ragazza in casa. A ogni modo, Angus alla fine ha ottenuto quel che voleva. E anche Duncan, che ha finto per un anno che gli piacessero gli Abba. Lui e Mary il giorno del loro matrimonio hanno persino fatto il primo ballo sulle note di una loro canzone, prima che lui, quella sera stessa, ubriaco, le dicesse che li odiava e che non li voleva sentire mai più. Lei era scappata in bagno a piangere e per tirarla fuori c'erano volute quattro amiche e un set per il trucco.

Per il nostro primo vero appuntamento, avevo portato Gina in un ristorante italiano in Capel Street. Pensavo che potesse piacerle qualcosa di esotico, anche se la pasta non faceva per me. Le avevo raccontato che giocavo a biglie e lei aveva riso, credendo che scherzassi.

«Oh, dai, Fergus, seriamente, a cosa giochi davvero? A calcio?»

Ecco com'era andata. Non le avevo detto la verità per svariate ragioni. Ero in imbarazzo perché aveva riso. Non mi sentivo a mio agio in quel ristorante, i camerieri mi rendevano nervoso, mi guardavano come se stessi per rubare coltello e forchetta. I prezzi sul menu erano più alti di quanto avessi pensato e lei aveva ordinato antipasto *e* portata principale; mi sarei dovuto inventare qualcosa per evitare che prendesse anche il dolce. Comunque, mentre lei rideva avevo pensato: sì, forse ha ragione, è una cosa stupida, forse non giocherò più.

E poi mi era venuto in mente che potevo sempre giocare e stare con lei, ed è così che è andata alla fine. Ho pensato che non fosse poi un gran problema tenere le due cose separate, non era come tradirla, cosa che all'epoca tra l'altro avevo anche fatto un paio di volte. In attesa di convolare a nozze con la mia ragazza vergine, mi ero sfogato qualche volta con Fiona Murphy. Giuro che si era accorta di quanto ero disperato non appena mi aveva visto. Non portavo Gina dalle mie parti per diverse ragioni, tra le quali Fiona Murphy e le altre ragazze con cui ero stato. Fiona letteralmente mi teneva in palmo di mano. Suo padre lavorava in una fabbrica di snack e lei aveva sempre l'alito che sapeva di formaggio e cipolla. Ma ora che sono sposato, le cose devono cambiare. Un voto è un voto.

Sono stato fidanzato con Gina per un anno, però lei non ha mai visto molto la mia famiglia, o meglio l'ha vista abbastanza perché né lei né loro si offendessero, ma comunque non a sufficienza, lo so. Visite brevi, veloci, una capatina a casa, un salto a una festa. Non le ho mai permesso di conoscerli perché altrimenti avrebbe saputo davvero chi ero, o meglio, si sarebbe fatta un'altra idea di me. Invece voglio che lei mi conosca stando con me.

«C'è un dramma in corso con una delle damigelle di Gina» dice Angus. «Quella con due cocomeri al posto delle tette.»

Rido. «Michelle.»

«Dice che il suo ragazzo l'ha mollata in chiesa, l'ha visto andarsene prima che lei facesse il suo ingresso trionfale.»

Faccio una smorfia. «Un po' pesante.»

«Tutte le ragazze sono in bagno a cercare di sistemarle il trucco ora.»

Faccio un'altra smorfia, ma non sto ascoltando Angus, sono più concentrato su quel che sto per dire io: la cosa giusta nel modo giusto.

«Angus, hai pronto il discorso?»

«Sì, ce l'ho proprio qui.» Lo toglie dalla tasca, è lungo qualche pagina, ci sono più fogli di quanti avessi sperato e lui me li sventola in faccia, orgoglioso. «Ho passato tutta l'estate a scriverlo. Ho parlato con alcuni tuoi vecchi amici di scuola. Te lo ricordi Lampy? Aveva qualche perla da raccontare.»

Ecco perché Lampy si è scusato con me dopo la cerimonia.

Angus si rimette i fogli in tasca e dà loro un colpetto per accertarsi che siano al sicuro.

«Sì, be'... solo ricordati che, ehm, la famiglia e gli amici di Gina sono... be', ecco, diversi da noi.»

Ho scelto le parole sbagliate, me ne rendo conto non appena le pronuncio. Lo capisco dall'espressione di mio fratello. Sin da stamattina è stato tremendamente ovvio che loro sono «diversi da noi». Tanto per cominciare, sono meno chiassosi e poi non imprecano ogni secondo. Usano altri termini per esprimersi.

Cerco di fare marcia indietro. «È solo che non sono *proprio* come noi. Insomma, lo sai, no? Hanno un senso dell'umorismo diverso. Noi Boggs e Doyle abbiamo un altro modo di scherzare. Perciò mi stavo solo chiedendo se potessi non esagerare nel discorso. Hai capito cosa intendo? I nonni di Gina sono vecchio stile, e poi cazzo se sono religiosi.»

Angus lo sa bene. Mi guarda con assoluto disprezzo, l'ultima volta che gli ho visto quest'espressione mi ha dato una testata.

«Certo» dice semplicemente. Poi mi squadra da capo a piedi come se non avesse idea di chi sono, come se accanto a lui, al pisciatoio, non ci fosse suo fratello in persona.

«Buona fortuna, Fergus.» Ed esce dal bagno, lasciandomi lì a sentirmi una merda assoluta.

Il suo discorso è noiosissimo, il discorso più barboso della storia. Niente battute, solo formalità. Non ha usato il discorso che ha in tasca, tutte quelle pagine manoscritte su cui so che ha lavorato per settimane e che probabilmente si è esercitato per tutta la notte a ripetere. Il discorso che pronuncia è il peggior discorso di sempre, senza emozione, senza amore. Uno sconosciuto incontrato per strada avrebbe potuto fare di meglio, e forse è proprio questo che voleva dimostrare. Ha parlato come un estraneo, come uno che non mi conosce nemmeno.

La mamma di Gina, il dottore e il prete, pensano tutti che lui sia «fantastico».

Mamma ha lo stesso vestito del matrimonio di Angus. Ne aveva uno diverso a quello di Duncan, qualche mese fa, ma si è rimessa lo stesso abito del matrimonio di Angus per il mio. È verde pisello, con cappotto e sottoveste abbinati, e scarpe basse. Ha un fermaglio luccicante tra i capelli, e la sua spilla più bella, quella che le ha regalato papà, me la ricordo. Una spilla di Tara con delle pietre verdi. Si è truccata, la cipria la rende più pallida e il rossetto rosso le è finito sui denti. Non balla. Ricordo che al ricevimento di Angus aveva ballato tutta la notte; lei e Mattie ballano benissimo il jive, ed è quella l'unica occasione in cui mi è capitato di vederli toccarsi. Al matrimonio di Duncan avevano dovuto trascinarla a casa. Adesso invece se ne sta seduta, con la schiena rigida e un bicchiere di brandy in mano, mentre io mi chiedo che cosa le abbia detto Angus. Mattie guarda le ragazze in pista e si passa la lingua sulle labbra, come se stesse scegliendo qualcosa da un menu. Mamma e Mattie sono da soli a un tavolo rotondo. Tutti i miei fratelli e le loro dolci metà se ne sono andati presto con Angus. Suppongo abbia riferito loro le mie parole; è come se gli avessi detto di non essere un Boggs, di fingere di essere qualcun altro. Però non è esattamente quello che ho detto, vero?

Alla fine, mi sta bene così, mi posso rilassare di più senza di loro. Nessuno finirà per volare dall'altra parte della stanza e schiantarsi contro un tavolo per via di un'occhiata strana o di una battuta.

Mi avvicino a mamma, mi siedo con lei e ci facciamo due chiacchiere. Poi, nel bel mezzo del discorso, lei mi tira un ceffone forte sulla guancia.

«Ma', ma che...?» Mi massaggio la guancia che mi brucia, guardandomi attorno per vedere chi ci ha visti.

Fin troppa gente.

«Tu non sei lui.»

«Cosa?» Il cuore inizia a martellarmi nel petto. «Di che parli?»

Mi dà un altro schiaffo. Stessa guancia.

«Tu non sei lui» ripete.

E in che modo mi guarda.

«Forza.» Lancia la borsa a Mattie, che si attiva subito, via gli occhi dalle ragazze danzanti, lingua di nuovo in bocca. «Ce ne andiamo.»

A mezzanotte la mia famiglia se n'è già andata.

«Hanno tanta strada da fare per tornare a casa» dice educatamente la mamma di Gina, cercando di farmi sentire meglio, ma non funziona.

Mi dico che non mi importa, ora che loro non ci sono più posso ballare, chiacchierare e rilassarmi.

Sono un duro, sono una biglia d'acciaio infrangibile, imbattibile.

15
Il gioco delle biglie
Cento

Non si è mai fatta fare un massaggio prima, perciò, non appena arriviamo in hotel a Venezia, Gina va dritta alla spa. È raggiante, eccitata, non è difficile capire che si sente un'adulta. Ci siamo sposati ieri e ancora non abbiamo fatto sesso. Ce la siamo spassata fino alle tre del mattino, nonostante i Boggs e i Doyle se ne siano andati presto, e i festeggiamenti erano ancora in pieno svolgimento quando ce ne siamo andati. Siamo collassati l'una sull'altro sul letto per poi svegliarci un'ora dopo, in tempo per il nostro volo delle sei. Decisamente non c'è stato tempo per fare sesso, di certo non per una prima volta. La sua, ovviamente, non la mia. Mi siedo sul letto matrimoniale e rimbalzo su e giù. L'ho aspettata per un anno, suppongo di poterla aspettare per la durata di un massaggio. Lei pensa che sia vergine anche io, non so che cosa gliel'abbia fatto credere, non ho mai dichiarato di esserlo, ma è la normalità per tutte le persone che conosce. Loro sono il tipo di gente che segue le regole e lei si è convinta che lo sia anche io. Io l'ho solo lasciata fare, mi sono risparmiato il disturbo di contraddirla.

So come voglio farlo con lei, la prima volta. Ci ho pensato su. Voglio giocare a Cento insieme a lei. Disegni un piccolo cerchio sul pavimento. Entrambi i giocatori lanciano una biglia verso il cerchio; se tutte e due le biglie, o nessuna, si fermano nel cerchio, si lancia di nuovo. Se, invece, una sola biglia si ferma nel cerchio, quel giocatore fa dieci punti ogni volta che riesce a farla fermare di nuovo all'interno nei tiri successivi. Gina non indossa mai il reggiseno, non ne ha bisogno, si mette sempre canottiere e pantaloni a zampa d'elefante. Non si trucca, ha le lentiggini sul naso, sulle guance e sulla clavicola. Penso che gliele bacerò tutte, la maggior parte le ho già baciate. Il primo giocatore che arriva a cento punti vince e lo sconfitto cede un predeterminato numero di biglie. Solo che nel nostro gioco, in cui è previsto il consumo di vino bianco, visto che siamo sposati e adulti, chi non fa centro nel cerchio si toglie un indumento. Lei non ha mai giocato a biglie, continuerà a sbagliare, io, dal canto mio, sbaglierò abbastanza da non farla sentire a disagio. Quando arrivo a cento punti, ci voglio lei nel cerchio, nuda. Non accadrà mai, lo so, ma è questo che mi ha spinto ad andare avanti quest'anno mentre facevo il signore e aspettavo. Non ho mai mischiato biglie e sesso prima e, anche se Gina ha riso la prima volta che le ho parlato di questa mia passione, voglio fare questa cosa con lei, con mia moglie.

Per Gina è valsa la pena di aspettare, è bellissima, qualsiasi ragazzo di mia conoscenza avrebbe fatto lo stesso. Ovviamente, non me la merito; o meglio, la versione di me che lei conosce se la merita, ma quella che non conosce, no. A lei ho mostrato un uomo che mi sono inventato nel tempo: gentile, paziente, educato, interessato. Quell'uomo non pensa che tutti quelli che lei gli presenta si credano chissà chi e che preferirebbe decapitarsi piuttosto che intavolarci una conversazione. Essere lui è meglio, rende la vita più semplice a lui e a me. Però lui non è me. Cerco di tenere Gina il più lontano possibile dalla mia famiglia, ogni volta che lei e mamma parlano sudo freddo. Ma ma' non dirà mai niente, sa qual è il patto, che ho puntato troppo in alto, eppure voleva che io la sposassi quanto lo volevo io, così poteva depennarmi dalla sua lista, un altro dei suoi ragazzi si era sistemato. Gina ha conosciuto Angus solo di sfuggita, al matrimonio; lui vive a Liverpool ed è meglio che ci rimanga, Duncan, Tommy, Bobby e Joe invece non creano problemi se presi a piccole dosi. Lei pensa che abbiano sempre molto da fare, e va bene così.

Sa che uno dei miei fratelli è morto, crede che Hamish sia annegato. In effetti, è così, però Gina crede sia stato solo un brutto incidente. Ho intenzione di farla rimanere di quell'idea. Hamish aveva i suoi bei problemi e non voglio entrino nella mia nuova vita. Gina è dolce, ingenua, e giudica le persone. Se sapesse cosa è accaduto davvero, mi guarderebbe in modo diverso. E a ragione, probabilmente. Non che io sia un criminale, non infrango mai la legge, ma non sono nemmeno il tizio che promette di giocare a croquet con suo nonno.

L'ho scelta io Venezia per la luna di miele, ci volevo venire sin da quando ho visto un documentario sulle vetrerie di Murano, un'isola intera dedicata alla produzione di vetro è un posto che voglio almeno visitare, visto che non mi ci posso trasferire. Non ho molti soldi, in realtà abbiamo pochissimo da spendere qui, ma non ho intenzione di lasciare questo Paese senza le tasche piene di biglie, lo farò a ogni costo, anche se dovrò chiedere l'elemosina, o un prestito, o rubare.

Questa luna di miele è finanziata dal nonno di Gina, che non ha potuto fare a meno di intervenire quando ha saputo che saremmo andati a Cobh per il viaggio di nozze. «Scegliete qualsiasi posto vi vada» ci ha detto, «un posto qualunque del pianeta.» Gina sperava di fare una settimana in Jugoslavia perché una sua amica ci è andata in luna di miele, ma sono riuscito a convincerla a passare tre giorni a Venezia. La Jugoslavia forse un giorno ce la potremo permettere da soli, Venezia no: è una vera chicca, un'avventura in un altro mondo. Lei se l'è bevuta, ma io ci credevo davvero. Non mi importa che suo nonno mi stia aiutando dandomi dei soldi. Accetterei una mano da chiunque, non mi ferisce l'orgoglio. Se non ho un centesimo, non ho un centesimo e, se qualcuno me lo vuole dare, lo prendo.

Cammino avanti e indietro per la stanzetta; l'hotel non è il più lussuoso su piazza, proprio no, ma mi piace stare qui. E non mi importa dove dormo, non vedo l'ora di esplorare la città.

Pensavo di essere ancora a pezzi dopo ieri sera, invece sono bello attivo, smanioso di uscire. Non so quanto duri un massaggio, ma non starò qui seduto in questa stanza quando il mondo là fuori mi sta aspettando. Non penso che Gina vorrà passare molto tempo a guardare delle biglie, non nel modo in cui voglio farlo io, perciò approfitto di questo momento e me la filo. Non devo andare lontano prima di imbattermi nelle biglie più incredibili che abbia mai visto in vita mia. Sono biglie artistiche, decisamente non adatte al gioco, solo da collezione. Sono così sbalordito che non riesco a staccarmi dalla vetrina. Il commesso esce e quasi mi trascina dentro, vedendo la brama dipinta sul mio viso. Il problema è che ho la brama ma non i soldi. Lui risponde a tutte le domande che gli faccio, una dopo l'altra, su ogni singolo dettaglio, e mi permette di ammirare quei capolavori con la lente d'ingrandimento così posso studiare la bravura dell'artista. Quelle che ho davanti sono biglie di vetro chiare, fatte a mano, con forme elaborate racchiuse all'interno. Una è trasparente, con un quadrifoglio verde intrappolato dentro, un'altra ha un pesce rosso che sembra nuotare nelle bolle, un'altra ancora un cigno bianco in un vortice di mare blu. C'è anche una *vortex*, con una tempesta di viola, azzurro e verde che si inoltra a spirale fino al centro della biglia. Sono ipnotizzato. Un'altra è un occhio: è chiara, con un'iride verde oliva, una pupilla nera e delle vene rosse ai lati. Sembra che mi stia guardando. Un'altra ancora si chiama «Nuova Terra» ed è il nostro pianeta intero, con tutti i Paesi all'interno e delle nuvole nello strato più esterno. È un'opera di puro genio. Il mondo racchiuso in una biglia di qualche centimetro. È lei che voglio ma posso a malapena permettermene una, figurarsi un'intera collezione. Una di queste biglie costa quanto il budget della vacanza.

Mi ci vuole tutta la forza di volontà che possiedo per andarmene, ed è proprio il fatto che abbia deciso di andarmene a spingere il commesso a partire alla carica. Il miglior contrattatore è quello che è sempre pronto ad andarsene, lui crede che io stia bluffando, ma non è vero perché mi venderei la casa per questa collezione, se ne avessi una. Dobbiamo vivere con la madre di Gina per un anno prima di mettere insieme abbastanza per dare la caparra di una casa. Anche solo pensare di comprare una di queste biglie è da balordi e lo so. Ma... mi sento vivo, mi sento l'adrenalina in corpo. Questa è l'unica parte buona di me, la parte migliore di me, e lei non la conosce. Guardando le biglie, giuro qui e ora di esserle fedele, e non nel senso che non scoperò in giro, ma che le lascerò vedere il vero me per la prima volta. Le mostrerò questa biglia, la parte migliore e più grande di me.

Ne compro una trasparente con all'interno un cuore rosso. Ha dei vortici a spirale rosso acceso, simili a gocce di sangue intrappolate in una bolla. Contratto moltissimo e pago quasi la metà del prezzo iniziale. Il costo è lo stesso troppo alto, ma questa biglia non è solo per me, è anche per Gina, le sto offrendo il vero me. Questa biglia, per quanto mi riguarda, ha più valore della cerimonia di ieri e delle parole che non ho detto davvero con il cuore. Significa qualcosa per me. È il gesto più spaventoso e coraggioso che mi sia mai proposto di fare in tutta la mia vita adulta. Le darò questo cuore, il mio cuore, e le dirò chi sono, chi ha sposato.

Il commesso avvolge il cuore nel pluriball e lo mette in un borsellino di velluto bordeaux chiuso da un cordino d'oro intrecciato e da perline di vetro che non posso evitare di ammirare. Persino le perline del borsellino sono stupende. Me lo infilo per bene in tasca e torno all'hotel.

Quando entro in camera mi accorgo che Gina ha pianto, anche se cerca di nasconderlo. Indossa un accappatoio legato stretto in vita.

«Che c'è che non va? Cosa è successo?» Sono pronto a picchiare qualcuno.

«Oh, niente.» Si asciuga gli occhi con la manica dell'accappatoio finché la pelle non è tutta arrossata.

«No, non è niente, dimmelo.» La rabbia mi scorre nelle vene. Stai calmo o non ti dirà nulla; sii il ragazzo paziente, comprensivo, che ascolta e che non va a mettere al tappeto la gente, non ancora, almeno.

«È una cosa così imbarazzante, Fergus.» Si siede sul letto e sembra minuscola sul materasso enorme. Ha ventun anni, io ne ho ventiquattro. «Lei mi ha toccato la...» Spalanca gli occhi, la mia rabbia sparisce e sento che mi sta venendo da ridere.

«Sì? Ha toccato cosa?» Mi torna in mente la mia fantasia in cui giochiamo a Cento. Lei è sul letto, con l'accappatoio, è mia moglie.

«Non c'è niente da ridere!» Si sdraia e si copre il viso con un cuscino.

«Non sto ridendo.» Mi siedo accanto a lei.

«Invece sembra che tu stia per farlo» mi dice, con voce soffocata. «È che non sapevo che un massaggio fosse così invasivo. Non ho aspettato tutto questo tempo a fare sesso perché una signora italiana alta un metro e venti mi strapazzasse prima di te.»

Dopodiché, devo ridere.

«Smettila!» frigna lei, ma riesco a vedere il suo sorriso sepolto sotto il cuscino.

«Ti è piaciuto avere addosso le sue mani?» La prendo in giro, mentre le faccio scorrere una mano su per la gamba.

«Piantala, Fergus.» Ma vuole che io la pianti di prenderla in giro, non di toccarla, perché non mi sta fermando. Ho una cosa da fare, però, devo mostrarle la biglia ora, così conoscerà il vero me, sarà con me che farà l'amore per la prima volta, non con l'altro.

Fermo la mano e lei si mette seduta, confusa, con tutti i capelli sul viso.

«Voglio darti una cosa prima.»

Gina si toglie i capelli dalla faccia e in quell'istante sembra così dolce e innocente che le scatto un'istantanea mentale. Ancora non posso saperlo, ma cercherò di rievocare quest'immagine in futuro nei momenti in cui mi sembrerà di averla persa, o di odiarla così tanto da essere costretto a distogliere lo sguardo.

«Sono andato a fare un giro e ho trovato qualcosa di speciale per te, per noi. È importante per me.» Mi trema la voce perciò decido di chiudere il becco. Tolgo il borsellino di tasca e tiro fuori il cuore con fare nervoso. Ho la sensazione di donarle una parte di me. Non mi sono mai sentito così prima d'ora. Mi hai sposato ieri, ma oggi è la prima volta che ci conosciamo davvero. Mi chiamo Fergus Boggs, la mia vita è segnata dalle biglie. Svolgo il pluriball e le mostro la biglia in palmo di mano. Prima voglio vedere la sua reazione, poi le spiegherò. Lasciamole metabolizzare la cosa, mi godo lo spettacolo di lei che si gode lo spettacolo.

«Che cos'è questa?» mi chiede, con voce piatta.

La guardo sorpreso, con il cuore che mi martella in gola. Faccio subito retromarcia, pedalo all'indietro, mi nascondo nel mio guscio. L'altro me inizia a scaldarsi dietro le quinte.

«Voglio dire, quanto è costata? Avevamo detto che non ci saremmo comprati niente qui. Non possiamo permettercelo. Basta regali, ricordi? Dopo il matrimonio? Eravamo d'accordo.» A malapena guarda la biglia, è seccata. Sì, eravamo d'accordo, ce lo siamo promessi, ma questo è più di un gioiello, per me significa più dell'anello al dito che ama tanto. Vorrei dirglielo ma non lo faccio.

«Quanto è costata?»

Mi impappino e tergiverso, troppo a pezzi e ferito per rispondere con sincerità. Sono sospeso a metà tra l'essere me e l'essere lui, non sono in grado di concentrarmi abbastanza per diventare uno dei due.

Gina sta tenendo la biglia senza le dovute cautele, la

tratta male, la muove da una mano all'altra senza fare attenzione, potrebbe facilmente farla cadere. Sono teso mentre la guardo.

«Non posso credere che hai sprecato i tuoi soldi per questa!» Salta giù dal letto. «Per una… un…» La studia. «Un giocattolo! Cosa ti è passato per la testa, Fergus? Oddio.» Si siede di nuovo, con gli occhi pieni di lacrime. «Abbiamo risparmiato per così tanto tempo. Voglio smetterla di vivere con mamma, voglio che siamo solo tu e io. Abbiamo calcolato il budget per questo viaggio con così tanta parsimonia, Fergus, perché hai…?» Guarda la biglia nella sua mano, confusa. «Voglio, dire, è una cosa dolce, grazie, so che stavi cercando di essere gentile, ma…» La sua rabbia inizia a svanire, però ormai è troppo tardi.

Mi posa le mani sulle guance, sa di aver ferito i miei sentimenti, anche se io non lo ammetto. Riporterò indietro la biglia, le dico, la riporterò indietro volentieri, non la voglio vedere mai più per il resto della mia vita, mi ricorderebbe di questo momento, di quando ho mostrato il vero me e sono stato respinto. Ma va a finire che non la posso restituire perché Gina per sbaglio la fa cadere e la superficie si graffia, il che vuol dire che non avrà mai più un cuore perfetto.

16
Regolamento della piscina

Vietato tuffarsi a bomba

Sulla strada di ritorno da Cavan a Dublino, non posso fare a meno di perdermi nei miei pensieri. La mia guida è goffa, devo scusarmi troppe volte con gli altri autisti, perciò abbasso il finestrino per far entrare aria fresca e mi metto seduta bene.

C'è Aidan in vivavoce. Avevo bisogno di chiamarlo, di aggrapparmi alla mia vita, di parlare con qualcuno di reale.

«Quindi ora stai cercando le biglie mancanti?» mi chiede dopo che l'ho aggiornato su quanto è successo oggi, lancio della tazza escluso, e sento gli strilli di gioia dei ragazzi che stanno giocando con l'acqua in sottofondo.

«Non so nemmeno più se tutta questa cosa riguarda solamente le biglie mancanti» dico, come se l'avessi realizzato in quel momento. «Scoprire il passato di papà mi sembra più importante che trovare le biglie. È iniziato tutto con loro, ma si sono aperte altre questioni, enormi voragini che devo riempire. C'è un lato di papà che non ho mai conosciuto, una vita che mi ha tenuto nascosta e che voglio esplorare. E non solo per me. Ma se *lui* non riesce nemmeno a ricordarsene, come potrà tornare a conoscere di nuovo quella parte di sé?»

Aidan sta in silenzio per un bel po' e io cerco di interpretare la sua reazione. Pensa che io sia pazza, che alla fine sono andata fuori di testa, oppure è al settimo cielo per la mia energia ritrovata. Invece la sua risposta è calma, misurata.

«Sai tu cosa è meglio, Sabrina. Non ho intenzione di dirti di non farlo, se pensi che aiuterà.»

Non c'è bisogno che dica di più, so cosa intende. Vuole dire se aiuterà me e, di conseguenza, noi.

«Penso di sì» rispondo.

«Ti amo» mi dice. «Magari cerca di non farti baciare da altri uomini.»

Rido.

«Davvero, fai attenzione, Sabrina.»

«Certo.»

I ragazzi urlano al telefono: «Ti vogliamo bene», «Ci manchi», «Cacca», «Testa di pera», e poi mettono giù.

Una signora bionda ha consegnato le biglie. Rimanderò la mia visita a papà per ora, devo trovare questa donna, la donna che conosce l'uomo che io non conosco, e ce n'è solo una che penso possa corrispondere a quella descrizione. Accetta di incontrarmi non appena la chiamo.

È seduta nell'angolo più buio, lontano dalla finestra, dalla luce, dal brusio del resto del bar. Sembra più anziana di quanto ricordi, ma in effetti lo è. Sono passati dieci anni dall'ultima volta che ci siamo viste, quasi venti dalla prima. È ancora bionda, è in ritardo con la tinta di almeno una settimana, le radici grigie e castane cominciano a spuntare fuori. Ha quarantadue anni, dieci più di me, e ho sempre pensato che fosse giovane, ma comunque molto più grande di me. O meglio, troppo giovane per lui, ma comunque molto più grande di me. Ora potremmo dimostrare la stessa età. Ha l'aria annoiata mentre mi aspetta e mi chiedo se sotto la noia non si nasconda il nervosismo, l'ansia che ho provato io non appena l'ho vista. Mi vede camminare verso di lei e aggiusta la postura, alza il mento con la sua tipica mossa orgogliosa e io mi ritrovo a odiarla, proprio come ho sempre fatto. Odio quella zoccola moralista che credeva che tutto ciò che voleva dovesse automaticamente essere suo. Cerco di darmi una calmata, di non permettere alla rabbia di affiorare.

L'ho vista con papà quando avevo quindici anni, prima che i miei genitori si separassero. Lui me l'ha presentata meno di un anno dopo, in teoria avrei dovuto credere che si fossero appena conosciuti, che quello per lui fosse l'inizio di una stupenda, nuova relazione, che avrei dovuto sostenere e di cui avrei dovuto essere contenta, però io lo sapevo che lui stava con lei da un pezzo. Di preciso non sapevo da quanto, ma non ho mai detto una parola in proposito. Lui non aveva mentito solo a mamma, aveva mentito anche a me perché mi aveva guardato e aveva ripetuto le stesse cose che diceva a lei, tutte bugie.

Quando li avevo beccati era ora di pranzo e loro erano ubriachi, e ancora oggi, ogni volta che passo davanti a quel ristorante provo la stessa sensazione allo stomaco e li rivedo di nuovo. Le persone non si rendono conto di far soffrire gli altri quando fanno cose che non devono. Le cose che fanno soffrire sono radici, si diffondono, crescono, si insinuano sotto la superficie toccando altri aspetti delle vite di coloro a cui procurano del male. Non è mai solo un errore, solo un momento, diventa sempre una serie di momenti, che mettono radici e schizzano in direzioni diverse. E nel corso del tempo si attorcigliano come un vecchio albero intricato, che si strangola e si annoda da solo.

Ero uscita da scuola prima per andare dal dentista, uno dei miei molti appuntamenti di routine per cercare di capire perché mi sanguinassero le guance, che sfregavano e si graffiavano quando parlavo e masticavo. Ricordo che mi pulsava la bocca mentre camminavo per la strada, avevo le lacrime agli occhi per la rabbia, perché un altro ragazzino crudele aveva fatto l'ennesima battuta crudele ed ero stanca di ridere e fingere che non mi importasse. Fu allora che vidi papà, in un ristorante alla moda in città, uno di quelli costosi con i tavoli all'esterno che mi mettevano in imbarazzo anche solo a passarci accanto. Avevo quindici anni, mi sentivo gli occhi addosso da ogni angolo della strada, avevo la testa china, le guance già arrossate, camminavo ed ero a disagio, ma non potevo farci niente. Quando cerchi con tutte le tue forze di non guardare qualcosa, devi cavarti gli occhi per impedirti di farlo. Perciò alzai la testa per ricambiare gli sguardi di tutti quelli che temevo mi stessero fissando, ridendo di me, e lo vidi. A dirla tutta mi fermai per un istante e qualcuno mi venne addosso. Mi bloccai solo un secondo, poi ripresi a camminare, ma avevo visto abbastanza.

C'erano lui e lei a un tavolo accanto alla finestra, faccia da ubriachi, occhi da ubriachi, un bacio veloce, mani che si stringevano sotto il tavolo. Non dissi niente a mamma, be', le cose tra loro a quel punto andavano così male che avevo creduto che forse lo sapesse, avevo pensato che quella donna fosse il motivo, o almeno uno dei motivi, per cui le cose non funzionavano più. Non dissi mai che li avevo visti insieme, nemmeno quando lui me la presentò mesi dopo, in quell'incontro falso, concertato, teatrale, in cui avevano finto di essersi appena conosciuti. L'ho sempre odiata.

Regina.

Mi faceva pensare alla parola vagina, che mi sembrava adatta a lei. Ogni volta che sentivo il suo nome, ogni volta che dovevo dire il suo nome, sentivo e dicevo sempre «Vagina». Una volta per sbaglio la chiamai davvero così; lei rise e disse: «Cosa?» ma io feci finta che avesse capito male. Lei ridacchiò tra sé, pensando che fosse divertente.

E ora eccomi qui, faccia a faccia con Vagina. E le sto persino per chiedere aiuto, lo detesto ma è necessario. È l'unica pista che ho, lei è l'unica donna che so essere stata nella vita di papà per un lungo periodo di tempo e che poteva avere accesso ai suoi effetti personali e al suo appartamento. È lei la donna bionda che ha consegnato le biglie a casa di Mickey Flanagan, quella che può aiutarmi a risolvere il mistero.

Non ci abbracciamo o baciamo quando ci salutiamo, non siamo vecchie amiche né conoscenti, e neanche nemiche. Siamo solo due persone che sono inciampate l'una nell'altra.

Regina lavora dal parrucchiere accanto al bar in cui siamo sedute, il parrucchiere che io e mamma abbiamo evitato per quasi vent'anni. L'ho chiamata dalla macchina, dopo la telefonata di Mickey, e non so cosa mi aspettavo che dicesse, anche se avevo fatto delle supposizioni: poteva dirmi di non chiamarla mai più, oppure liquidarmi educatamente, suggerendo una data futura che avrebbe continuato a cambiare. Non mi aspettavo che accettasse subito di incontrarmi. Stava per fare una pausa caffè, potevamo vederci tra una mezz'ora. Non ero preparata a quell'evenienza. Ho passato venti minuti al telefono con Aidan a spiegargli tutto, e ancora non sono preparata.

«Ti ringrazio per aver accettato di incontrarmi con così poco preavviso» le dico mentre mi siedo e mi tolgo il cappotto. Lo appendo goffamente allo schienale della sedia, lei mi tiene gli occhi puntati addosso e io mi sento di nuovo una quindicenne imbranata. «Di sicuro sarà stata un po' una sorpresa per te.»

«Mi aspettavo una tua chiamata» mi dice, concreta. «A dire il vero non vedevo l'ora che mi cercassi» aggiunge. Indossa un cardigan extra large nero tirato fin sopra le mani, come se avesse freddo, peccato che non faccia freddo, è una bellissima giornata; mi rendo conto che è nervosa.

«E perché?» le chiedo, immaginando la moglie di Mickey Flanagan che afferra la cornetta del telefono con due mani e in un sussurro concitato le dice: «Sa tutto, Regina. Sabrina sa che sei stata qui e che hai portato le biglie. Ora sta venendo da te».

«Non lo so» dice pensierosa, e mi squadra. «Sei sempre stata una ragazzina interessante, sembrava che avessi molte domande, ma non le formulavi mai ad alta voce. Mi aspettavo che mi chiedessi qualcosa, però non lo facevi mai.»

«Non penso che ti guardassi in modo strano perché volevo farti delle domande» ribatto, e il suo sorriso si spegne un po'. «Sapevo che tu e papà stavate insieme già da prima della separazione, vi avevo visti in un ristorante...» Faccio una pausa per osservare la sua reazione. «È stato molto difficile ascoltare le vostre bugie, e poi mi accorgevo che vi divertivate a mentire.»

Lei sussulta per la sorpresa e si raddrizza sulla sedia; poi mi sorride. «Dunque è per questo che mi hai chiamato? Per farmi sapere che non avevi le fette di prosciutto sugli occhi?» mi chiede, divertita, senza neanche l'ombra del dispiacere o di disgusto per se stessa. Non so perché, ma mi aspettavo che ne provasse.

«No, a dire il vero.» Abbasso lo sguardo, aggiungo lo zucchero al cappuccino, lo mescolo e bevo un sorso. Devo concentrarmi, sono qui per un motivo. «Come sai, ci sono alcune cose che papà non ricorda.»

Annuisce, la sua tristezza è sincera.

«Perciò qualche volta devo contattare le persone che l'hanno frequentato per vedere se riesco a riempire i buchi nella sua vita.»

«Ah» commenta in tono più umile. «Ti aiuterò come posso.»

Respira. «Sapevi della sua collezione di biglie?»

«Sapevo della sua… cosa?»

«Collezione di biglie. Le collezionava. E a quanto pare ci giocava anche.»

Scuote il capo, la fronte aggrottata in un cipiglio. «No. Non ho mai, non abbiamo mai… Biglie? Quelle cose con cui giocano i bambini? No, mai saputo.»

Mi piange il cuore, pensavo, pensavo davvero… «Hai consegnato degli scatoloni in una casa a Virginia l'anno scorso?»

«L'anno scorso? A Virginia? A Cavan? No, perché avrei… Non vedo Fergus da quasi cinque anni, e anche durante la nostra storia, erano molto più frequenti i periodi in cui non stavamo insieme. La nostra non era una relazione del tutto platonica, ci vedevamo di tanto in tanto quando… sai…»

Non voglio conoscere le ragioni per cui si vedevano, non ho bisogno di saperle, sono molto chiare. Sono così delusa, vorrei solo prendere il cappotto e andarmene. È inutile continuare questa conversazione, è inutile persino finire il cappuccino.

Forse lei lo avverte e fa del suo meglio per rendersi utile. «Sai qual è stato uno dei motivi per cui io e Fergus abbiamo rotto definitivamente?»

«Fammi indovinare» le dico, sarcastica. «Ti ha tradita.»

Regina la prende bene, mi fa passare la voglia di aggredirla, mi rendo conto che sono io a dovermi vergognare, non lei.

«Probabile, anche se non è stato quello il motivo. Fergus era così pieno di segreti, non sapevo mai esattamente quel che stava facendo o dove fosse. E non perché non rispondesse alle mie domande, rispondere rispondeva; eppure mi rendevo conto che, anche dopo aver sentito la risposta, ancora non capivo. Era sempre vago, non sono sicura che lo facesse apposta, ma se provavo a metterlo alle strette si confondeva, si seccava, mi faceva sembrare assillante, cosa che non volevo essere. Eppure lui aveva la capacità di far diventare chiunque assillante, perché non dava mai delle risposte, non dava mai delle vere spiegazioni. Non capiva perché avessi così bisogno di sapere, pensava ci fosse qualcosa che non andava in me. Mi sono chiesta se mi avesse tradita, ma il fatto è che non mi importava, la nostra storia non era poi tanto seria, però mi seccava non poter mai avere delle risposte. Quindi cominciai a seguirlo.» Beve un sorso infinito del suo tè, godendosela mentre pendo dalle sue labbra. «E mi accorsi, dopo pochissimo tempo, che la sua vita non era così eccitante come sembrava, andava sempre nello stesso posto, almeno la maggior parte delle volte.»

«Dove?»

«In un pub.» Inarca un sopracciglio. «Gli piaceva bere. Noioso, no? Avevo sperato si trattasse di qualcos'altro. Lo seguii per due settimane e una volta… oddio, fu così divertente, mi ha quasi beccata!» Inizia a ridere e capisco che si sta preparando a una lunga chiacchierata, ma io non ho tempo.

Finisco il cappuccino.

«Regina» le dico, anche se nella mia testa sento Vagina. «In quale pub andava?»

Si ferma, si rende conto che non sono qui per sentire le sue storie da agente segreto che ha studiato il comportamento di mio padre. È tornata a essere la donna di quando sono entrata: annoiata, triste, delusa dal fatto che niente nella sua vita abbia mantenuto le aspettative iniziali, in attesa che le persone che ha fatto soffrire in passato le si palesino e le ravvivino la giornata, facendola sentire potente.

«Uno in Capel Street.»

«Mio papà non era un alcolizzato» le dico, anche se in realtà non ne sono certa. Non conosco i dettagli della sua vita, ma immagino che mi sarei accorta di una cosa del genere, no?

«Oh, lo so» ride lei, e io mi sento stupida, ho le guance in fiamme. «Mio papà era un alcolizzato, credimi, non avrei tollerato di passare nemmeno due minuti con un altro ubriacone, anche se Fergus e mio padre avevano alcune cose in comune. Fergus mentiva quasi sempre su dove andava: a trovare sua madre, al pub, a vedere una partita, a un convegno, via per il fine settimana. Non mentiva perché doveva andare in qualche posto più eccitante o più audace, o da un'altra donna. La vita in cui si rifugiava non era straordinaria. Se ne stava solo seduto in un pub, non ci sarebbe stato nemmeno bisogno di mentirmi, non stavo cercando di incastrarlo.» Si china verso di me, con le mani giunte e un'espressione determinata, gli occhi accesi come se si stesse godendo ogni minuto della sua rivelazione. «Sabrina, tuo padre mentiva *tutto il tempo* perché voleva farlo, perché gli piaceva, perché per lui era come una droga, perché quello era il tipo di persona che aveva scelto di essere, e il genere di vita che aveva scelto di vivere. Tutto qui.»

«Come si chiamava quel pub?» chiedo, rifiutandomi di credere alla sua spiegazione. So che papà raccontava bugie, ma c'era una ragione se lo faceva. E voglio scoprire qual era.

Regina sembra indecisa se rivelarmelo o meno, come un gatto che gioca con il topo, un'ultima partita da giocare con me, perché sa che non ci rivedremo più. «L'Occhio di Gatto» dice, infine.

«Aidan» urlo, uscendo dal parcheggio con l'auto.

«Come va?» domanda lui.

«Ho appena visto Regina» dico sicura di me, mi sembra quasi di volare.

«Vagina? Non pensavo che l'avresti fatto davvero. Credevo che quella donna ti facesse venire gli incubi.»

«Non più» replico, sempre in tono sicuro. «Non più.»

«E dove vai adesso?» chiede.

«In un pub in Capel Street. Si chiama L'Occhio di Gatto, come un tipo di biglia. Penso di essere vicina a scoprire qualcosa.»

Lui rimane in silenzio un istante. «Okay, piccola, okay, se pensi che possa aiutare.»

Sembra così incerto, così nervoso e così timoroso di darlo a vedere che entrambi scoppiamo a ridere.

17
Il gioco delle biglie
Tiri del cavolo

Sono sdraiato su una coperta da picnic ma riesco lo stesso a sentire il terreno irregolare sotto di me, fatto di sabbia e roccia frastagliata. Sto andando a fuoco con il completo addosso. Mi sono tolto la cravatta, ho arrotolato le maniche, ma sento le gambe bruciare nei pantaloni neri per il calore del sole estivo.

Accanto a noi c'è una bottiglia di vino bianco, già vuota per metà, e dubito che riusciremo a tornare in ufficio. È venerdì pomeriggio, e probabilmente come al solito il capo non rientrerà dopo pranzo, fingerà di essere in riunione e se ne andrà allo Stag's Head a ingollare una Guinness dopo l'altra, convinto che nessuno lo sappia.

Io sono con la ragazza nuova, è il nostro primo giro vendite insieme e siamo finiti a Limerick. La sto aiutando ad ambientarsi, però al momento lei è a cavalcioni sopra di me e si sta aprendo lentamente i bottoni della camicetta di seta. Direi che si sta ambientando alla grande.

Non ci vedrà nessuno, insiste lei, ma non so come faccia a esserne così sicura. Immagino che l'abbia già fatto prima, se non proprio qui, in un posto simile. Si tiene addosso la camicetta color salmone, ma slaccia il reggiseno senza spalline che cade sulla coperta, poi rotola oltre il bordo e finisce sul terreno. Le mutandine se l'è già tolte, lo so perché le mie mani sono dove ci dovrebbe essere il tessuto.

Ha la pelle di una tonalità che non ho mai visto prima, un bianco latte, così chiaro che luccica, così pallido che mi sorprende non si sia scottata sotto il sole cocente. I suoi capelli sono biondo fragola, ma se mi avesse detto che sono color pesca, ci avrei creduto. Le sue labbra sono color pesca, proprio come le guance. Sembra una bambola, una delle bambole di porcellana di Sabrina. Fragile, delicata nell'aspetto. Ma di sicuro non è per niente fragile né angelica: è sicura di sé, ha uno scintillio malizioso negli occhi nocciola, si lecca le labbra in modo quasi subdolo e quando vede qualcosa che vuole se lo prende.

Ironia della sorte, siamo sdraiati in questo campo di cavoli proprio di venerdì pomeriggio, il giorno in cui mia madre di solito ci faceva la zuppa di cavolo. Chiamarla zuppa era un'esagerazione: era acqua calda con pezzi di cavolo bollito viscidi e melmosi adagiati sul fondo. Acqua calda salata. Arrivati a venerdì i soldi erano quasi sempre finiti, e mamma risparmiava per l'arrosto della domenica. Di sabato eravamo abbandonati a noi stessi, dovevamo cavarcela da soli. Andavamo nel frutteto e ce ne stavamo pigri sotto gli alberi a mangiare tutte le mele che riuscivamo a recuperare, oppure andavamo a implorare e infastidire la nostra vicina, la signora Lynch. L'alternativa era rubare qualcosa al mercato di Moore Street, ma lì erano svelti ad acciuffarci perciò non ci potevamo andare spesso.

Trovarci in questo campo di cavoli è doppiamente ironico, perché, quando da piccoli giocavamo a biglie, un tiro del cavolo era un tiro scorretto, un po' come quello che stiamo facendo oggi andandocene a spasso insieme. Però non si tratta proprio di una coincidenza. Le dico queste cose mentre passiamo accanto ai campi, non le parlo della mia passione, ne sono al corrente solo i miei compagni di gioco, che di me in effetti non sanno poi molto altro. Condivido con lei solo quel modo di dire, con i campi di cavoli che ci scorrono accanto: io sono al posto del passeggero, lei guida, ha insistito per farlo, e a me sta bene visto che nel frattempo bevo vino direttamente dalla bottiglia, da cui di tanto in tanto anche lei fa un sorso. È selvaggia, pericolosa, il tipo di donna che mi farà finire nei guai. Ma forse è questo che voglio, voglio essere scoperto, smettere di fingere, sono stanco. Forse il semplice fatto di usare il gergo delle biglie è l'inizio della fine. Non appena lo dico, lei mi guarda, preme il piede sul freno, facendomi versare addosso il vino, poi fa inversione a U e torna da dove siamo venuti. Accosta vicino alla distesa di cavoli, spegne il motore, prende la coperta dal sedile posteriore e si incammina verso il campo. Solleva la gonna per scavalcare il muro, la tira sopra le cosce pallide e magre, e poi sparisce.

Esco dall'auto e le corro dietro, con la bottiglia in mano. La trovo sdraiata per terra, a pancia in su, che mi guarda con un sorriso soddisfatto in faccia.

«Voglio godermelo il nostro tiro del cavolo. Che ne pensi, Fergus?»

La guardo, bevo un sorso e mi guardo attorno nel campo. Non c'è nessuno, non passano macchine.

«Sai cosa significa?»

«Me l'hai appena detto: fare una cosa scorretta.»

«No, no, nello specifico significa lanciare una biglia nel modo scorretto.»

Lei inarca la schiena, apre le gambe e ride. «Lanciati allora.»

La raggiungo sulla coperta. Gina è a casa, a Dublino,

a un incontro genitori-insegnanti di Sabrina, e nonostante io stia pensando a lei, l'opportunità che mi si è presentata non mette esattamente a dura prova me o i miei principi morali. Questa elettrizzante ragazza dai capelli color pesca non è la prima donna con cui sono stato da quando ho sposato Gina.

Invece, a parte il giorno in cui la piccola Victoria è nata morta e ho barato a Spariglia per vincere la biglia di Angus sulla strada davanti casa, in vita mia non ho mai fatto un tiro scorretto in una partita a biglie. Nemmeno nel momento in cui la penetro e lei grida ho bisogno che qualcuno mi ricordi che nel mondo delle biglie sono un uomo di parola, un uomo dalla condotta ineccepibile. Ma quando non ci sono le biglie di mezzo? Fuori da quel mondo sono solo un tizio che per tutta la vita non ha fatto altro che rifilare tiri scorretti.

18
Il gioco delle biglie
Foreign sparkler

«Salve» mi dice tutto a un tratto una donna, seduta sulla sedia accanto alla mia. Non mi ero accorto che fosse lì, non mi ero accorto nemmeno che ci fosse una sedia libera a dire il vero, ma all'improvviso eccola.

Il sole è tornato a splendere, l'eclissi è finita, tutti si sono tolti gli occhiali speciali, compreso io, anche se non ricordo di averlo fatto. Mi sento come mia mamma, nei suoi ultimi anni, smemorata e incerta su dove avesse lasciato gli occhiali, mentre prima era sempre così presente a se stessa. Non mi piace questa parte della vecchiaia, mi sono spesso vantato della mia memoria. Ero bravo con i nomi e le facce, sapevo dire come e perché conoscevo qualcuno, quando ci eravamo incontrati la prima volta, di cosa avevamo parlato e, se si trattava di una donna, che vestiti indossava. Qualche volta la mia memoria funziona ancora così, ma non troppo di frequente. Lo so che è colpa dell'età e che l'ictus ha accelerato il processo, ma per lo meno sono qui, dove ci sono persone che si prendono cura di me, non al lavoro a dovermi ricordare cose senza riuscirci. Succede a parecchie persone e a me non piacerebbe.

«Salve» rispondo educatamente.

«Si sente bene?» mi chiede lei. «Mi sembra un po' triste, spero che non abbia ricevuto delle brutte notizie per telefono.»

Abbasso lo sguardo e vedo che sto ancora stringendo il cellulare. «No, per niente.» È davvero così? Con chi ho parlato? Pensa, Fergus. «Era mia figlia, ero preoccupato per lei ma sta bene.» Non riesco a ricordare precisamente di cosa abbiamo parlato, mi sono messo a sognare a occhi aperti dopo la telefonata, eppure ho la sensazione che sia tutto a posto, che lei stia bene. «Perché pensava che fossi triste?» domando.

«Stava piangendo» risponde lei con voce dolce. «Mi sono seduta qui perché ero preoccupata, posso andarmene se preferisce.»

«No, no» replico, in fretta; non voglio che se ne vada. Cerco di ricordare perché mi ero rattristato così tanto parlando con Sabrina. Guardo Lea, che mi sta osservando impensierita, e poi il cielo; ricordo la luna, le biglie in miniatura che entrerebbero nelle sue fossette e la biglia nel naso di Sabrina, e racconto la storia alla signora preoccupata. Rido, ricordando il visetto coraggioso di Sabrina a due anni, le guance rosse, la sua incredibile testardaggine. Diceva no a tutto e tutti. Le farebbe bene imparare a dire quella parola ora che se ne sta sempre a correre dietro ai suoi tre bambini.

La signora ha gli occhi spalancati, come se fosse spaventata.

«Oh, non si allarmi, la biglia l'abbiamo tirata fuori. Sta bene.»

«È solo che... la storia sulla biglia... lei...» Pare sconvolta. «Ha altre storie da raccontare sulle biglie?»

Le sorrido, divertito. Che domanda insolita, ma è carino da parte sua mostrarsi interessata. Mi spremo le meningi alla ricerca di storie di biglie, sono convinto di non saperne neanche una, ma ho voglia di accontentarla, dato che mi sembra desiderosa di fare due chiacchiere. Ed ecco che ci risiamo, la nebbia, le serrande della mia mente sono sigillate. Sospiro.

«Giocava a biglie, da ragazzo?» mi incalza.

E poi dal nulla spunta fuori un ricordo. «Le dirò quel che mi sono appena ricordato: sono cresciuto con i miei fratelli. Eravamo in sette e mia mamma, che era una donna forte, aveva istituito un barattolo di biglie per le parolacce. Ogni volta che qualcuno ne diceva una, doveva mettere una biglia nel barattolo, a casa nostra era la punizione peggiore di tutte. Andavamo tutti pazzi per le biglie.» Davvero? Sì, davvero. Rido. «Ricordo che mia mamma ci mise in fila nella stanza, aveva un cucchiaio di legno in mano e ce lo puntava dritto in faccia. "Se uno di voi dice una cazzo di parolaccia, deve mettere una di quelle cazzo di biglie qui dentro. Mi avete sentita?" Be', come si faceva a rimanere seri dopo una frase del genere? Hamish iniziò a ridere per primo, io lo seguii a ruota. E poi ridemmo tutti. Non mi pare che Joe ci fosse, magari non era ancora nato, ma non ne sono sicuro. Forse era troppo piccolo. Insomma, un minuto dopo la sua inaugurazione, nel barattolo c'erano già sei biglie. Erano quelle che ci piacevano meno, ovviamente, quelle trasparenti sbeccate e graffiate, ma mamma non ne aveva idea. E anche se quelle biglie non erano proprio tutte nostre, ci dava lo stesso fastidio, o per lo meno, a me dava fastidio, vederle lassù in alto sulla mensola dove non potevamo toccarle.»

«Cosa ci ha fatto sua madre con le biglie?» mi chiede con gli occhi lucidi, come se stesse per piangere.

La scruto per un po'. «Ha uno strano accento.»

Ride. «Grazie molte.»

«No, non in senso cattivo. È bello, è un mix di qualcosa.»

«Tedesco e accento di Cork, mi sono trasferita lì intorno ai vent'anni.»

«Ah.»

Le guardo le mani: non porta la fede, ma ha un anello all'anulare sinistro, con cui continua a giocherellare. Lo fa girare intorno al dito.

Si accorge che lo sto fissando e smette di toccarlo.

«Cosa ci ha fatto sua madre con il barattolo di biglie? Ve le siete mai riprese?»

«Dovevamo guadagnarcele.» Sorrido. «Ogni mese ne avevamo l'occasione. Uno solo di noi le vinceva tutte, era una specie di gioco, anche se non credo che mamma la vedesse a quel modo. Non mi sorprenderebbe scoprire che alcuni dei miei fratelli dicevano di proposito delle parolacce soltanto per alzare la posta in palio. La aiutavamo in casa, lavavamo, pulivamo, e poi mamma decideva chi si meritava di vincere.»

«Decisione difficile» ride lei.

«Già. Ci facevamo certi litigi dopo. Qualche volta era meglio non vincere, perché le prendevi di santa ragione e finivi per restituire al legittimo proprietario le sue biglie, tanto per cominciare. Ma se riuscivi a resistere, allora erano tue.»

«Ha mai vinto lei?»

«Sempre.»

Le scappa un'altra risata, musicale.

«Durante i primi mesi vincevo io perché mamma mi dava un biglietto da portare al farmacista e io le riportavo a casa un sacchetto di carta marrone. Non avevo idea di che cosa ci fosse dentro finché i miei fratelli non mi hanno detto che erano assorbenti. Mi hanno preso in giro così tanto che dopo mi sono sempre rifiutato di dare una mano in casa.»

«Ci avrà rimesso qualche biglia.»

«Ah, no. Semplicemente ho capito che non dovevo dire parolacce di fronte a mamma.»

Ridiamo entrambi.

«Abbiamo già chiacchierato io e lei» le dico, rendendomene conto all'improvviso.

«Sì» dice la donna e mi rivolge un sorriso triste, che cerca di mascherare. «Diverse volte.»

«Mi dispiace.»

«Non c'è problema.»

«Viene a trovare qualcuno qui?» le domando.

«Sì.»

Rimaniamo seduti in silenzio, ma non è un silenzio imbarazzato. Lei si è tolta le scarpe e ha dei bei piedi, con unghie rosa acceso. Ricomincia a giocherellare con il suo anello.

«Chi viene a trovare?» le chiedo. Non quel brontolone di Joe, non l'ho mai vista parlare con lui. E nemmeno Gerry, Ciaran o Tom. Neanche Eleanor o Paddy. In effetti, non mi pare di averla vista parlare con nessuno se non con me e con le infermiere. Anche se non è che io sia proprio affidabile, non di questi tempi almeno.

«Non me l'hai mai chiesto prima. Non mi hai mai chiesto chi vengo a trovare.»

«Mi dispiace.»

«È tutto a posto.»

«Vieni a trovare me, vero?»

«Sì.»

Il suo sguardo si illumina, è quasi senza fiato. È bellissima, nessun dubbio in proposito, la studio attentamente, i suoi occhi verdi... Qualcosa nella mia mente si muove, poi si ferma di nuovo. Non so nemmeno come si chiami questa donna e chiederglielo ora mi sembra maleducato perché mi guarda in modo così intimo. Sta ancora tormentando l'anello, con la testa bassa. Lo osservo più da vicino.

Incastonato in un cerchietto d'oro c'è un pezzo di qualcosa che sembra una biglia, ha la base trasparente e al centro un intrico di strisce bianche e di colori vivaci su sfondo bianco. È una biglia industriale tedesca. Lo so d'istinto, è così e basta. Non c'è da stupirsi che mi abbia chiesto una storia di biglie, devono essere una sua passione.

«Ti avevo già raccontato la storia del barattolo di biglie per le parolacce?» le domando.

«Sì» mi dice piano, con un sorriso ampio e stupendo.

«Mi dispiace.»

«Smettila di dire che ti dispiace.» Posa una mano sulla mia, quella con l'anello. Ha la pelle morbida e calda, la mia memoria si agita di nuovo. «Non me l'hai mai raccontata qui però.»

Passo un dito sopra il suo e sopra la biglia. Gli occhi le si riempiono di lacrime.

«Mi dispiace» si scusa, asciugandosi in fretta gli occhi.

«Non dispiacerti. È davvero frustrante dimenticare le cose, ma anche essere l'oggetto della dimenticanza non dev'essere facile.»

«Ci sono giorni in cui ricordi, e sono meravigliosi» dice lei, una donna dolce aggrappata a una minuscola speranza.

«*Foreign sparkler*» affermo all'improvviso, e lei sussulta. «Quella biglia si chiama così.»

«Chiamavi così anche me, a volte. Fergus» sussurra, «che ti prende oggi? Tutto questo è incredibile.»

Rimaniamo seduti in silenzio per un momento.

«Ti amavo, non è vero?» le chiedo.

Gli occhi le si riempiono di nuovo di lacrime e lei fa segno di sì.

«Perché non me lo ricordo?» Mi si spezza la voce, mi agito in preda alla frustrazione, vorrei alzarmi dalla sedia a rotelle e correre, camminare a grandi passi, saltare, muovermi, fare in modo che tutto sia come un tempo.

Lei mi prende il mento con una mano e mi costringe a voltarmi e a guardarla, mi fissa con affetto e il suo viso mi ricorda quello di mia mamma quella volta che mi hanno portato da lei quando credeva fossi morto; mi torna in mente la partita a Buttafuori, e un pub di Londra, e un uomo di nome George che mi chiamava Paddy e che mi ha dato una biglia cecoslovacca, e Hamish, morto. Tutto in un flash.

«Fergus» mi chiama lei; la sua voce mi riporta al presente, mi calma. «Non mi preoccupa il fatto che non ti ricordi. Non sono qui per stuzzicare la tua memoria. Il passato è passato. Speravo solo di essere abbastanza fortunata da farti innamorare ancora di me, una seconda volta.»

Le sue parole mi strappano un sorriso e tutto a un tratto non sono più agitato, perché quello che mi ha detto è bellissimo. Non la conosco eppure so tutto di lei. Voglio amarla e voglio che lei mi ami. Prendo la sua mano, quella con l'anello, e la tengo stretta.

19
Il gioco delle biglie
Slags

Arrivo a casa dall'aeroporto sfinito ma euforico e su di giri, l'adrenalina mi scorre nelle vene e urla: «Ancora!». Dopo una notte di festeggiamenti ho preso un volo all'alba per tornare in tempo per la festa di compleanno di Sabrina. Compie tredici anni, il suo primo anno da adolescente. Gina ha affittato un tendone e ordinato un catering per quaranta persone, più che altro della sua famiglia, per fortuna nessuno della mia poteva venire. O almeno, questo è quel che ho detto a Gina; in realtà avevo invitato solo mamma, ma dopo la recente operazione al cuore di Mattie ha paura a lasciare il suo capezzale. A Gina non è importato, penso che sia contenta che nessuno dei miei ce l'abbia fatta a venire, e non era neanche sorpresa, visto che non è una novità. Noi fratelli non siamo poi così legati. Lo eravamo finché non ho conosciuto mia moglie, poi ho preso le distanze dalla mia famiglia perché ho sempre pensato che lei fosse di un altro livello rispetto a loro. Dopo sedici anni, sto cominciando a capire che è stata un'idea stupida; in certe occasioni vorrei proprio che fossero qui. Per esempio avrei voluto che vedessero Sabrina quando ha fatto o ha detto qualcosa di particolare. Oppure che partecipassero a qualche uscita di famiglia in cui il cameriere inciampa, o uno degli amici fighetti di Gina dice qualcosa e nessuno tranne me pensa che sia un fighetto. So che loro mi capirebbero al volo e vorrei che fossero lì con me. Riesco a immaginare le frecciatine di Duncan, la veemenza di Angus, il modo in cui ha preso a proteggermi dopo che Hamish se n'è andato, come se sapesse qualcosa, come se sapesse che doveva. Il fascino del piccolo Bobby, che attrae sempre le ragazze... Lo chiamavamo la nostra «esca». Penso a Tommy che guarda le spalle a Bobby, e ancora controlla che nei paraggi non ci siano lumache e lumaconi, e Joe, il piccoletto, quello che è arrivato dopo che avevamo perso Victoria; Joe, quello sensibile, che guarda me, Angus e Duncan come se facessimo parte della famiglia di qualcun altro, non della sua, quello che non è mai riuscito del tutto a creare un legame con noi perché ce ne siamo andati di casa quando era ancora piccolo. Ascoltava le storie della gente del quartiere su Hamish e pensava a lui come a una specie di mostro, all'uomo nero: se non avesse fatto il bravo, Hamish sarebbe venuto a prenderlo, oppure sarebbe finito come lui. Hamish, il fantasma di casa nostra, sempre presente, che dormiva e si sedeva a tavola con noi. Ci sono echi di lui in ogni singola stanza, la sua energia è stata assorbita da tutto ciò che ci circonda, da ognuno di noi.

Non parliamo così di lui, però, nemmeno mamma lo fa. Hamish era divertente, era forte, coraggioso. Il modo perfetto per diventare la migliore versione di se stessi è morire. Mamma ha tenuto Joe nella bambagia, l'ha reso più debole di noi, ma non in quel modo dolce, tipico della maggior parte dei figli minori. L'ha fatto diventare ansioso e fragile, l'ha spinto a credere che qualcuno debba sempre prendersi cura di lui. Mamma aveva paura che si facesse male, che si perdesse, che si ammalasse e che morisse da un momento all'altro. Per lui era sempre troppo buio per uscire, oppure faceva troppo freddo o troppo caldo; era troppo tardi, troppo presto, o troppo lontano... No, Joe, rimani con mamma e starai bene. E ora è uno che si preoccupa per ogni cosa, tutto serio, che pensa e ripensa venti volte prima di agire, e poi ci pensa su ancora un po'. Deve sentirsi al sicuro. Ha un fidanzato e vive con lui in un appartamento di costruzione recente vicino al porto, ma con noi finge che non sia così e se ne va in giro con un caffè sempre in mano e una ventiquattr'ore. Lo vedo qualche volta quando vado in città al mattino. A Gina piacerebbe Joe, si mantiene da solo, fa un lavoro che c'entra qualcosa con i computer, però a Joe non piaccio io. A volte i miei fratelli mi mancano, quando meno me l'aspetto, ma sono contento che non siano qui oggi.

Sabrina mi viene incontro sulla porta, sembra felice, in faccia ha troppo trucco, indossa una minigonna troppo corta e per la prima volta porta delle scarpe con il tacco. La maglia le lascia scoperta una spalla, mostrando la spallina del reggiseno nuovo che Gina le ha comprato qualche settimana fa. Non sta bene, almeno non secondo me, e io sono suo padre, dovrei trovarla comunque perfetta, accecato dall'amore paterno. Non oggi. È un pranzo di compleanno, il tempo non è granché per essere aprile, la giornata è grigia e Sabrina sembra vestita per una festa in giardino in Spagna. Il tessuto della gonna è sottile e quasi trasparente, una seta a buon mercato di qualche tipo, e mi accorgo che ha la pelle d'oca.

Quando sorride mostra la bocca piena di metallo dell'apparecchio e mi si scioglie il cuore. La mia bizzarra, impacciata, bellissima figlia sta meglio in pigiama e con la crema per i brufoli spalmata su tutto il viso, mentre è accoccolata sul divano a guardare *Family Fortunes*, che agghindata in questo modo.

«Sei conciato proprio male» dice, abbracciandomi. Mi paralizzo. Se lo pensa lei, allora sicuramente lo penserà anche Gina. Mi analizzerà, mi dissezionerà, mi farà un migliaio di domande paranoiche affondando i suoi artigli dentro di me, e mi toccherà negare tutto. Devo arrivare alla doccia prima che mi veda. Riesco a sentirla in cucina, occupata a parlare di cocktail di gamberi, la sua voce sovrasta quella di chiunque altro. Il tendone occupa tutto il nostro minuscolo giardino sul retro, un lato della struttura è attaccato al muro, tanto che un angolo del tetto del capanno spinge contro il tessuto e sembra sul punto di trafiggerlo, insieme al cranio di qualcuno, da un momento all'altro. Gina è vestita, truccata e bellissima come sempre, nonostante il tempo che passa, e comanda e dirige tutti come se vivesse sulle colline di Hollywood. Ma non è così, non sono riuscito a darle quel che so che desiderava, ossia lo stile di vita a cui era abituata. Ora che Sabrina ha tredici anni, parla di trovarsi un lavoro, ma non penso che lo farà davvero; so che in realtà sta bluffando, è solo un modo per dirmi: «Non mi stai dando ciò di cui ho bisogno, non guadagni abbastanza».

Adesso mi toccherà restare seduto sotto quel tendone per qualche ora, ad ascoltare gente che mi chiede: «Che fai ora, Fergus?» come se cambiassi lavoro più spesso delle mutande. Per me non è mai stato facile starmene tranquillo, ma adesso credo di aver trovato quel che fa al caso mio. Se proprio dobbiamo dire la verità, non sono molto bravo a gestire i miei soldi, ormai però me ne sono reso conto e agisco di conseguenza. Sono un buon venditore, ottimo a dire il vero; tutto quel che so l'ho imparato alla macelleria di Mattie, dove ho fatto del mio meglio per smettere di lavar via le interiora e sbrigare tutte quelle strane incombenze di cui nessun altro voleva occuparsi. Ho iniziato a cercare carne migliore da comprare, e a consigliare Mattie su come venderla meglio. E ha funzionato. In poco tempo sono passato dal retrobottega della macelleria al piano di sopra, nell'ufficio, per concentrarmi sulle vendite. Poi, quando ho sposato Gina, mi è parso fosse arrivato il momento di lasciare Mattie, di sfruttare le mie capacità in qualche altro campo, cosa che ho fatto con molto successo: telefonini, mutui, e ora un amico vuole assumermi nella sua nuova azienda. Ho solo bisogno di capire i mercati, e di solito mi riesce. Il fatto che non sia bravo a gestire il mio denaro non significa che non lo sia a farlo guadagnare agli altri. Quel che mi serve per essere credibile è un titolo di studio, perciò mi sono iscritto a dei corsi serali in città che si tengono due volte a settimana, per diventare un consulente finanziario vero e proprio.

«Che c'è lì dentro? Il mio regalo?» Sabrina dà un colpetto alla borsa che ho in mano e io la sposto velocemente fuori dalla sua portata.

«Scusa» mi dice con un'espressione tutto a un tratto seria e un po' spaventata, mentre fa un passo indietro.

«Mi dispiace, amore, non volevo, è solo che...» Tengo la borsa dietro la schiena. Devo nasconderla in fretta da qualche parte prima che anche Gina si metta a fare domande. Una notte fuori casa e subito le parte la paranoia.

Corro di sopra nella camera degli ospiti che è anche il mio studio. Dall'aspetto della stanza, deduco che sua madre rimarrà a dormire da noi; ci sono una moltitudine di candele, dei fiori, uno shampoo, un bagnoschiuma, tutto quel che le serve per dormire fuori, le manca giusto un cioccolatino sul cuscino. Trascino la sedia della scrivania davanti all'armadio e ci salgo sopra. Le biglie sono in alto, sepolte in fondo nel mobile. Le ho nascoste così bene che a stento riesco a raggiungerle io stesso, ed è qui che ho intenzione di nascondere questa borsa prima di svuotarla più tardi, quando avrò tempo.

Sento dei passi sulle scale e non ho materialmente il tempo di fare spazio per la borsa nel mio nascondiglio. Provo a spingerla dentro, senza successo. Se avessi usato un po' di buonsenso, avrei potuto sistemare gli oggetti incriminati separatamente, ma sono in preda al panico. Sto sudando, riesco a sentire l'odore di caffè nero che emana dalle mie ascelle, l'alcol che mi trasuda dai pori dopo una notte di bagordi. È troppo vicina. Chiudo le ante e salto giù dalla sedia; ho la borsa da viaggio ancora in mano e la sedia è rimasta accanto all'armadio.

La porta si apre.

Gina mi fissa, mi squadra da capo a piedi. Ci siamo, è giunto il momento, lo so, me lo sento nelle viscere più che mai, e non è la prima volta che ci andiamo vicini.

«Che stai facendo?»

«Volevo solo controllare una cosa di lavoro.»

Sto sudando, ansimo per il panico, che cerco di controllare.

«Di lavoro» mi dice, piatta.

Il suo sguardo è cupo, l'espressione feroce. Non l'ho mai vista così prima. Sento scivolare via il mio segreto, ne sono quasi sollevato ma allo stesso tempo non voglio.

«Dove sei stato ieri notte?»

«Al Winchester.»

«Dove?»

«A King's Cross.»

«Per il convegno di strategia tecnologica.»

«Già.»

«Sì, ricordavo che mi avessi detto così, perciò ho telefonato e ti ho cercato. In quell'hotel non c'era nessuna prenotazione a tuo nome, non c'era nessun convegno, niente di niente. A meno che fossi invitato a un matrimonio indiano, Fergus, tu là non c'eri.»

Sta tremando adesso, nel corpo e nella voce.

«Eri là con una delle tue sgualdrine, non è vero?»

La domanda mi coglie alla sprovvista, non mi ha mai accusato di tradirla prima d'ora, non direttamente almeno. L'ha insinuato con le sue domande e la sua insicurezza, ma non me l'ha mai detto dritto in faccia. Il modo in cui mi guarda mi fa provare disgusto per me stesso, per come l'ho fatta sentire; l'ho ridotta io a quel che è adesso, una donna che non ho mai conosciuto. È finita, finita, mi ha beccato. Mi arrendo... oppure no? Io non mi arrendo mai, faccio sempre un altro tentativo, non rinuncio senza combattere.

«No, Gina, guardami...» Le afferro le spalle. «Certo che ero lì, la conferenza era in un altro hotel. La prenotazione non era a nome mio perché ci ha pensato un'agenzia, quindi forse la camera è a suo nome. Non so quale, ma posso scoprirlo.» La mia voce è troppo stridula, debole, spezzata, mi tradisce. Con le biglie non c'è bisogno di parlare, la voce non ti può ingannare.

«Toglimi le mani di dosso» intima lei, in tono basso e minaccioso. «Cosa c'è nella borsa?»

Deglutisco. «Non posso... Niente.»

La guarda e temo che possa afferrarla, aprirla e scoprire la verità.

Ha ragione, non ero al Winchester, non ero a una conferenza. Ero al Greyhound Inn, a Tinsley Green, nel West Sussex, ma non ero con un'altra donna. Negli ultimi cinque anni, ci sono sempre andato, proprio nello stesso giorno: in occasione del campionato mondiale di biglie. Nella mia borsa ci sono due trofei; il primo l'ho vinto con la mia squadra, il secondo è il premio per il miglior giocatore individuale. Ci chiamiamo *Electric Slags*, come le biglie della Christensen Agate, quelle con i vortici bianchi opachi su base trasparente. Abbiamo aggiunto *electric* perché le *slags* della Christensen Agate hanno colori molto più vivaci di quelle prodotte da qualsiasi altro fabbricante, le più rare sono quelle color pesca. Ho dato questo nome alla squadra in onore della biglia che ho comprato dopo la mia scappatella nel campo di cavoli. Mi ricordava la pelle bianco latte e i capelli color pesca, il momento rubato cinque anni fa in quel campo, promemoria del fatto che le biglie sono una parte segreta della mia vita, il mio personalissimo modo di tradire mia moglie. Chiamare la squadra *Electric Slags* equivaleva a darmi un'identità, penso con un misto di orgoglio, disprezzo, riconoscimento e accettazione della persona che sono, un imbroglione matricolato, che voleva continuare a giocare a biglie senza dirlo a nessuno. Ai miei compagni quel nome è piaciuto subito, ma non hanno idea di cosa significhi davvero. Il mondo delle biglie non è diverso da quello delle persone in carne e ossa; ci sono riproduzioni e falsi, e le *slags* altro non sono che un tentativo di riprodurre le gemme tagliate a mano. Gina è la mia gemma, lo è sempre stata e sempre lo sarà, mentre io e la mia amante del campo di cavoli siamo e saremo sempre *slags*, volgari imitazioni, e lo sappiamo.

Sono certo che Gina sia all'oscuro di tutto questo, non

ne ha idea. I miei compagni di squadra, altri cinque uomini, non sanno niente della mia vita privata, niente che vada al di là delle partite che giochiamo insieme o delle chiacchiere insulse con cui i maschi riescono a evitare qualsiasi discorso personale. Abbiamo partecipato insieme per cinque anni di fila al campionato del mondo, e questa è la prima volta che l'Irlanda arriva alla vittoria, ma non posso dirlo a nessuno. Sul giornale di oggi c'è un articolo minuscolo sul successo irlandese, accompagnato da una foto sgranata della squadra, nella quale io mi nascondo deliberatamente dietro, così non mi si riconosce. *Gli* Electric Slags *vincono per l'Irlanda*. E poi, ovviamente, si parla del miglior giocatore individuale, ovvero io, che ho fatto il lancio decisivo.

Abbiamo giocato a Ring, il gioco in cui ci sono quarantanove biglie che fanno da bersaglio dentro un cerchio di un metro circa. La base del cerchio è sollevata di un paio di centimetri dal pavimento ed è ricoperta di sabbia. Le biglie hanno un diametro di un centimetro e possono essere di vetro o di ceramica. Chiaramente abbiamo usato quelle di vetro. Due squadre da sei giocatori guadagnano un punto per ogni biglia che spediscono fuori dal cerchio. La prima squadra che arriva a venticinque punti vince. Per diventare campioni del mondo, gli *Electric Slags* hanno battuto la squadra americana. È stato il giorno più bello della mia vita, dopo la nascita di Sabrina, un momento che senza dubbio ricorderò per sempre.

Come faccio a spiegarlo a Gina ora? Cosa potrei dirle? Negli ultimi sedici anni, ti ho mentito riguardo a un mio hobby, che è stato una parte fondamentale della mia esistenza, ma di cui tu non sai niente. Donne o non donne, questo è un tradimento bello e buono. Ed è anche strano, imbarazzante. Se le sto tenendo nascosto un hobby, cos'altro potrei mai nasconderle? Questa storia va avanti da troppo tempo per poterle raccontarle tutto dall'inizio. Ma perché è più facile mentire? Perché l'ho promesso a Hamish. Uscivamo di notte di nascosto da quando avevo dieci anni ed era il nostro segreto; non dicevamo a mamma che ce la filavamo di soppiatto, non dicevamo agli altri giocatori che ero bravo. Non so perché, ma ho mantenuto questo segreto, come se avessi fatto un patto con Hamish, come se fosse un modo per sentirmi ancora legato a lui. Di tutte le persone che contano nelle nostre vite, siamo gli unici due a saperlo. Solo io e te, Hamish. Ma Hamish è morto, mentre Gina è qui, e io non posso andare avanti così per il resto dei miei giorni. Questa situazione mi farà impazzire, già sta cominciando a farlo. Avverto la pressione più che mai. Glielo dirò. Per un po' le cose si metteranno male, lei non si fiderà di me, ma tanto è già un po' che non si fida. Glielo dico. Adesso.

«Te lo faccio vedere» le dico, prendendo la borsa da dietro la schiena e aprendola; le dita mi tremano da matti, e pensare che persino nelle battute finali della partita più importante della mia vita erano fermissime.

«No!» urla lei all'improvviso, spaventata, fermandomi con la mano tesa.

Vorrei dirle che non è quel che pensa. In realtà non so cosa pensa che ci sia dentro, ma di sicuro non è quello che c'è davvero.

«No, se dici che eri lì, allora eri lì.» Deglutisce a fatica. «Saranno tutti qui tra un quarto d'ora, per favore, preparati.» Mi lascia solo, con la chiusura lampo della borsa aperta e il metallo del trofeo che brilla solo per me. Se solo avesse abbassato lo sguardo.

Più tardi quella sera, con la maschera di nuovo indosso, il sudore lavato via, il cocktail di gamberi e il pollo alla Kiev ingurgitati e la pavlova in attesa di essere attaccata, vado in cerca di Sabrina. La trovo sul divano, rannicchiata in posizione fetale, che piange.

«Cosa c'è che non va, tesoro?»

«John ha detto che sembro una sgualdrina.»

La prendo in braccio, le lacrime le lavano via il trucco appariscente. «No, non è vero, non lo sarai mai. Ma tutto questo...» Guardo i suoi abiti. «Non sei tu, amore, vero?»

Lei scuote la testa, triste.

«Ricorda.» Sento un nodo in gola. «Ricorda sempre di essere te stessa.»

20
Regolamento della piscina

Obbligo di cambiarsi le scarpe

L'Occhio di Gatto è un piccolo pub in Capel Street, con la facciata dipinta di nero; alle sue travi sono appese delle bandiere di Kilkenny. A differenza di altri locali, che sembrano voler chiudere la porta in faccia al mondo e alla luce, e buttare la chiave, ha un'aria accogliente e pubblicizza i piatti del giorno su una lavagna all'esterno: zuppa di radici, pane scuro alla Guinness e gamberi della Baia di Dublino. Sono le quattro del pomeriggio di venerdì, e ancora non si è scatenato l'affollamento di fine giornata dei lavoratori pronti a rilassarsi e a sfogare lo stress accumulato. L'ambiente è diviso in due zone, da un lato il bar vero e proprio, dall'altro la sala. Scelgo quest'ultima, un po' più discreta. Ci sono tre uomini seduti al bancone che fissano intensamente le loro pinte, tra l'uno e l'altro alcuni sgabelli vuoti; non sono insieme, ma di tanto in tanto scambiano qualche parola. Se si escludono altri due tizi in completo elegante, che mangiano zuppa e panini parlando di lavoro, il posto è deserto.

Un giovane barista è in piedi dietro il bancone, a guardare una corsa in TV. Quando mi accosto sposta lo sguardo su di me.

«Salve» dico sottovoce, e lui mi si avvicina. «Posso parlare con il proprietario, per favore? O con qualcuno che lavora qui da tanto tempo?»

«Il capo oggi c'è, è di là. Lo vado a chiamare.»

Scompare oltre la porta accanto al bancone e, dopo qualche istante, quello stesso spazio viene occupato da un omone gigantesco.

«Ecco qui Occhio di Gatto in persona» interviene un uomo seduto su uno sgabello, ravvivandosi all'improvviso.

«Come andiamo, Spud?» dice lui, stringendogli la mano.

È enorme, ben oltre il metro e ottanta, e grosso, ma solo quando guardo le pareti del pub mi rendo conto di chi è. Ogni centimetro di muro è ricoperto da fotografie, trofei, divise incorniciate, articoli di giornali su finali di campionato e vittorie. Ci sono le strisce bianche e nere dei Cats ovunque, e tutto a un tratto capisco il significato del nome del pub, o almeno di una parte di esso. I membri della squadra di hurling del Kilkenny sono noti come Cats, «gatti», un termine con cui si indica chiunque sia un combattente tenace. Me lo immagino questo gigante a fare a pezzi gli altri giocatori, con la mazza in mano, il casco e le protezioni, uno sguardo felino. Un occhio di gatto. Si appoggia al bancone per abbassarsi al mio livello, e anche così, con i gomiti sul legno laccato, torreggia su di me.

«Il locale prende il nome da lei? È lei Occhio di Gatto?» chiedo.

«Mi chiamano in molti modi, sono contento che questo sia il più popolare.» Mi sorride.

«Non l'hai riconosciuto?» interviene Spud. «Ha vinto sei medaglie negli anni Settanta. È la star del Kilkenny. Non c'è stato nessuno come lui prima, e neanche dopo.»

«Come posso aiutarti?» mi domanda l'uomo, distogliendo l'attenzione da Spud per porre fine alla conversazione.

«Mi chiamo Sabrina Boggs.» Scruto il suo viso in cerca di un lampo di riconoscimento. Boggs non è un nome comune, eppure lui non cambia espressione. «Mio papà ha problemi di memoria, e lo sto aiutando a colmare le sue lacune. Veniva sempre a bere qui, era un cliente abituale.»

«Be', allora sei fortunata, perché conosco ogni singola persona che varca quella soglia, specialmente i clienti abituali.»

«Giocava a biglie, pensavo che fosse quello il motivo per cui veniva qui, ma a quanto pare il nome del pub con le biglie non c'entra nulla» rido prendendomi in giro da sola.

«Il fatto è che Kilkenny è chiamata anche la città di marmo» mi spiega con gentilezza. «Le sue vie erano lastricate di pietra calcarea e nelle sere umide d'inverno scintillavano come gli occhi di un gatto. Da lì, il nome.»

Scommetto che l'ha raccontato a chissà quanti turisti americani.

«Era una pietra calcarea grigio scuro che veniva estratta poco lontano dalla città, in un posto chiamato Black Quarry, la cava nera. Detto tra noi» parla storcendo l'angolo della bocca e guardandosi attorno, «era così che volevo chiamare il pub, ma i tizi che ci hanno messo i soldi pensavano che Occhio di Gatto ci avrebbe fatto guadagnare di più.»

Sorrido.

«Ma ti farà piacere sapere che una volta si giocava anche a biglie. C'era un piccolo gruppo di giocatori che si riuniva qui. Come hai detto che si chiama tuo padre?»

«Fergus Boggs.»

Lui dapprima aggrotta la fronte, poi scuote il capo e guarda gli uomini al bancone.

«Spud, conosci un tizio che si chiamava Fergus Boggs e giocava a biglie qui?»

«No, qui no» risponde Spud, senza neanche rifletterci, di nuovo concentrato sulla sua pinta.

«Sarà stato un cinque anni fa» spiego, chiedendomi se la storia di Regina sia affidabile.

Capisco di aver suscitato la sua curiosità. «Mi spiace, tesoro, la nostra squadra di biglie era molto piccola. C'era Spud, che è qui, Gerry, che è di là.» Indica il pub. «E altri tre ragazzi. Nessun Fergus.»

«Falle vedere l'angolo dei vincitori» esclama Spud, orgoglioso.

Occhio di Gatto ridacchia e si alza dal bancone, adesso incombe sopra di me. «Ti faccio fare un giro. Non penso che Spud si riferisse ai miei cimeli, ma all'angolo degli *Electric Slags* laggiù.»

Delusa dal fatto che non abbiano mai sentito parlare di papà, lo seguo fino all'estremità opposta del pub. Spud salta giù dal suo sgabello e ci accompagna.

C'è una vetrinetta sul muro, all'interno ci sono due trofei. «Questo è il trofeo che hanno vinto al Campionato mondiale di biglie nel…» Si tasta le tasche in cerca degli occhiali.

«Novantaquattro» interviene prontamente Spud. «Ad aprile.»

Occhio di Gatto alza gli occhi al cielo. «Il secondo trofeo è per il miglior giocatore individuale. Non l'ha vinto Spud… te lo posso assicurare anche senza dovermi mettere gli occhiali» scherza, senza smettere di tastarsi le tasche.

«E qui c'è l'articolo di giornale di quel giorno.» Spud indica il ritaglio incorniciato e io mi faccio avanti per guardare meglio la fotografia.

«Se ti avvicini un altro po' noterai che Spud una volta aveva i capelli» dice Occhio di Gatto.

Obbedisco, più per gentilezza che per altro. Passo in rassegna i membri della squadra e all'improvviso il cuore prende a battermi fortissimo. «Quello è mio padre.» Lo indico nella formazione.

Occhio di Gatto riesce a trovare gli occhiali e accosta il viso alla cornice. Poi, tutto a un tratto, tuona: «Hamish O'Neill! È lui tuo padre?».

«No, no» rido. «C'è un errore. Si chiama Fergus Boggs, ma è lui, è decisamente lui. Oddio, quanto è giovane.»

«Quello è Hamish O'Neill» ripete Occhio di Gatto, indicando papà con il suo grosso dito. «Ed era un cliente abituale, lo conosco bene.»

Anche Spud si unisce a noi. «Quello è Hamish» dice sulla difensiva, guardandomi come se fossi io la bugiarda.

Sono sconvolta, apro la bocca ma non esce niente. La mia mente corre veloce, ho troppe domande, sono troppo confusa. Studio per bene la foto per assicurarmi che sia davvero papà, forse sono io che mi sbaglio. Sono passati quasi vent'anni, magari è solo uno che gli assomiglia. Ma no, è lui. Mi stanno prendendo in giro? È uno scherzo? Li osservo, le loro facce sono serie tanto quanto la mia.

«Dice che Hamish è suo papà» spiega Occhio di Gatto a Spud, eccitato, la sua voce rimbomba in tutto il pub e ormai anche i due uomini in completo ci stanno ascoltando.

«L'ho sentita.» Spud mi guarda con gli occhi socchiusi.

Occhio di Gatto ride, la sua risata riempie la sala. «Gerry!» grida rivolto verso il pub. «Vieni, non indovinerai mai chi c'è qui!»

«So benissimo chi c'è e non ho intenzione di avvicinarmi a lui, non finche non si scusa!» brontola di rimando un uomo.

«Allora te ne starai lì per un bel po'» gli urla Spud.

«Insomma, non potete mettere da parte il vostro litigio per qualche minuto? Da quant'è che avete litigato? Un anno?» sbotta Occhio di Gatto. Va verso il bancone, ci arriva in tre ampie falcate, e grida attraverso l'apertura che collega la sala al pub: «C'è la *figlia* di Hamish O'Neill».

Sento una sfilza di imprecazioni e tutti scoppiano a ridere. Poi compare Gerry, con una birra in mano, dei jeans slavati e una giacca di pelle. Dietro di lui ci sono altri uomini che l'hanno seguito per darmi un'occhiata.

«Hamish è tuo papà?» chiede uno di loro.

«No, Fergus Boggs...» rispondo tranquilla.

Occhio di Gatto finalmente si accorge che sono a disagio e cerca di riparare al casino che ha combinato. «Okay, okay, parliamone con calma.» Mi accompagna a un tavolo lì vicino. «Dara!» sbraita come se fosse di nuovo nel bel mezzo di una partita. «Porta da bere a questa donna! Scusami» mi dice. «Come hai detto che ti chiami?»

«Sabrina.»

«Porta da bere a Sabrina!» urla di nuovo, e poi, dice con tono più pacato rivolto a me. «Che vuoi?»

«Dell'acqua, per favore.»

«Su, prendi qualcosa di più forte, hai l'aria di averne bisogno.»

Anche io penso di averne bisogno, ma devo guidare.

«Dell'acqua frizzante.»

Ridono tutti.

«Sei uguale a tuo papà» interviene Gerry, unendosi a noi, mentre gli altri uomini vengono inghiottiti di nuovo dall'oscurità che li ha sputati fuori. «Non beveva mai quando giocava, diceva che aveva un brutto effetto sulla sua mira.»

Ridono di nuovo.

«Gerry, chiama Jimmy, adorerà questa storia» gli abbaia Occhio di Gatto.

Cerco di oppormi, non mi serve avere altra gente intorno, già mi sento sopraffatta e frastornata così, ma loro mi parlano sopra come dei ragazzini eccitati. Spud si mette a spiegarmi nel dettaglio di quando la sua squadra, gli *Electric Slags*, ha vinto il campionato. Mi descrive praticamente ogni singolo tiro, rievoca l'ambientazione, parla della tensione tra americani e irlandesi, e poi mi racconta di come papà abbia piazzato il tiro vincente. Si parlano sopra tra loro, si interrompono, litigano, discutono, Gerry e Spud sono incapaci di trovarsi d'accordo su alcunché, nemmeno sul più insignificante dei dettagli, come il meteo, e io me ne sto lì ad ascoltarli, stordita, pensando che dev'essere tutto un errore, un fraintendimento. Stanno parlando di un altro uomo. Perché papà si faceva chiamare Hamish O'Neill?

E poi arriva Jimmy, con vent'anni di più e molti capelli in meno rispetto alla fotografia, ma lo riconosco. Mi stringe la mano e si siede, all'apparenza più calmo e forse anche lui un po' frastornato, dal momento che è stato trascinato via da dovunque si trovasse per venire qui.

«Dov'è Charlie?» chiede Spud.

«In vacanza con la sua signora» mi spiega Gerry, come se io sapessi perfettamente chi è Charlie, e in teoria dovrei, dal momento che c'è anche lui nella foto, in quanto membro degli *Electric Slags*.

«Peter è morto l'anno scorso» dice Occhio di Gatto.

«Cancro al fegato» aggiunge Gerry.

«Ma che dici... era all'intestino» lo corregge Spud, dandogli una gomitata nelle costole e facendo versare un po' di birra a Gerry. Cominciano di nuovo a litigarc.

«Ragazzi, ragazzi» cerca di calmarli Occhio di Gatto.

«Preferivo quando non vi parlavate» commenta Jimmy.

Sorrido.

«E così tu sei sua figlia?» chiede Jimmy. «È un piacere conoscerti.»

«Dice che in realtà si chiamava *Fergus*» interviene Gerry tutto eccitato, come se il nome di papà sia la cosa più esotica che abbia mai sentito. «Sempre detto io, ragazzi. L'ho sempre saputo. Qualcosa non tornava con il nostro ragazzo. Spud sosteneva che era una spia, che era meglio non fargli domande per non finire ammazzati.»

Ridono tutti, tranne Jimmy e Spud, che mi guarda con un'espressione seria. «Già. Era davvero una spia? Scommetto di sì.»

Gli altri cercano di zittirlo e si apre una specie di dibattito: ricordate quella volta che ha fatto questo, che ha detto questo, finché finalmente non fanno silenzio e mi fissano.

Scuoto la testa. «Ha fatto diversi lavori... per lo più nel settore vendite.» Provo a pensare a tutte le cose che so di lui, per dimostrare che lo conosco. «Ha iniziato vendendo carne, poi è passato ai telefonini, ai mutui...» La mia voce sembra provenire da molto, molto lontano, ormai non mi fido più nemmeno di ciò che so. Li ha fatti sul serio quei lavori o erano tutte bugie?

«Oh, sì, il commesso viaggiatore, questa l'ho già sentita prima» dice Spud, e loro lo zittiscono come se fosse un bambino.

«Per ultimo ha fatto il venditore d'auto. Mio marito ha

comprato una macchina da lui» spiego con aria patetica, tentando di dimostrare a me stessa che papà in effetti era *almeno qualcosa* di ciò che aveva detto di essere.

Gerry ride e colpisce al petto Spud, deluso e sconvolto. «Dovresti vedere la tua faccia» dice divertito.

«Avrei giurato che fosse una spia» continua Spud. «Era così evasivo, la sua mano destra non sapeva cosa stesse facendo la sinistra.»

«Basta ora» interviene piano Jimmy, e loro si rendono conto che sono qui, che tutto questo per me è una novità, e si danno una calmata.

«Quand'è stata l'ultima volta che l'avete visto?» domando.

Si guardano a vicenda in cerca della risposta.

«Qualche mese fa» mi risponde Gerry.

«Non è vero» sbotta Spud. «Non ascoltarlo, non si ricorda nemmeno cosa ha mangiato per colazione. È passato più tempo. È stato qui più di un anno fa, con quella donna.»

Il mio cuore accelera.

«Erano così innamorati, cazzo.» Spud scuote la testa. «In tutti questi anni, non ci ha mai presentato anima viva e poi, di punto in bianco, si presenta con una donna. Bionda. Com'è che si chiamava?»

«Era tedesca» aggiunge Gerry.

«Sì, ma come si chiamava?»

«E irlandese» continua Gerry. «Aveva un accento strano, ed era strana pure lei.» Cerca di riflettere. «Tu la conoscerai di sicuro.»

«No.» Mi schiarisco la voce.

«Si chiamava Cat» dice Jimmy.

E tutti si dichiarano d'accordo.

Cat?

«Ma anche lei magari usava un nome falso, per quanto ne sappiamo» commenta Spud. «Avrebbe anche potuto essere una spia, una spia tedesca.»

Gli amici gli dicono di chiudere il becco.

«Perché si è presentato come Hamish?» mi chiede Occhio di Gatto, protendendosi verso di me, interessato. «Perché ci ha detto che si chiamava Hamish O'Neill se il suo vero nome era Fergus Boggs?»

Passo al setaccio la mia mente, ma non individuo nulla che lo leghi a quel nome. «Non ne ho proprio idea.»

Silenzio.

«Ho scoperto solo ieri che giocava a biglie.»

«Madre divina!» esclama Gerry. «Quindi non sapevi di noi? Degli *Electric Slags*? Non ti ha mai parlato della nostra squadra?»

Faccio segno di no con la testa.

Si guardano sorpresi, e mi sento quasi in dovere di scusarmi con loro da parte sua. So che cosa provano. Non erano abbastanza importanti per lui?

«Be', forse hai ragione sul fatto che una mano non sapeva che cosa faceva l'altra, Spud.»

«Hai detto che ho ragione, Gerry? E vai! Ho pure dei testimoni.»

«Ma lui dov'è?» chiede Gerry. «È passato un anno e nessuno di noi ha più avuto sue notizie. Sinceramente ci siamo rimasti un po' male.»

«Come sta?» domanda Jimmy sottovoce.

Respira.

«L'anno scorso ha avuto un ictus che ha compromesso i suoi movimenti e i suoi ricordi. Da allora è ricoverato in una clinica a lunga degenza. A quanto pare la sua memoria si è danneggiata molto più di quanto credevamo all'inizio, ma di recente ho scoperto alcune cose su mio papà di cui non ero mai stata a conoscenza, tipo la passione per le biglie, e sono quasi certa che non si ricordi nemmeno che ci giocava. Ovviamente non so tutto delle sua vita, perciò non potrei dire che cosa ricordi e cosa no, questo è chiaro...» Cerco di controllare la voce. «Aveva, ha, moltissimi segreti, quindi non riesco a capire che cosa stia mantenendo nascosto e che cosa sia un ricordo perduto.»

Jimmy ha l'aria triste, tutti loro ce l'hanno.

«Non riesco a immaginare Hami... tuo papà che non sa delle biglie. Erano tutta la sua vita» commenta Gerry.

Deglutisco. E allora io cos'ero?

«Non tutta la sua vita» lo corregge Jimmy. «Non sappiamo niente del resto di essa.»

«Non l'abbiamo mai saputo, maledizione. Ma credevo che il resto della sua vita almeno fosse a conoscenza della nostra esistenza» dice Gerry, seccato.

«Già, non sarebbe stato male» concordo con lui, suonando più stizzita di quanto vorrei.

Cala un silenzio rispettoso, comprensivo, che presto diventa imbarazzante. Preferirei quasi che riprendessero a battibeccare.

«Raccontatemi di com'era papà quando giocava a biglie» dico. E a quel punto non riesco più a farli stare zitti.

«Sabrina» mi chiama Jimmy quando sono fuori.

Ho le guance rigate di lacrime e l'ultima cosa che voglio è che lui mi raggiunga. Pensavo che sarei arrivata per lo meno alla macchina, invece non ci sono riuscita. Non so se posso ascoltare altro. Chi era mio padre? Chi è mio padre? Tutti sembrano avere un'opinione differente dell'uomo che mi ha cresciuta. Le parole di Regina mi tormentano: è un bugiardo. Punto e basta. Come se questo chiarisse ogni cosa. È così? No. Mi fa soffrire? Sì. Perché mi ha mentito? Ha mentito a sua figlia. Mi sento una stupida e un'ingenua per avergli permesso di condividere la mia vita, tutti gli aspetti della mia vita, persino i miei problemi coniugali. Era sempre così premuroso, eppure lui a me non raccontava niente, neanche il più piccolo dettaglio. Mi sento usata, sono arrabbiata e quel che è peggio è che non posso piombare alla clinica e prendermela con lui. L'uomo che è lì semplicemente non ricorda. Gli è andata fin troppo bene. Sembro mamma ora, con quest'invettiva silenziosa nella mia testa. Cerco di calmarmi, di dimenticare tutto finché non sarò sola.

Jimmy mi prende per un braccio e mi porta in fondo alla strada; ci fermiamo davanti a una porta accanto a un negozio di ferramenta, Jimmy prende un mazzo di chiavi ed entra. Lo seguo al piano superiore, in un piccolo appartamento sopra il negozio. È molto spartano, probabilmente vive da solo, poi vedo un cesto di giocattoli.

«Per i miei nipotini» mi spiega quando si accorge che lo sto fissando. «Stanno con me tutti i venerdì, mentre mia figlia è al lavoro.»

Riempie il bollitore e lo mette sul fuoco. Mi osserva per un po', preoccupato.

«So che è duro, quel che stai passando.»

Annuisco, cercando di darmi un contegno.

«Posso immaginare come ti senti, tuo padre ha fatto sentire così anche me, il giorno del suo matrimonio.»

Ora ha la mia completa attenzione, ma non comincia a parlare finché non ha versato a entrambi una tazza di tè; vorrei mettergli fretta, tuttavia non lo faccio perché sarebbe da maleducati. Devo lasciargli i suoi tempi. Sul tavolo spunta fuori un piatto di dolcetti rosa, poi finalmente Jimmy comincia a raccontare.

«Il giorno del suo matrimonio ero tra gli ospiti. Era il primo appuntamento vero e proprio con una ragazza che più o meno mi piaceva, Michelle. Lei era una delle damigelle, mi aveva implorato di accompagnarla. Ho pensato che ci sarebbe stato da mangiare e da bere gratis, perciò mi sono detto, perché no? Quindi ci sono andato. Era alla chiesa parrocchiale di Iona, me lo ricordo bene, una chiesa grande, tutta bella agghindata. L'amica di Michelle, Gina, si sposava con un certo Fergus Boggs. Era tutto quello che sapevo. Mi sono messo il completo di mio fratello, sono arrivato, mi sono seduto. Non conoscevo anima viva. O per lo meno, pensavo fosse così. Ma all'improvviso ecco che arriva lui, uno dei miei più cari amici, e io sono contento perché almeno c'è qualcuno che conosco. Anche lui è tutto elegante, si era messo uno smoking azzurro, con i pantaloni a zampa d'elefante. All'epoca li portavamo tutti. Lui cammina fino all'inizio della navata e rimane lì, in piedi, in attesa. "È il testimone?" chiedo al tizio accanto a me. "Chi? Lui? No, è lo sposo" mi risponde. "Hamish O'Neill è lo sposo?" domando io. Il tizio scoppia a ridere. "Sicuro di non essere al matrimonio sbagliato? Quello è Fergus Boggs". Giuro che mi è mancata la terra sotto i piedi, mi sono sentito come se mi avessero tirato un pugno allo stomaco. Non riuscivo a respirare, avevo il fiato corto. Mi sono sentito… be', probabilmente come ti senti tu ora, magari non così male. Non era mio padre, ma era comunque un mio amico. Erano due anni che ci frequentavamo. Hamish O'Neill. Proprio non riuscivo a capire.»

«E gli hai parlato?»

«No, mai.»

«Perché?»

«Ci ho pensato su. Gli sono stato alla larga per un po'. Non che sia stato difficile, prima andò via in luna di miele, poi si mise a fare gli straordinari per comprarsi una casa. Almeno questo lo sapevo. Ma la cosa strana è che, mentre lui era via, al pub arrivò una persona che voleva mettere su una squadra di giocatori di biglie. Era Charlie. Non l'hai incontrato prima, è fuori città. Aveva sentito dire che all'Occhio di Gatto c'erano due persone che giocavano. Gli risposi che io ero interessato, ma non sapevo se l'altro giocatore lo era. Non avevo intenzione di dirgli niente. Poi però Hamish... Fergus tornò e mi telefonò per chiedermi di vederci per una pinta e una partita. Gli raccontai che Charlie voleva mettere su una squadra e ci mettemmo d'accordo per incontrarci. Ci vedemmo all'Occhio di Gatto, e a un certo punto dovetti presentarlo a Charlie. Ci pensai su, era l'occasione giusta per smascherarlo, per rivelargli che sapevo tutto, invece dissi: "Charlie, questo è Hamish, Hamish, ti presento Charlie". Fine della storia.»

«Non so come ci sei riuscito» gli dico, scuotendo la testa. «Se l'avessi saputo, non sarei stata in grado di nasconderlo.»

«Senti, nessuno di noi è perfetto e io certamente non ho mai sostenuto di esserlo. Tutti abbiamo i nostri... problemi. Lui dovrà pur aver avuto le sue ragioni, è questo che mi sono sempre detto. Ho pensato che la cosa migliore fosse aspettare che me lo dicesse lui, oppure scoprire quelle ragioni. Prima o poi pensavo sarebbe successo.»

«Ed è successo?»

Lui sorride, un sorriso triste. «Be', sta succedendo adesso, non trovi?»

«Già, e vale anche per tutti gli altri» dico rabbiosa.

«Era un brav'uomo, punto e basta. Hamish O'Neill, Fergus Boggs o chiunque abbia detto di essere, non importa. Era quello che era: divertente, a volte scontroso; non penso che cambiasse personalità, nessuno può riuscirci per più di quarant'anni. Non credo che fingesse di essere qualcun altro, era la stessa persona, solo con un nome diverso. Tutto qui. La storia del nome a me davvero non importava. Era un brav'uomo, un amico leale, c'era quando avevo bisogno di lui. Mi piace pensare che anche io ci sia stato quando ha avuto bisogno di me. Non c'era bisogno che mi spiegasse perché o cosa c'era che non andava. Giocavamo a biglie e basta. Parlavamo solo di cazzate, ma non credo che tutte le conversazioni che abbiamo avuto fossero false o inventate di sana pianta, era tutto vero. Tuo papà è tuo papà, chi era, chi è... è lo stesso uomo che hai sempre conosciuto.»

Mi sforzo di essere d'accordo con lui, però ora come ora semplicemente non ci riesco. «Non avete provato a cercarlo quando è sparito l'anno scorso?»

«Naa, non sono uno stalker o un investigatore privato» ride lui. «E non siamo più una squadra di biglie da dieci anni ormai. Qualche volta giocavamo tra noi, ma non partecipavamo più ai tornei. Troppo difficile riunire tutti quanti, poi quando Peter si è ammalato...»

«Ma tu eri suo amico, non ti sei chiesto dove fosse finito?»

Ci pensa su. «Non parla mai di biglie ora?»

«Oggi è stata la prima volta. Gli ho fatto vedere alcune *bloodies* e penso che sia successo qualcosa, che abbiano innescato qualcosa. Non credo che le ricordasse prima.»

Lui annuisce, triste. «Le persone vanno e vengono.

Tanti miei amici sono morti» mi dice. «Succede quando arrivi a quest'età. Cancro, attacchi di cuore... è davvero deprimente. Chiedi notizie di qualcuno e ti rispondono che non c'è più. Pensi a un tizio che non vedi da un po' e vieni a sapere che è morto. Apri il giornale e vedi il necrologio di qualcun altro che un tempo conoscevi. Alla mia età, capita. Per come la vedo io, quando ho smesso di ricevere sue notizie, anche il mio amico Hamish O'Neill è morto.»

Le sue parole mi fanno venire le lacrime agli occhi. «Magari gli farebbe piacere vederti.»

«Forse» dice lui incerto. «Sarebbe bello incontrarlo. Non ci dicevamo tutto, ma abbiamo condiviso molto.»

Lo ringrazio per il tè e faccio per congedarmi. Sono le sei del pomeriggio, non devo essere da nessuna parte, ma ho bisogno di andarmene. Ancora non ho finito.

Jimmy mi accompagna di sotto alla porta che dà sulla strada e, prima di aprirla, si gira verso di me. «Qualche volta non riusciva a reggere la parte, sai. I ragazzi forse ora non se lo ricorderanno, ma all'epoca l'avevano decisamente notato. Ne parlavamo spesso: cosa sta dicendo adesso Hamish? Di chi sta parlando? Di solito succedeva quando aveva bevuto un po'. Menzionava dei nomi, per errore, credo. Non sembrava farci caso. Immagino che facesse confusione tra cosa ci aveva raccontato e cosa no. Alla fine penso che non ce la facesse più.»

Annuisco e mi appiccico un sorriso in faccia, ma non provo nessuna compassione per papà ora.

«Sai, c'è stata solo un'altra volta in cui l'ho visto felice come quando era con quella donna, Cat. Allora non avevo capito cosa fosse successo, ma qualche tempo dopo ci sono arrivato.»

«Cos'era successo?»

«Un giorno arrivò al pub praticamente ballando e offrì da bere a tutti. "Jimmy" mi dice, prendendomi la testa tra le mani. "Oggi è il giorno più bello della mia vita." Per capire che cosa lo rendesse così euforico, dovetti aspettare che mi accadesse qualcosa di simile. Quando è nato il mio primo figlio è stato il giorno più felice della mia vita e sono entrato ballando al pub proprio come aveva fatto tuo papà. E a quel punto mi sono reso conto di che cosa gli fosse capitato: aveva avuto un bambino. È stato un aprile di circa trent'anni fa, forse un po' di più.»

Il mio compleanno. «È vero?» chiedo, incapace di cancellarmi il sorriso dal volto.

«Giuro sui miei nipoti» dice lui alzando le mani.

E io gli credo.

21
Il gioco delle biglie
Occhi di gatto

La cosa migliore dell'essere stato costretto a vendere la mia macchina è aver incontrato lei. Le bollette si stavano accumulando, le mie entrate no, perciò ho dovuto liberarmi dell'auto. Trentamila euro mi faranno comodo. Mi ci è voluto un bel po' per prendere questa decisione, in fondo che cos'è un uomo senza la sua macchina? Ma dopo averla presa, sono andato dritto per la mia strada. Sono un consulente finanziario senza soldi, senza auto e senza clienti. Sapevo che sarei stato il primo a essere licenziato; quando subito dopo l'azienda era fallita, non ne ero stato affatto contento. Eravamo tutti nella merda, quindi c'erano altri tizi come me che cercavano il mio stesso tipo di lavoro.

Sono un venditore, lo sono stato per tutta la vita, è la cosa che mi riesce meglio, questo è quanto. Oggi è il mio primo giorno come rivenditore d'auto. Sto cercando di essere positivo, anche se non mi ci sento per niente. Ho cinquantasei anni e non ho un'auto per raggiungere il mio posto di lavoro dove faccio il rivenditore d'auto... Non che il mio capo lo sappia, ma lo capirà presto, quando mi vedrà ansimare e scarpinare su per la collina, dalla fermata dell'autobus alla concessionaria. Il mio dottore mi sta con il fiato sul collo perché dice che devo fare esercizio; ho il colesterolo, la pressione alta, tutte cattive notizie, insomma. Ogni busta che apro mi porta cattive notizie. Sono ufficialmente nonno e persino il piccolo Fergus mi ricorda che sono un grassone saltandomi sulla pancia. Queste passeggiate da e per la fermata dell'autobus almeno mi costringeranno a fare un po' di movimento.

Lei è in piedi da sola alla fermata, intenta a studiare gli orari. Lo so perché porta gli occhiali da lettura, si sta mordendo un labbro e ha la faccia perplessa. È tenera.

Sospira e borbotta tra sé.

«Posso aiutarla?»

Si guarda attorno sorpresa, come se fosse convinta di essere sola. «Grazie, non riesco a capire questa roba. Dov'è l'orario di oggi? È questo?» Lo indica con un'unghia molto curata e con lo smalto rosa. «O è questo? Sto cercando il 14, almeno sono alla fermata giusta? E qui, qui nemmeno si legge perché un intelligentone con un pennarello indelebile ha deciso di dire al mondo che Decko è finocchio. Voglio dire, che vuoi che sia, conosco alcuni finocchi molto felici. Decko potrebbe anche essere molto fortunato, a meno che non debba prendere il 14 di lunedì mattina. Se è così, povero finocchio.»

Rido, la risata esplode letteralmente da dentro di me e dopo un istante già l'adoro. Studio l'orario per un po', non perché abbia bisogno di concentrarmi, ma perché voglio starle vicino e perché ha un profumo buonissimo. Alla fine mi guarda, abbassa gli occhiali da lettura leopardati e mi ritrovo faccia a faccia con il paio d'occhi verdi più incredibili che io abbia mai visto: le illuminano interamente il viso, la fanno risplendere da dentro.

Quel che provo dev'essere abbastanza ovvio, perché lei mi rivolge un sorriso lusingato, eloquente. «Allora?»

«Non ne ho la minima idea» rispondo, e lei getta il capo all'indietro e ride di gusto.

«Adoro la sua sincerità» mi dice, togliendosi gli occhiali, legati a una catenella, che le ricadono sul seno incredibilmente ampio e invitante. «Anche lei prende l'autobus da poco?»

«Già, ho appena venduto la macchina. Tutto quel che so è che devo prendere il 75 e rimanerci sopra per diciotto fermate. Devo ringraziare mia figlia per tutte queste informazioni, le piace accertarsi che io sia al sicuro.»

Lei sorride. «Anche nel mio caso è colpa della mia auto se sono qui oggi. Ieri mattina ha deciso di abbandonarmi. Puf! Di punto in bianco.»

«Posso vendergliene una nuova.»

«Lei vende auto?»

«Oggi è il mio primo giorno.»

«Be', per il momento allora sta andando alla grande, ancora non è neanche arrivato in ufficio» ride lei.

Insieme cerchiamo di capire come pagare l'autista, che non prende i soldi direttamente, ma insiste per farceli inserire in una macchinetta. Lei mi lascia salire per primo, significa che sarò io il primo a sedermi e a restare a chiedermi se si siederà con me o passerà oltre. Grazie al cielo, si siede accanto a me, regalandomi una sensazione di calore.

«Mi chiamo Cat» mi dice. «Sarebbe Caterina, ma tutti mi chiamano Cat.»

«Io sono Fergus.» Ci stringiamo la mano, la sua pelle è morbida e liscia, e lei non porta la fede al dito.

«Scozzese?»

«Da parte di padre. Ci siamo trasferiti a Dublino quando avevo cinque anni. E che mi dici di te? Hai uno strano accento.»

Lei scoppia a ridere. «Lo prenderò come un complimento. Vengo dalla Foresta Nera, in Germania. Sono figlia di una brava guardia forestale. Mi sono trasferita a Cork dopo l'università, quando avevo ventiquattro anni.»

Sono già dipendente da lei, mi interessa ogni cosa che dice; dimentico di essere nervoso perché è il mio primo giorno e mi rilasso completamente sul sedile, mancando quasi la mia fermata. Le faccio troppe domande personali, lei però non solo mi risponde ma ne fa anche a me. Le rivelo troppo – le parlo dei miei debiti, della mia salute, dei miei fallimenti – non in modo tetro, ma onesto, in un modo che fa ridere entrambi.

Quando la saluto sull'autobus è come se esplodesse una bolla, non ho né il tempo né il coraggio di chiederle il numero di telefono. Se lei non avesse premuto il campanello in tempo, non sarei nemmeno sceso. Il bus si ferma, i passeggeri aspettano che io sgusci fuori dal mio sedile per scendere, ho addosso gli occhi di tutti. Non posso chiederle di uscire, sarebbe una mossa troppo affrettata, dettata dal panico. Scendo dall'autobus furioso con me stesso.

Passo le prime ore del mio primo giorno di lavoro sentendomi come un pezzo di ricambio che non riesce a trovare la sua collocazione. Gli altri dipendenti non sono troppo colpiti dalla mia assunzione, sanno che sono amico del proprietario della concessionaria, Larry Brennan. Questo è uno dei pochi favori che mi rimanevano da riscuotere in vita mia, nonché l'unico modo in cui ho potuto ottenere un lavoro dopo cinque mesi di disoccupazione. Io e Larry siamo cresciuti insieme, non poteva dirmi di no, anche se forse avrebbe voluto.

Non essendo molto ben visto, mi riesce difficile accalappiare dei clienti. Gli altri se li accaparrano prima di me, oppure chissà come riescono a distrarre quelli con cui sto parlando e fregarmeli. È una lotta all'ultimo sangue.

«No, voglio lui» sento dire a una voce familiare nel pomeriggio quando ormai avrei solo voglia di andare a casa e mangiare una scatola intera di cioccolatini Roses.

Ed eccola lì, la mia colorata, vivace, meravigliosa *foreign sparkler*. Il primo giorno metto a segno la mia prima vendita.

Dimostrando scarsa professionalità, uso il numero sui documenti di vendita per chiamarla e chiederle di uscire. Lei è molto felice di sentirmi e mi dice che vuole cucinare per me. Il venerdì sera mi presento al suo appartamento con un bouquet di fiori, una bottiglia di vino rosso e una missione ben precisa: raccontarle tutto.

Basta bugie, basta comparti separati nella vita. Sono arrivato a odiare l'uomo che sono diventato. Non ci saranno segreti, non con Cat. È la mia occasione per un nuovo inizio.

Il suo appartamento è molto carino, ha due camere da letto, una per lei e una per sua figlia minore, che sta cercando di mandare via di casa. Le pareti sono piene di suoi quadri, ad asciugare sul davanzale ci sono vasi decorati con fiori lilla e rosa e fermacarte con sopra dipinti vortici e spirali. Li osservo mentre lei, nella minuscola cucina, prepara delle pietanze dal profumo delizioso.

«Oh, ho appena iniziato un corso di pittura. Di pittura su vetro, per essere precisi.»

«È diverso dal dipingere su carta?» le chiedo.

«Direi, e mi costa ben settantacinque euro» scherza.

Fischio.

«Tu hai degli hobby?»

È una domanda facile, facilissima per così tante persone. Ma io faccio una pausa, esito, nonostante la missione che mi sono fermamente prefissato per tutta la settimana in attesa che arrivasse stasera.

A causa della mia esitazione, lei si blocca nel bel mezzo di quel che sta facendo e si sposta all'altezza dell'apertura tra la cucina e l'open space che comprende sala da pranzo e soggiorno, con i guanti da forno ancora indosso.

I suoi occhi verdi incontrano i miei.

All'improvviso mi manca il fiato, come se dovessi confessare qualcosa di gravissimo. Il sudore comincia a imperlarmi la fronte. Fallo, Fergus. Dillo.

«Gioco a biglie. Colleziono biglie.» Non è una frase lunga, non so neanche se abbia senso, ma mi ritrovo a stringere con forza lo schienale di una sedia. Lei mi lancia una rapida occhiata, nota la mia postura, il mio nervosismo e, tutto a un tratto, sorride.

«Oh, fantastico. Quando hai la prossima partita?»

«Domani.» Mi schiarisco la voce.

«Mi piacerebbe molto venirti a vedere. Posso?»

Colto alla sprovvista, le dico di sì.

«Sai, anche io ho giocato con le biglie oggi.» Mi sorride e intuisce che è meglio se continua a parlare mentre io mi ricompongo. «Già, faccio la veterinaria, e alcune persone molto intelligenti hanno avuto l'idea di usare una biglia di vetro per non fare andare le cavalle in calore. Oggi quindi ho infilato una pallina di vetro di trentacinque millimetri nell'utero di una cavalla. Era la prima volta per me, e anche per lei. Ma sai che c'è? Penso che abbia preso lezioni di ping pong, perché me l'ha rispedita fuori subito. L'ha espulsa immediatamente. La seconda volta però l'ho piazzata a dovere. L'azienda da cui ho preso quelle biglie ormai le chiama "cavalline"!»

Rido, assolutamente sorpreso non solo dalla facilità con cui ha assimilato la notizia del mio hobby, ma anche dalla sua storia di biglie.

«Te ne procuro una» si offre, tornando verso il forno. «Scommetto che non ce l'hai nella tua collezione.»

«No» scoppio in una risata un po' troppo isterica. «Non ce l'ho.»

«Dunque, raccontami delle tue biglie.»

E così comincio dall'inizio, da padre Murphy e dallo stanzino buio con le mie *bloodies*, e poi non riesco più a fermarmi. Le racconto di Hamish e di come fregavamo tutti, dei miei fratelli, del campionato del mondo. Beviamo un po' di vino, mangiamo agnello arrosto, e intanto le parlo delle partite, degli *Electric Slags*, della mia collezione. Le racconto del barattolo di biglie delle parolacce, della volta che ho barato, le dico che Gina e Sabrina non ne hanno mai saputo niente e provo, con grande difficoltà, a spiegarle perché. Beviamo altro vino, facciamo l'amore e io continuo con il mio racconto mentre stiamo sdraiati nudi al buio, l'uno accanto all'altra. È come se non riuscissi a fermarmi, voglio che questa donna sappia chi sono, niente più segreti, niente più bugie.

Le dico dei miei fratelli, di come li ho allontanati e del fatto che per questo non mi perdonerò mai; lei, commossa da questa storia, si offre di invitarli a cena, ma io rifiuto, è troppo, non posso, non possiamo. Solo che Cat è figlia unica e ha sempre desiderato una famiglia numerosa. Perciò, nel corso dei mesi successivi, ceniamo con Angus e Caroline, Duncan e Mary, Tommy e la sua fidanzata, Bobby e Laura, Joe e Finn. Ed è un successo, così lo rifacciamo, stavolta con i suoi amici.

Mi chiede che cosa mi abbia colpito di lei, che cosa

mi abbia reso dipendente da lei così in fretta, perché è questo che è successo, siamo drogati l'uno dell'altra. Le rispondo che sono stati i suoi occhi, assomigliano a occhi di gatto, per ironia della sorte. Più precisamente, a biglie occhi di gatto straniere, prodotte per lo più in Messico o in Estremo Oriente. La maggior parte delle occhi di gatto è monocolore a quattro bande, con il vetro di una leggera sfumatura verde bottiglia. Anche il margine esterno delle sue iridi è verde bottiglia, l'interno invece è tanto brillante da sembrare quasi radioattivo.

«Quindi quanto valgo, in perfette condizioni?» mi prende in giro una mattina, a letto. «Intendo, per esempio, a ventun anni, magari prima di avere figli?»

«Tu sei in perfette condizioni anche adesso.» Mi sposto sopra di lei. «Guardati...» Le sollevo le braccia sopra la testa, la tengo ferma. «Sei bellissima.» Ci baciamo. «Ma di certo non sei un pezzo da collezione» aggiungo, ed entrambi scoppiamo a ridere.

Mi dice che quando le ho svelato la mia passione per le biglie ha capito dalla mia faccia che solo parlarne mi richiedeva un grande sforzo, che era questione di vita o di morte, che per qualche ragione per me era difficile e che, se avesse detto la cosa sbagliata, me ne sarei andato, e lei non voleva che lo facessi.

Il primo regalo che mi fa è una biglia cavallina, dipinta a mano da lei, ovviamente.

Ogni giorno che passo con Cat, ho un unico rimpianto, ossia di non aver raggiunto la perfezione. Non ho risolto tutto quello che avevo in sospeso. Mi ci vorrà tempo, soprattutto per presentarle Sabrina. Non ho paura che non vadano d'accordo – so che sarà così – ma Cat mi conosce, conosce il vero me, il giocatore di biglie, di cui Gina e

Sabrina non sanno nulla. Parlare di questo con mia figlia vorrebbe dire ammettere di aver tagliato fuori lei e sua madre da una parte importante della mia vita per moltissimo tempo, di aver effettivamente mentito alle due persone che mi erano più vicine, di cui mi sarei dovuto fidare e a cui avrei dovuto permettere di fidarsi di me. Non riesco a trovare le parole giuste per dire loro tutto questo. Cat mi dice di sbrigarmi, di dire quel che devo finché posso farlo. Sua mamma è morta prima che lei avesse il tempo di farsi perdonare per un loro litigio. Insomma, non si sa mai cosa può succedere. Mi rendo conto che ha ragione. Lo farò presto, dirò tutto a Sabrina il prima possibile.

22
Regolamento della piscina

Vietato fare schiamazzi

«Papà aveva una vita segreta» annuncio, sentendo la mia voce tremare per l'adrenalina che non smette di scorrermi dentro, sin da quando l'ho scoperto. In sottofondo sento Alfie fare un capriccio per i fagioli stufati: non li vuole, vuole i marshmallow oppure la pasta a forma di Peppa Pig. Aidan cerca di calmarlo e al contempo di ascoltare me. Io continuo a parlare. «Fingeva di essere *un'altra persona. Hamish O'Neill*» sbotto, arrabbiata. «L'hai mai sentito usare quel nome?»

«Hamish O'Che? No! Alfie, smettila, non se ne parla, tesoro. Dimmi di più. E va bene, puoi cenare con i marshmallow.»

Ho difficoltà a capire con chi stia parlando Aidan, perciò proseguo nel racconto. «Al pub ho incontrato dei signori che facevano parte della sua squadra di biglie ma che non avevano mai sentito parlare di me. Hanno detto che papà era un tipo riservato, uno di loro pensava che fosse una spia...» Mi si spezza la voce, smetto di parlare e mi concentro sulla strada. Ho infilato due sensi vietati e ho fatto un'inversione a U dove non si poteva, perciò tutti mi hanno suonato all'impazzata.

«Sabrina» mi chiama Aidan, preoccupandosi, «vuoi

aspettare che io torni a casa per andare più a fondo in questa storia?»

«No» sbotto. «Mi pare del tutto appropriato occuparmene ora, non credi? Considerando quello che dici su di me.»

Lui sta zitto per un po'. «Sabrina, tu non sei come lui, non intendevo questo.»

«Ti chiamo dopo. Devo vedere un'altra persona.»

«Okay, se…»

«Non dire *se pensi che possa aiutare*, Aidan.»

Lui rimane in silenzio.

Alfie all'improvviso urla nel telefono: «I fagioli fanno scoreggiare, mamminaaa», poi la comunicazione si interrompe.

Non ho mai chiamato Mattie nonno, visto che mio padre non l'ha mai chiamato papà. Devo avergli chiesto il perché a un certo punto da piccola, ma non ricordo cosa mi abbia risposto, non ricordo nemmeno di essermi mai domandata perché non fosse mio nonno, semplicemente ho sempre saputo che non era il padre di papà. Mi era stato raccontato che il mio vero nonno era morto quando papà era piccolo e che Mattie aveva sposato mia nonna, di cui, in realtà, avevo una gran paura. Avevo paura di tutti e due.

Ora però, a trentatré anni, per la prima volta trovo strano che nonostante Mattie abbia cresciuto mio papà da quando ne aveva sei, io non l'abbia mai considerato mio nonno. Mi sembra quasi una mancanza di rispetto.

Nonna Molly era una dura, non era dolce come nonna Mary, avevo sempre l'impressione che non mi ritenesse abbastanza educata, perché mi ripeteva di dire «per favore» e «grazie mille» volte al giorno, facendomi stare sempre sul chi vive e mai del tutto a mio agio.

Anni dopo, mamma mi ha raccontato che la nonna Molly le diceva sempre: «Quella bambina ha troppe cose». Rimproverava spesso anche mia mamma perché non aveva altri figli, che per qualche ragione non erano arrivati. Ora ci sono terapie apposite, all'epoca, invece, mamma si limitava a continuare a provarci. Penso che la cosa abbia guastato moltissimo il loro rapporto, oltre al fatto che erano due persone troppo diverse e avevano opinioni contrastanti praticamente su tutto. Mamma non riusciva ad accettare le critiche di sua suocera, che aveva passato tutta la vita a crescere figli, come se quello fosse stato il suo unico scopo.

«Non ero abituata a non piacere a qualcuno» mi ha detto mamma una volta. «Le ho provate tutte con lei, ma comunque non le andavo a genio. Del resto lei non ha mai voluto che le piacessi.»

L'unica cosa che avevano in comune era l'amore per Fergus.

Quando papà andava a trovare nonna Molly, era quasi sempre da solo. Passava da lei di tanto in tanto, tornando a casa dal lavoro o mentre andava in città. Qualche volta andavo con lui, qualche volta no. Ci vedevamo tutti insieme per un'ora la mattina di Natale. Io me ne stavo seduta in silenzio, mostrando gratitudine smisurata per i miei nuovi pigiami, gli adulti chiacchieravano. La nonna è morta quando avevo quattordici anni e per me è stato come se fosse morta un'estranea. Mi sentii segretamente sollevata, perché così non sarei più dovuta andare a trovarla; quelle visite erano un'incombenza che temevo sempre molto. Poi, al funerale, avevo visto i miei zii consolare i miei cugini, che conoscevo a stento, tutti in lacrime perché lei non c'era più, e mi ero sentita in colpa da morire perché a me non importava tanto quanto a loro. Non ne sentivo la mancanza, e fu questo a farmi piangere.

Quando io e Aidan ci siamo sposati, invitare Mattie alla cerimonia e al pranzo mi è sembrata la cosa giusta da fare, ma lui non è venuto.

Raramente mi sono data pensiero per lui: i miei figli non lo conoscono, non vado mai a trovarlo. Mamma lo detesta, l'ha sempre ritenuto un vecchio crudele, che è persino peggiorato dopo la morte di Molly. Ma io mi sento comunque in colpa. Pensavo che papà non volesse avere niente a che fare con la sua famiglia, di certo era questo che lasciava intendere il suo comportamento, e io credevo che non fosse un problema se la evitavamo anche noi, visto che sarebbe stato un sollievo. Invece ora mi chiedo perché non ho mai scavato a fondo, non gli ho mai fatto pressioni, non l'ho mai incoraggiato a parlarne né ho fatto domande. Perché? Ora che i suoi segreti stanno venendo a galla, voglio conoscere queste persone. Voglio sapere perché papà è diventato così.

Mattie ha quasi novant'anni e vive da solo in un monolocale al pianoterra a Islandbridge. Conosco il suo indirizzo perché ogni anno a Natale gli mando un biglietto e una foto dei bambini. Fargli gli auguri per telefono sarebbe già troppo.

«Chi è?» sbraita.

«Sabrina» rispondo, poi, giusto per sicurezza, aggiungo: «Sabrina Boggs».

«Chi?» urla lui.

Sento la chiave che gira nella toppa e un attimo dopo

ci ritroviamo faccia a faccia. Lui mi guarda di sottecchi squadrandomi da capo a piedi, e io mi rendo conto che devo dare qualche spiegazione in più.

«Sono la figlia di Fergus.»

Mi esamina di nuovo, poi si volta e arranca fino alla sua poltrona di fronte alla TV. Indossa una camicia a maniche corte con sotto una canottiera bianca sporca e fa lo sforzo di abbottonarla con le dita nodose. È più vecchio, ma più o meno è esattamente come me lo ricordo dalle visite della mia infanzia: seduto in poltrona e distratto dalla TV.

«Mi dispiace non essere venuto al tuo matrimonio» mi dice subito. «Non vado spesso a questi eventi sociali.»

Mi sento in imbarazzo. Il matrimonio è stato celebrato in Spagna ed ero certa che non sarebbe venuto. «So che raggiungere la Spagna non era semplice per molte persone, ma volevo che sapessi che saresti stato il benvenuto.»

«Per una volta sono stato io, non i Boggs, a essere invitato da qualche parte» ride. Gli manca qualche dente.

«Oh, sì» arrossisco. «È stata una questione di numero, abbiamo una famiglia così numerosa che non potevo invitare tutti.»

Il modo in cui mi fissa non mi rende le cose più facili.

«Non sei in contatto con loro.»

«Con... i miei zii? Vorrei esserlo» dico, e sono sincera, anche se prima d'ora non me ne ero mai resa conto. Seduto qui davanti a me c'è l'uomo che ha cresciuto mio padre, ma per me è un estraneo. «Loro e papà sfortunatamente non erano molto legati e questo non poteva non avere conseguenze sul nostro rapporto» spiego.

«Erano culo e camicia invece» dice lui. «Gli altri lo chiamavano Zecca, lo sapevi?»

«Davvero?»

«Sì, Zecca, perché era il più piccolo. Il più piccolo dei Boggs.»

Mi pare di capire che la famiglia fosse divisa tra Doyle e Boggs, non ho mai chiesto a papà se questo avesse creato dei problemi tra loro quando erano piccoli. Perché non l'ho fatto?

«Ma gli teneva testa» continua. «Li batteva in astuzia.»

Mi sento orgogliosa.

«Non che fosse difficile, visto che erano un branco di idioti» sbuffa lui.

«Il nome Hamish O'Neill ti dice niente?»

«Hamish O'Neill?» mi chiede aggrottando la fronte, come se fosse un test e lui non l'avesse superato. «No.»

Cerco di non mostrare la mia delusione.

«Ma c'era un Hamish Boggs» dice poi, cercando di rendersi utile. «Il più grande dei ragazzi Boggs.»

Annuisco, la mia mente parte a duemila. Solo ora mi ricordo del fratello maggiore di papà, il cui nome veniva fatto molto raramente. «Ho sentito parlare di Hamish. Lui e papà erano legati?»

«Con Hamish?» chiede, sorpreso, come se non avesse più pensato a lui dal giorno della sua morte. «Fergus e Hamish se ne stavano sempre incollati. Tuo padre lo seguiva ovunque come un cagnolino; Hamish lanciava il bastone e tuo papà correva a prenderlo. Hamish era intelligente, sai. Sapeva essere anche un vero idiota, come ho detto, ma era intelligente. Si lavorava quelli più in gamba di lui e li teneva in pugno. L'ha fatto anche con tuo padre, e faceva preoccupare sua madre a non finire.»

Questa mi è nuova. Mi raddrizzo sulla schiena.

Lui riflette per un po'.

«La cosa migliore da fare sarebbe stata tenere Hamish lontano da tutti loro, lo dicevo sempre a Molly.»

«E lei l'ha fatto?»

«Be', poi lui è morto, no?» replica Mattie, e ride, la sua è una risata crudele. Visto che non mi unisco a lui, la lascia spegnere lentamente. «Quel ragazzo ha avuto quel che si meritava» dichiara, agitando un dito nella mia direzione.

«Come è morto?»

«Annegato, a Londra. Un tale l'ha pestato, lui era ubriaco ed è caduto nel fiume.»

Rimango a bocca aperta. «Che cosa orribile.» Sapevo che era morto, ma non ero a conoscenza dei dettagli, non li ho mai chiesti. Perché?

Lui mi guarda, sorpreso che dopo tutti questi anni qualcuno trovi ancora quella storia così tragica, come se Hamish non fosse una persona reale. E ora capisco che si sta domandando perché sono venuta a trovarlo.

«Mio padre era molto sconvolto quando Hamish è morto?»

Lui ci pensa su e scrolla appena le spalle. «È dovuto andare a riconoscere il corpo. È volato laggiù da solo. Anche Angus ci voleva andare, ma non potevo mica mandare tutti i miei ragazzi di bottega a Londra.» Alza la voce, sulla difensiva, come se, a distanza di quarant'anni dovesse ancora discutere la decisione di aver fatto partire papà da solo. «Certo, sarà stata dura per lui. Sua mamma era preoccupata. Era la prima volta che viaggiava e tutto quanto, avrebbe visto il cadavere di suo fratello, ma doveva andarci... Le autorità credevano che fosse lui il cadavere.»

«Pensavano che papà fosse morto?» Forse non ho sentito bene.

«Pare che il buon vecchio Hamish a Londra usasse il nome di Fergus. Dio solo sa perché, ma, se fai incazzare un bel po' di gente come faceva quel ragazzo, devi continuare a cambiare nome. Probabilmente, se non fosse schiattato, pian piano avrebbe usato quelli di tutta la famiglia.»

Il cuore mi batte all'impazzata per quella scoperta, è un chiaro legame tra papà e il suo pseudonimo.

«Adesso che mi ci fai pensare, mi ricordo di aver sentito parlare di un Hamish O'Neill» dice all'improvviso. «È strano che mi venga in mente ora. Sapevo che mi era familiare quando l'hai detto. Ecco, è una storia curiosa...» Si sposta sulla poltrona e si ringalluzzisce un po'. «Avevo sentito parlare di un tale, Hamish O'Neill, che giocava a biglie in zona. Non voleva dire niente, ma Hamish non era un nome comune da queste parti e quando lo sentivi ti rimaneva impresso. O'Neill, be', era il nome da nubile di Molly, prima che diventasse una Boggs, e poi una Doyle. Non voleva dire niente, ma l'avevo raccontato a Molly. Ero ubriaco, non avrei dovuto forse, eravamo al matrimonio – al matrimonio di Fergus – e senza offesa per tua madre, ma se la tiravano tutti talmente tanto che, maledizione, mi ero buttato sull'alcol e mi si era sciolta la lingua. Perciò le dico di Hamish e lei parla con tuo padre, che sembrava una checca con quel suo completo azzurro da damerino e quella camicia frivola, e gli tira uno schiaffo dritto in faccia. "Tu non sei lui" gli dice.»

Mattie scoppia a ridere, ride di gusto al ricordo di mio padre che viene schiaffeggiato dalla madre il giorno del suo matrimonio. Gli occhi mi si riempiono di lacrime e cerco di ricacciarle indietro.

«L'ha rimesso al suo posto» dice, asciugandosi gli occhi. «Ora, non ho mai saputo se fosse tuo padre che giocava o un altro tizio, magari era una coincidenza, ma all'epoca non erano in molti a giocare a biglie, non dove vivevamo noi almeno. E sin da quando era solo un mocciosetto, Fergus se ne stava tutto il giorno per strada con le sue biglie, bisognava picchiarlo per farlo rientrare per cena. A ogni compleanno e ogni Natale, come regalo voleva soltanto delle dannate biglie. Tutti i ragazzi le volevano, ma tuo padre era il peggiore, perché era il migliore. Andava persino in certi posti loschi con Hamish; lui l'aveva preso sotto la sua ala pensando di essere un pezzo grosso di agente che faceva qualche spicciolo grazie al fratello minore. Gliel'ho detto a tuo padre quando era adolescente: "Non ti sposerai mai se continui a giocare con quelle cavolate". Ha smesso di giocarci quando Hamish è morto. Almeno qualcosa di buono per lui l'ha fatta.»

Sono venuta qui in cerca di risposte, per comprendere la vita di papà, anche se non ero certa che avrei scoperto qualcosa. Ma se Hamish ha usato il nome di papà a Londra, si spiega perché papà usasse il nome del fratello quando giocava a biglie. In segno di rispetto? Per ricordarlo? Per onorarlo? Per riportarlo in vita? E non c'è da stupirsi che papà giocasse a biglie di nascosto, se tutti quelli che gli stavano attorno gli dicevano di smettere. Ma perché ha continuato anche da adulto?

«Come si è sentito papà quando ha saputo che Hamish usava il suo nome?»

«Non ho mai capito perché, ma tuo padre l'aveva preso come un complimento. Era orgoglioso da morire per il fatto che Hamish gli avesse rubato l'identità, come se fosse speciale. Al funerale se ne stava con il petto in fuori e tutto. Sciocco ragazzino, non si era reso conto che Hamish lo stava facendo finire in un mare di guai in quel modo. Se Fergus avesse messo piede nel posto sbagliato al momento sbagliato, Hamish avrebbe potuto farlo ammazzare. Ma Hamish era così, te l'ho detto: una sanguisuga, spremeva una persona più che poteva e poi passava oltre.»

C'è un lungo momento di silenzio.

«Come vi siete conosciuti tu e la nonna?» domando all'improvviso, chiedendomi che cosa si sia impossessato di lei per spingerla a sposare quest'uomo dopo la morte di suo marito.

«L'ho conosciuta in macelleria, veniva a comprare la carne da me.»

Tutto qui.

«Dev'essere stato vero amore se hai sposato una donna con quattro figli» aggiungo, cercando di dire qualcosa di positivo in proposito.

«Quelle quattro bestiole?» mi chiede. «In effetti è stata fortunata che io l'abbia sposata, cazzo.»

Mi guardo attorno, l'appartamento è modesto e pulito, lui lo tiene in ordine.

«Tra un po' viene Laura a trovarmi» dice, seguendo il mio sguardo. «La figlia di Tommy.»

«Oh, certo. Ovvio.» Cerco di ricordare quand'è stata l'ultima volta che ho visto mia cugina.

«Viene tutti i venerdì, Christina passa di lunedì, i ragazzi gli altri giorni; vengono a controllare che io non sia collassato, con i vermi che mi escono dagli occhi. È per questo che mi hanno fatto trasferire qui: Laura vive dall'altra parte della strada, così mi possono tenere d'occhio meglio, mi impediscono di fare danni» ride. «"Stai bene, nonno? Sei ancora vivo, nonno?" Ah, sono proprio bravi i Doyle, i figli di Tommy e Bobby. Bobby si è separato dalla moglie, l'hai saputo?»

Faccio segno di no.

«Mi è dispiaciuto quando me l'hanno detto, lei mi stava simpatica. Ma Bobby non ne ha mai abbastanza di donne, non ne ha mai avuto abbastanza, invece Joe non le sopporta. È finocchio, lo sai?»

«È gay, sì, lo so.»

«È colpa di sua madre, stava sempre a soffocarlo – non andare qui, non andare lì – mentre tutti gli altri andavano e venivano come volevano; praticamente sono venuti su da soli.»

«Credo che sia diventato gay a prescindere da come si è comportata lei» dico; ne ho abbastanza di lui a questo punto.

Mattie ride. «Lo dice anche Joe, ma io che ne so?»

Un altro silenzio imbarazzato. Entrambi abbiamo finito gli argomenti.

«Come sta tuo papà?»

«Bene.»

«La sua memoria continua a non funzionare?»

«Non molto.»

«Non fa niente» dice tra sé, quasi tristemente. «Gli altri però sperano che si ricordi di loro. Ne parlano sempre.»

«Chi?»

«I ragazzi Boggs, e anche i Doyle.»

«Ma certo che papà se li ricorda.»

«Non ricorda gli ultimi anni.»

«Be', suppongo che negli ultimi anni non si siano visti molto» gli dico.

«Invece sì» mi rimbecca lui, come se l'avessi accusato di mentire. «Negli ultimi tempi avevano ripreso a vedersi. Giocavano a biglie, pensa te. Loro e la sua nuova donna. Piaceva a tutti. Senza offesa per tua madre, ma dicevano che questa andava proprio bene per lui, li teneva uniti. Lui non si ricorda niente di tutto ciò?»

Mi guarda come se non credesse alla perdita di memoria di mio papà.

Scuoto la testa, mi ha presa del tutto alla sprovvista.

«Sai come si chiama lei?»

«Lei chi?»

«La sua… fidanzata. Quella donna.»

«Ah, lei.» Agita una mano con fare sprezzante. «Non l'ho mai conosciuta, ma i ragazzi sì, possono dirtelo loro come si chiama.»

Poi, con un flebile: «Di' a tua madre che ho chiesto di lei» chiude la porta e io riesco a evitare per un soffio mia cugina Laura che arriva da un appartamento sul lato opposto del cortile, con in mano un aspirapolvere e un secchio con lo spazzolone. Mi siedo in macchina, stordita per quel che ho appena saputo.

Cerco sul telefono il numero di mio zio Angus, è il mio padrino, lo zio con cui sono rimasta più in contatto, anche se i nostri scambi si riducono ai messaggi di auguri al compleanno, sempre che ce ne ricordiamo.

Compongo il numero e porto il telefono all'orecchio, con il cuore che batte all'impazzata. Ciao zio Angus, sono Sabrina, non mi senti da un anno ma ho appena saputo che tu e papà vi siete riavvicinati prima che avesse l'ictus e anche che tu conoscevi la sua fidanzata. Per favore, puoi dirmi chi è? Perché io non lo so. Pare che sia l'unica, oltre a papà, a non sapere chi sia.

Lui non risponde. Riattacco, mi sento di nuovo stupida e arrabbiata. Accecata dalla rabbia, metto in moto la macchina e riparto. Mentre guido verso la clinica, le parole di Mattie mi riecheggiano in testa, lo sento definire Hamish una sanguisuga.

Sul momento mi è sembrato che Mattie sia stato troppo duro. A me sembra comprensibile che papà si sentisse speciale e onorato: Hamish non l'aveva dimenticato quando se n'era andato. Papà ovviamente ha ammirato Hamish per tutta la vita, vedeva solo il meglio di lui, considerava un onore il fatto che suo fratello avesse scelto di chiamarsi come lui. Ma ora che la rabbia si impossessa di me, rivaluto le parole di Mattie.

Che l'abbia fatto di proposito o meno, Hamish ha succhiato un po' di vita da papà, e questo non solo ha sottratto a me una parte di lui, ma, cosa ben peggiore, ha sottratto a papà una parte di se stesso.

23
Il gioco delle biglie
Invasione

Cat mi saluta dopo una cena a base di salmone, tortino di patate, piselli e fagiolini preparata da Mel, che è un drago ai fornelli e spesso cucina i prodotti raccolti nel piccolo orto che c'è qui in giardino. Alcuni pazienti l'aiutano, ma non quel brontolone di Max. Lui non vuole avere niente a che fare con nessuno e si lamenta di tutto. Cat mi bacia dolcemente sulla fronte e a me piace, è passato così tanto tempo da quando ho provato quel genere di intimità. Mi rendo conto che in confronto le visite di Gina sono solo cortesi, non affettuose. I figli di Sabrina mi riempiono di coccole, abbracci, mi urtano e mi si arrampicano addosso, e io lo adoro; gli abbracci di Sabrina sono materni, sempre pieni di preoccupazione per me. Ma con Cat sento un legame intimo. Alzo lo sguardo per chiederle un altro bacio, ma forse le sto domandando troppo alla fine di quello che, scherzando, definiamo il nostro primo appuntamento. La sera, quando Lea mi riaccompagna in camera, ho una gran paura di non ricordarmi di Cat domani. Quante volte nell'ultimo anno abbiamo ripetuto il nostro incontro, quante volte me ne sono dimenticato il giorno dopo, o qualche giorno dopo, o magari dopo un anno?

«Una moneta per i tuoi pensieri, Fergus» mi dice Lea, che, come al solito, avverte il mio turbamento.

«Non lo so.»

«Non lo sai?»

Mi aiuta ad alzarmi dalla sedia a rotelle e a sedermi sul water. Se ne va per lasciarmi un po' di privacy e ritorna per aiutarmi quando ho finito.

Voglio davvero che Cat sia costretta a fare questo per me? Abbiamo un futuro? Le mie condizioni miglioreranno? Ero felice qui, mi ero lasciato andare, vivevo, esistevo, con qualcuno che si prendeva cura di me, senza pressioni. Ora so che c'è lei là fuori, che avevo una vita, di cui però fino a oggi non ero a conoscenza, e mi sento a disagio. È lì che devo essere, è quella la vita che dovrei vivere. Devo riuscire a migliorare, devo riuscire a pulirmi il maledetto culo da solo.

«Insomma» interviene Lea, interrompendo il corso dei miei pensieri, «vedila sotto un altro punto di vista: c'è qualcuno là fuori per te, che ti aspetta e ti sostiene. Qualcuno che ti ama. Dovrebbe motivarti, Fergus.»

Sono confuso. Ho espresso i miei pensieri ad alta voce?

«E poi oggi ricordi molto più del solito. È un grande progresso. Hai presente quando non riuscivi a muovere il braccio destro e poi all'improvviso ci sei riuscito? Mi hai rovesciato quel bicchiere d'acqua addosso, ma a me non è importato, mi sono messa a saltare su e giù per la gioia, come una pazza, mi sono dovuta persino tenere le tette e tutto quanto, ti ricordi?»

Rido insieme a lei, ripensando a quel momento.

«Sono contenta che ti sia tornato il sorriso, Fergus. So che fa paura, il cambiamento può spaventare. Ma tu tieni a mente che va tutto bene, migliori ogni giorno che passa.»

Annuisco, grato.

«Ne hai abbastanza per oggi?» mi chiede. È ai piedi del

letto e mi tiene sollevate le gambe senza neanche rendersi conto di farlo.

«Perché?»

«Perché hai visite. Pensavo di aspettare di vedere come stavi prima di dire agli ospiti se potevano entrare. Magari per oggi basta così. Non voglio che ti stanchi.»

«No, no, non sono per niente stanco» mento. A dire il vero, sono esausto dopo questa giornata, dopo i viaggi che ho fatto con la mente e il tempo che ho passato con Cat, ma sono curioso. Guardo l'orologio. Sono le otto. «Chi c'è?»

«I tuoi fratelli.»

«Tutti?» domando, sorpreso. Ovviamente li ho visti negli ultimi anni, ma mai tutti insieme.

«Be', qui ce ne sono cinque, non so se sono tutti.»

Cinque. Sono tutti? Manca Hamish. Sono quarant'anni che non c'è più, e ancora sento la sua mancanza. No, cinque non sono tutti.

«Li faccio entrare? Va bene lo stesso se non vuoi» dice preoccupata.

«Tutto a posto, di' loro che li voglio vedere.»

«Okay, e probabilmente passerà anche il dottor Loftus.»

Il dottor Loftus, lo psicologo della clinica che incontro ogni settimana, ha saputo degli odierni progressi della mia memoria.

«Vado in ufficio a sbrigare un po' di scartoffie, ma Grainne è qui se hai bisogno.»

Grainne, quella che grugnisce quando mi solleva dalla sedia a rotelle come se fossi un sacco di patate di cui si vuole liberare. «Grazie, Lea.»

«Di nulla.» Mi fa l'occhiolino e se ne va.

Li sento ancor prima di vederli, e mi fanno sorridere ancor prima di entrare dalla porta. Varcandola si spintonano, si danno pacche e si urtano a vicenda: sembrano un branco di adolescenti, anche se non ne hanno più l'aspetto.

Angus, il maggiore, ha sessantatré anni e ha praticamente perso tutti i capelli; Duncan ne ha sessantuno, io ne ho cinquantanove, Tommy cinquantaquattro, Bobby, l'ammaliatore, cinquantuno, e Joe, il piccoletto, quarantatré.

«Sorpresa!» urlano sbucando sulla soglia.

«Sssh» dice qualcuno fuori, Grainne forse; loro borbottano, la insultano e le chiudono la porta in faccia.

«Abbiamo sentito dire che hai avuto una buona giornata» esordisce Angus. «Perciò abbiamo pensato di festeggiare.» Tira fuori una bottiglia di whisky da sotto il cappotto. «So che non puoi bere, ma noi sì, cazzo, perciò niente commenti.»

Ridono e cercano di trovare posto nella stanza minuscola per appollaiarsi, appoggiarsi e sedersi.

«Chi vi ha detto che ho avuto una buona giornata?»

«Cat» mi risponde subito Duncan, tranquillo, nonostante qualche sguardo contrariato da parte degli altri.

«Voi conoscete Cat?»

«Chi cazzo non conosce Cat? Ah, sì, giusto, tu... almeno fino a oggi» scherza Tommy, e tanto basta per rompere il ghiaccio. Tommy passa la sua sedia a Bobby; lui si siede, anche se suo fratello è più vecchio. Certe cose non cambiano mai.

«Ha detto che le hai raccontato del barattolo delle parolacce» mi spiega Bobby.

«Sì.»

«Quando te lo sei ricordato?»

«Sono più sorpreso che te lo ricordi tu» interviene Duncan. «Te ne stavi sempre in giardino a infilarti i vermi su per il culo.»

Scoppiano tutti a ridere mentre Bobby protesta: «È successo solo una volta, santo cielo!».

Entra il dottor Loftus. «C'è una festa qui?» chiede in tono gioviale, poi mi pianta addosso quel suo sguardo intenso. C'è a stento spazio per tutti quanti qui e si fa presto a sentire caldo, soprattutto se lui ti scruta in quel modo.

«Su, diccelo, Fergus» prosegue Angus, versando un po' di whisky al dottor Loftus. «Come ti sei ricordato del barattolo delle parolacce?»

Guardo fuori dalla finestra, osservo la luna, piena e perfetta, alta nel cielo color indaco, e penso a Sabrina, alle fossette di Lea, al naso di Sabrina. Ecco come è iniziato tutto.

«Grazie alla luna» dichiaro.

«Non crederai mica a quella roba voodoo?» domanda Angus.

«Io ci credo» interviene Tommy. «Potrei raccontarti un paio di storie curiose.»

«Anche io ci credo» concorda Duncan.

«In effetti potrebbe anche esserci qualcosa di vero» si intromette il dottor Loftus, accarezzandosi la barba corta. «Finora è stata una giornata interessante.»

«Sabrina non riusciva mai a dormire quando c'era la luna piena» racconto, e tutti rimangono rispettosamente in silenzio. Sono un branco di casinisti, ma sanno quando è il momento di stare al loro posto.

Joe non ha ancora detto una parola da quando è entrato, è sempre il bambino nell'angolo, che osserva e si preoccupa. Riservato. A dir la verità, mi sorprende il fatto che sia qui, comunque lo apprezzo.

«Chi è stato di voi a rubare quel cazzo di barattolo di biglie delle parolacce?» domando all'improvviso, scatenando un moto di ilarità e uno scroscio di risate. Angus per poco non se la fa sotto e si lancia in una tiritera sulla prostata; Tommy, invece, che fuma troppo, tossisce fin quasi a soffocare. Litigano, si danno la colpa a vicenda, si parlano sopra, si puntano contro il dito, volano insulti.

Mi ricordo quel momento. Nel barattolo c'erano circa cinquanta biglie, si era imprecato parecchio quel mese. Mi ero fatto un nuovo amico a scuola, Larry Lampy Brennan, che diceva un sacco di parolacce. Lui si metteva nei guai, e io lo tiravo fuori. Dopo che avevo detto a Bobby che era un grassone di merda, nel barattolo era finita proprio la mia *cub scout* arcobaleno preferita, e la rivolevo disperatamente indietro. Ero persino stato in farmacia tutte le settimane, fregandomene di quel che c'era nei sacchetti di carta marrone. Avevo aiutato a pelare le patate, le carote, avevo pulito il bagno esterno. Ero stato il più bravo quel mese.

«Magari sei stato tu e manco te lo ricordi» dice Angus non appena si ricompone. «Ma non la farai franca.»

Ridiamo tutti.

«Non penso di essere stato io» dico, e ci credo davvero, avvertendo di nuovo lo strazio di quando avevo scoperto che il barattolo non c'era più.

«Sinceramente, ho sempre pensato che fossi stato tu» interviene Tommy. «Stavi sempre a parlare della... Come si chiamava, ragazzi?»

«La *cub scout* arcobaleno» dicono tutti in coro, tutti tranne Joe.

Il dottor Loftus scoppia a ridere.

«Continuavi a chiedere a mamma di scambiarla con un'altra, ma lei non ti dava il permesso» ricorda Tommy.

«Era una tipa tosta.» Angus scuote la testa. «Che Dio la benedica. A dir la verità, anche io credevo fossi stato tu.»

«Sono stato io» dice infine Joe, e tutti si voltano a guardarlo, stupiti. Ride con aria colpevole, sembra quasi chiedersi se verrà picchiato.

«Non puoi essere stato tu» dico. «Quanti anni avevi... due? Tre?»

«Ne avevo tre, è uno dei miei primi ricordi. Ho trascinato la sedia della cucina fino alla mensola e ho tirato giù il barattolo. Poi l'ho messo nel mio carrellino... Avete presente quello di legno, con le costruzioni?»

Bobby fa segno di sì.

«Solo voi due ce l'avevate, noi non abbiamo mai avuto niente di così bello» scherza Angus, ma c'è del vero nelle sue parole. Bobby e Joe hanno sempre avuto molto più di noi; erano i più piccoli, noi lavoravamo già tutti, davamo a mamma i soldi, e lei li spendeva per loro due, soprattutto per Joe.

«L'ho portato nel vicolo dietro casa e l'ho lanciato contro il muro in fondo. È andato in mille pezzi.»

«Dov'era mamma?» gli domando, sconvolto. Non avevo mai sospettato di Joe, nemmeno per un secondo, noi invece ci eravamo accusati a vicenda per settimane.

«Stava parlando con la signora Lynch di qualcosa, qualcosa di importante, ricordate quando se ne stavano con le teste vicine e fumavano?»

Ridiamo a quell'immagine.

«A un certo punto si è accorta che ero sparito. È venuta a prendermi nel vicolo e mi ha trascinato a casa con tutto il carrellino. Insomma, sono stato io, scusate ragazzi.»

«Cazzo, buona questa, Joe. Ce l'hai fatta sotto il naso.»

Si è guadagnato un po' di rispetto e rimaniamo tutti in silenzio, sorpresi, mentre riflettiamo sulla sua rivelazione.

«Avresti potuto beccarti un raffreddore» commento,

ripensando a quanta paura aveva mamma di perdere Joe. I miei fratelli mi guardano stupiti, e poi scoppiano di nuovo a ridere come pazzi.

«Ti abbiamo portato una cosa» mi dice Angus, quando la risata si spegne. «Una partita e ce ne andiamo, se a lei va bene, dottor Loftus.»

«Per me non c'è nessun problema.»

«Ta-da!» Duncan tira fuori un tabellone di Invasione.

Quando un membro della famiglia se ne va o muore, le dinamiche si trasformano. Le persone si muovono, cambiano posto, assumono ruoli che desideravano, oppure sono obbligate a ricoprirne altri che non hanno mai voluto. Succede senza che nessuno se ne renda conto, ma si cambia sempre.

La settimana in cui abbiamo saputo che Hamish aveva lasciato l'Irlanda per andare a Londra, ovvero la stessa in cui io mi sono ficcato nei guai con la polizia perché ero con Hamish la sera che aveva picchiato quei ragazzi a scuola, mamma assomiglia a una *banshee*. Non ci lascia uscire di casa, non ci permette di andare da nessuna parte e nemmeno di fare niente. Non ha dato neanche il permesso a Angus di andare alla festa della scuola, che è una roba grossa, perciò lui è incazzato nero, soprattutto perché quella sera Siobhan aveva intenzione di dargliela. Fuori piove a dirotto, noi ci stiamo praticamente ammazzando a vicenda e i livelli di testosterone sono alle stelle, visto che in questa casa con due camere da letto soltanto stiamo quasi uno sopra l'altro. Mattie stava per menarci di brutto perciò se n'è andato al pub per l'ennesima volta.

Poi mi viene un'idea. Passo un'ora da solo in un angolo della nostra camera da letto, l'unico spazio tranquillo che sono riuscito a trovare, e ci lavoro sopra. Duncan mi accusa di farmi le seghe e si becca uno scappellotto da Angus, una sorpresa, il suo primo gesto protettivo in assoluto nei miei confronti. Probabilmente anche lui è sorpreso, ma tiene il punto e, per la prima volta, mamma non lo punisce perché sgridando Duncan ha fatto quel che avrebbe fatto lei: Angus e mamma sono alleati, e anche io e Angus. Le dinamiche stanno cambiando e io sono confuso.

Vado in soggiorno con un tabellone di Invasione fatto a mano; è un gioco da tavolo che ho visto nel mio libro sulle biglie e a cui possono partecipare fino a sei giocatori. Lo scopo è mandare tutte le proprie biglie nella tana segnata sul tabellone. Le pedine sono delle biglie di vetro e possiamo usare le nostre, purché ognuno riesca a distinguere le sue. Il gioco prende il nome dall'azione con cui si cattura una biglia dell'avversario, invadendo il suo spazio... ovvero quello che abbiamo fatto l'uno con l'altro per tutta la settimana, da quando Hamish è andato via.

Giochiamo. Ci sediamo al tavolo da pranzo e mamma e Mattie non riescono a credere che per un'ora intera ci diamo battaglia intorno a un gioco da tavolo. Bobby vince la prima partita. Io sono il migliore con le biglie, ma questo gioco non ha niente a che fare con la bravura, dipende tutto dal lancio dei dadi. Bobby, l'ammaliatore, tra tutti noi è sempre stato il bastardo più fortunato.

Giochiamo a Invasione tutto il giorno, tutti i giorni, per una settimana intera, finché mamma non ce la fa più ad averci tra i piedi e ci dà il permesso di uscire. In qualche modo così siamo riusciti a trovare il nostro posto in famiglia, la nostra base, non tanto per il gioco in sé, quanto per il fatto di stare seduti insieme e passare tutto quel tempo tra noi, in quarantena, a imparare a vivere senza Hamish.

Quarant'anni dopo, in camera mia, ci giochiamo di nuovo, solo non con la versione fatta in casa, ma con il gioco vero acquistato da Duncan. Bobby vince anche stavolta.

«Sei un bastardo fortunato!» sbotta Angus, incredulo. «Tutte le volte.»

Faccio rotolare le biglie nella mano sinistra, il lato destro mi si era paralizzato e ora ha capacità di movimento limitate, perciò non riuscirei a darci dentro come una volta, neanche volendo. Ma mi piace la sensazione che provo a tenerle in mano e a farle ruotare, e adoro il rumore familiare che fanno quando sbattono le une contro le altre. È un suono ritmico, rilassante.

«Mi dispiace» dico all'improvviso.

I miei fratelli smettono di battibeccare e mi guardano.

«Per tutti quegli anni, per quello che ho fatto, mi dispiace.»

«Ah, ma piantala, non hai niente di cui scusarti» risponde Angus. «Eravamo tutti... Avevamo tutti i nostri problemi.»

Inizio a piangere e non riesco a fermarmi.

Il dottor Loftus chiede gentilmente ai miei fratelli di andarsene, e sento il tocco confortante delle loro mani sulla testa e sulle spalle, mentre mi danno delle pacche per salutarmi. Angus rimane con me, il mio fratellone protettivo che ha preso in mano la situazione quando la sua nemesi è scomparsa. Mi abbraccia, mi sostiene, mi culla, piange insieme a me, finché le lacrime alla fine non smettono di cadere e mi addormento, esausto.

24
Regolamento della piscina

Vietato gettare rifiuti

Sto guidando e non riesco a respirare. Ho il petto stretto in una morsa, i muscoli tesi, sono pronta a urlare contro chiunque osi anche solo guardarmi storto e a dirne quattro agli altri automobilisti per il minimo errore. Sto andando ad affrontare papà, anche se mi rendo conto che è una cattiva idea. Non si ricorda niente, so che dobbiamo essere gentili con lui, che non dobbiamo aggredirlo riguardo a cose che lui semplicemente non riesce a ricordare, perché altrimenti lo turbiamo, ma io sono furiosa. Sembra che tutti sapessero di questa donna e delle biglie, tranne me e mamma, ovvero la sua famiglia. Dovevano arrivare quegli scatoloni perché lo scoprissi? Cos'altro non so su papà, e sulla mia vita?

Posteggio la macchina e schizzo fuori. Il parcheggio è tranquillo, sono le nove di sera passate, ormai la maggior parte dei visitatori è tornata a casa per trascorrere il venerdì sera fuori, oppure per starsene sul divano.

Supero di gran carriera le porte principali e mentre percorro i corridoi rallento, ansimando per lo sforzo di trattenere un'emozione che non voglio liberare. Che sto facendo? Non posso andare da papà in questo stato, si preoccuperà, si agiterà, peggiorerà, si stresserà. Non sono nemmeno sicura di riuscire a parlare. Rallento ancora fino a fermarmi. Sento odore di cloro, e mi rassicura. È da quando sono bambina che vivo in acqua. Mi piaceva pensare che fosse un mondo tutto mio: potevo galleggiare, andare alla deriva, non dovevo parlare con nessuno, non dovevo dare spiegazioni, ma solo nuotare sotto la superficie dell'acqua. È sempre stata la mia via di fuga, e lo è ancora.

Anche se io mi sono bloccata, la mia mente sta andando a mille all'ora; si sta facendo buio e la luna è visibile, tonda e piena, mi tiene d'occhio mentre arrivo in fondo a questa giornata, a questa strana giornata. E il pensiero principale che mi frulla in testa ora è questo: sono la persona chiusa e riservata che Aidan mi accusa di essere perché pure mio papà era ombroso e schivo? Ho preso da lui? Anche se non me ne sono mai resa conto da piccola, non ho mai considerato papà così e non ho mai pensato di essere una persona chiusa, fin quando Aidan non ha cominciato a dirmi che lo ero. Forse è vero che non conosci davvero te stesso finché qualcun altro non ti conosce come le sue tasche. La missione di oggi ha smesso da un pezzo di essere una ricerca delle biglie perdute, per diventare un'indagine sull'uomo che le possedeva. Ma non sapevo che alla fine della fiera sarei arrivata a fare i conti con me stessa. E quel che ho scoperto non mi piace, non mi piace nessuna di queste rivelazioni. Non riesco a respirare.

Anziché andare da papà, mi giro e mi dirigo verso la piscina. Attraverso i pannelli di vetro trasparente vedo che è vuota; ovviamente nessuno nuota a quest'ora e la fisioterapia per oggi è finita. La piscina è lunga otto metri e mezzo, le piastrelle sul fondo sono azzurre, come quelle sulle pareti, che fanno l'effetto di un'onda grazie alle diverse sfumature di colore del mosaico. Apro la porta e avverto forte l'odore di cloro.

Sento qualcuno chiamarmi, non dovrei stare qui. Dei passi alle mie spalle. Accelero, e anche loro. Altri passi, poi qualcuno chiama il mio nome. Non respiro, non respiro. Ho una morsa nel petto. Penso a papà, a Hamish, alle biglie e alla sua fidanzata segreta, a Aidan e me. Mi tolgo le scarpe, mi strappo di dosso il cardigan e mi tuffo, scappo. E respiro.

Non vorrei risalire mai più, rimango vicina al fondo della piscina, sentendomi leggera e libera, priva della tensione di prima. Non devo più pensare, il mio corpo si rilassa, il battito cardiaco rallenta. Vedo le gambe e i piedi delle persone a bordo vasca tremolanti come miraggi, mentre io sono l'unica cosa reale quaggiù. Sento l'acqua nelle orecchie, l'odore di cloro, adoro il modo in cui i capelli mi solleticano la pelle, sembrano di velluto, si muovono in sincrono con me. Mi volto e piroetto sul fondo, forse da fuori sembrerò una balena spiaggiata, ma a me pare di essere una ballerina, più aggraziata che mai. Non so da quanto tempo sono sott'acqua. Un minuto, forse due, ora però avverto il bisogno di salire in superficie per respirare un po' d'aria, giusto un po', prima di tornare giù. È questo che amo della piscina, qui sono nel mio elemento, al sicuro.

Sento il suono di un applauso, o forse di uno schiaffo, e mi giro giusto in tempo per vedere una mano che sbatte sull'acqua come se stesse chiamando un delfino.

Riemergo.

Gerry, il portiere gentile, mi guarda preoccupato, sconcertato, confuso, quasi fossi andata completamente fuori di testa e avessi perso la bussola. Mathew della sicurezza è tra l'arrabbiato e il divertito, mentre l'infermiera Lea sta sorridendo.

Ho attirato un bel po' di spettatori dietro il vetro che si affaccia sulla piscina. Papà non c'è, per fortuna. Galleggio sulla schiena.

«Andiamo, Sabrina» mi dice Lea, porgendomi la mano.

Sono tentata di tirarla dentro con me.

È tutta colpa della luna.

Ma non lo faccio ed esco fuori, completamente zuppa.

«Ti senti meglio?» mi chiede lei, avvolgendomi attorno un asciugamano.

«Parecchio.»

25
Il gioco delle biglie
I bottiglioni

L'ultima volta che ho visto Hamish, prima di riconoscere il suo cadavere a Londra, è stato nel vicolo, dopo che aveva picchiato quei due studenti. Io avevo quindici anni, lui ventuno.

È stata l'ultima volta che l'ho visto.

Ma non l'ultima in cui ho avuto sue notizie.

Ho diciassette anni, ho finito la scuola, sono l'unico dei Boggs che c'è riuscito. Angus e Duncan lavorano con Mattie e so che dovrò farlo anche io, non c'è nient'altro che mi viene in mente di voler fare, ma prima di cominciare ho davanti l'intera estate per spassarmela. Mattie non può assumermi fino a settembre perché ha un altro ragazzo come apprendista. Ciò non significa, però, che posso starmene con le mani in mano. Ho trovato lavoro nel parco della scuola come aiutante del custode, Rusty il Rottame; ovviamente non è il suo vero nome, ma l'abbiamo soprannominato così perché è talmente vecchio che quasi cigola quando cammina. Consegno a mamma ogni centesimo di quello che guadagno e lei, a sua discrezione, mi dà una paghetta. È sempre stato così con tutti. Le bollette sono intestate a Mattie e mamma si occupa di pagarle; questo per dire che raramente il postino porta qualcosa per me.

Quando torno a casa per pranzo sono coperto di fango, ho spine e aghi di pino attaccati alla pelle, calli sulle mani e graffi sul viso: ho passato la mattinata a raccogliere dai cespugli bottiglie di birra e rifiuti. Bobby e Joe stanno giocando in strada, sono a quattro zampe, con le mani e le gambe sporche, intenti a osservare le loro lumache che gareggiano l'una contro l'altra. Da quando noi abbiamo cominciato a lavorare, nessuno gioca più a biglie in strada. A me va sempre di giocare, ma gli altri sono troppo pigri, oppure vogliono uscire con le ragazze e andare al pub con Mattie. Nessuno vuole più giocare a biglie con me. Tommy ha dodici anni ed è ancora inutile come una teiera senza manico; Bobby e Joe non hanno mai avuto la passione per le biglie, sembra essere una caratteristica esclusiva dei Boggs. Conosco alcuni ragazzi che ancora ci giocano, ma è sempre più difficile trovarli, a quanto pare tutti crescendo hanno abbandonato le biglie, tutti tranne me.

Bobby e Joe mi avvertono che mamma è di pessimo umore, perciò mi tolgo gli scarponi infangati e li lascio fuori, voglio fare il bravo. Mi pare di essermi comportato bene oggi.

«Che cos'è questo?» mi aggredisce mamma quando entro.

È in piedi vicino al tavolo, con le nocche posate sulla tovaglia di plastica in una postura quasi da scimmia.

«Cos'è cosa?»

«Questo.» Indica l'oggetto incriminato con la testa, come se potesse sentirla.

Guardo sul tavolo e vedo un pacco. «Non lo so.»

«Non dirmi che non lo sai. Lo sai invece» sbotta.

Mi avvicino e lo guardo. Sopra c'è il mio nome, scritto in maiuscolo con una penna nera sull'unico pezzo di carta marrone lasciato scoperto dal nastro adesivo dello stesso colore.

«Non lo so, ma', giuro.»

Lei capisce che sono sinceramente sorpreso. Le nocche da scimmia si spostano dal tavolo al fianco.

«È da parte di Marian?» chiedo. Il fratello di mamma, Paddy, vive a Boston e sua moglie Marian è l'unica persona che qualche volta mi spedisce qualcosa. È la mia madrina, l'ho incontrata soltanto una volta e non me la ricordo bene, ma ogni biglietto di compleanno e di Natale contiene all'interno una medaglia miracolosa di qualche tipo. Io a queste cose non ci credo, ma le tengo comunque tutte sul fondo del cassetto della biancheria perché porterebbe sfortuna buttarle via.

Mamma fa segno di no, sembra preoccupata. Ha paura, è quello l'unico motivo per cui non ha aperto il pacco. Mamma non crede nella privacy, quel che entra in casa sua è suo; tuttavia, sta guardando il pacco come se fosse una bomba sul punto di esploderle in faccia. Si comporta così con le novità o se succede qualcosa di insolito; o anche se c'è una persona estranea in casa: la osserva in silenzio, teme che possa attaccarla da un momento all'altro, si mette sulla difensiva, scatta per niente, perché non sa in quale altro modo reagire.

Non voglio che mi veda aprire il pacco, ma non so come dirglielo.

«Ti prendo un coltello» mi dice, andando in cucina. Per un attimo penso che debba servirmi a difendermi da qualsiasi cosa salti fuori da lì dentro, poi mi rendo conto che è solo per aprirlo.

Mentre è di là, sento provenire da fuori un grido da far gelare il sangue nelle vene e mamma corre all'esterno dal suo piccolo Joe. Bobby le sta raccontando dell'ape che l'ha punto, e io ne approfitto per prendere il coltello e rifugiarmi in camera mia. Il pacco è stato incartato alla bell'e meglio, con parecchi giri di nastro adesivo marrone, e faccio fatica ad aprirlo, ma alla fine ci riesco e butto via la carta. All'interno vedo solo un mucchio di giornali accartocciati. Sotto c'è una bottiglia di vetro. Sono confuso. Mi ci vuole un po' per capire cosa ho davanti agli occhi ma, dopo un'attenta ispezione, mi accorgo che la bottiglia è vuota e che sul collo c'è una guarnizione di gomma. Dentro c'è una biglia. Il cuore mi batte all'impazzata e a quel punto capisco chi mi ha mandato il pacco. Be', non lo so per certo, ma suppongo sia da parte di Hamish. È un anno e mezzo che se n'è andato e non ho più avuto sue notizie, tuttavia questo sembra proprio un messaggio da parte sua. Frugo tra le pagine di giornale spiegazzate sul pavimento in cerca di un biglietto, ma non c'è niente. Poi l'occhio mi cade sull'immagine di un paio di tette. Ce n'è anche un'altra. Liscio velocemente ogni singolo pezzo di carta e scopro che il contenuto del pacco è stato protetto con un mucchio di foto di ragazze nude staccate da almeno una dozzina di paginoni centrali del «Sun». Ci sono tette ovunque. Rido e spero che mamma non mi senta. Ripiego le pagine in tutta fretta e le infilo sotto la moquette, nel punto in cui si è scollata dalle assi di legno. Corro al lavoro, portando con me la bottiglia, prima che mamma mi trovi e pretenda da me risposte che non ho.

«Sai cos'è questa?» chiedo a Rusty.

Con la sua onnipresente sigaretta in bocca, lui guarda la bottiglia e sorride, poi lancia la cicca tra i cespugli che ho passato la mattinata a pulire.

«L'hai trovata lì in mezzo?»

«No, è mia.»

«Se l'hai trovata qui, è mia.»

«No, me l'ha mandata mio fratello, dall'Inghilterra.»

«Ma se non sai nemmeno cos'è.» Mi fa segno di passargliela. «Dammela.»

Mi allontano.

Lui me la sottrae, è forte per essere un vecchio, e si mette a osservarla. «È una bottiglia Codd, detta anche "bottiglietta con la biglia". Erano anni che non ne vedevo una. Mia madre ne aveva diverse, le teneva nella rimessa, poi arrivarono i soldati inglesi e le distrussero. Ci teneva il *poitín* distillato illegalmente, non che fossero fatte apposta, ma proprio per questo lei ci metteva dentro il *poitín*. In origine erano state create per contenere bevande con aggiunta di anidride carbonica, bevande gassate» aggiunge quando mi vede confuso. «Il problema con le bottiglie di vetro era che la pressione del gas faceva saltare il tappo di sughero, in particolare se il sughero era rinsecchito, perciò a un tale di nome Codd venne l'idea di mettere delle biglie nel collo. Le bottiglie venivano riempite a testa in giù e la pressione del gas spingeva le biglie contro la guarnizione di gomma, sigillandole.»

«Come si fa a togliere la biglia?» È l'unica cosa che mi interessa.

«Se ti azzardi a provarci, non ti ridò la bottiglia. Le biglie non si tolgono. Alcuni ragazzini le rompevano per tirarle fuori, ma non metterti in testa di farlo. Ci sono cose che devono rimanere così come sono.»

La biglia è semplice e ordinaria, di vetro trasparente, non vedo nessun segno o marchio che mi dica che è di una certa marca o fattura. In sé non è niente di speciale, l'unica cosa insolita è che è nella bottiglia.

«Le bottiglie come questa sono rare. Il blu era il colore per i veleni, perciò nessun produttore di bibite con un po' di cervello l'avrebbe mai usato. Dubito che ce ne siano molte in giro di simili.»

Il vecchio studia la bottiglia da vicino, cercando qualche indizio proprio come io farei con una biglia; il battito del mio cuore accelera, all'improvviso mi sento possessivo. Faccio per riprendermela ma lui la allontana.

Ride. «Quanto mi dai per questa?» mi chiede, stringendola forte.

Potrei dirgli quel che penso di lui, litigarci, però di certo così non riavrei la bottiglia; tra l'altro, dovrò stare con lui tutti i giorni per il resto dell'estate.

Con riluttanza, infilo una mano in tasca e gli offro uno dei paginoni con le donne nude. Stavo pensando di darci un'occhiata nei cespugli, quando avrei avuto un secondo di tempo. Beverly, diciannove anni, tette da urlo. Rusty la guarda e mi restituisce la bottiglia all'istante, poi sparisce nel capanno con il foglio per venti minuti.

Io mi siedo fuori sull'erba e fisso la bottiglia blu, chiedendomi che cosa significhi. Ma significa qualcosa poi? D'istinto so che è stato Hamish a mandarla, può essere stato solo lui. Il fatto che mi abbia spedito una biglia e delle ragazze nude me lo rende ovvio, è il suo genere di ironia. Probabilmente sperava che fosse mamma ad aprire il pacco, o che io l'aprissi davanti a lei. Mi sembra di sentire la sua risata rauca mentre lo prepara, magari desiderando di poter essere qui a vedere la nostra reazione. Hamish che ha nostalgia di casa, costretto a stare lontano da tutti noi. Esamino la bottiglia in cerca di risposte; vuol dire forse che Hamish lavora in una fabbrica di bottiglie? Vuole farsi trovare da me? Cosa ha a che fare con le bottiglie? Ricordo che chiamavamo le biglie più grosse «bottiglioni», ma non ho mai saputo perché; ora so che è per via delle biglie che si mettevano nel collo delle bottiglie. È questo che sta cercando di dirmi mio fratello maggiore? Continuo per un po' a cercare dei segnali cifrati, poi mi rendo conto che è tutto alla luce del sole: c'è davvero un messaggio nella bottiglia. Hamish non l'ha scritto su un biglietto che ha infilato all'interno, ha semplicemente trovato una bottiglia con dentro una biglia.

È quella il messaggio nella bottiglia.

E mi arriva forte e chiaro.

Dice: *Ci sono ancora, Fergus. Non ti ho dimenticato, non ho dimenticato le biglie come tutti gli altri, so quanto sono importanti per te. Ho visto questa e ho pensato a te. Non ho ancora smesso di farlo. Mi dispiace per tutto quel che è successo. Possiamo essere amici.*

Il messaggio dice: *Tregua.*

26
Regolamento della piscina

Vietati i bicchieri di vetro

Mi siedo a mensa con Lea, che ha un vero talento per farti credere che la cosa più strana che tu abbia mai fatto in vita tua sia in realtà assolutamente normale, qualcosa che ha visto almeno un migliaio di volte, qualcosa che anche lei fa sempre, che forse poi è anche vero. Emana calore e premura, capisco bene perché è la preferita di papà, e perché lui si lamenti tanto delle altre infermiere.

È sera ormai. La mensa è chiusa, si possono prendere solo tè e caffè, ed è quel che facciamo. Papà sta dormendo, dormiva già quando ho parcheggiato e sono corsa dentro come se gli stessi dando la caccia. Sono contenta di non poter irrompere in camera sua e fargli domande su tutto quel che è venuto a galla oggi, anche se la nuotata mi ha un po' calmata. Non c'è bisogno che io dica niente, Lea capisce al volo, papà ha sempre detto che lei è fatta così. È una capacità che tutti vorremmo avere e che vorremmo avessero le persone che ci sono vicine e che consideriamo più care. Prendiamo Aidan, per esempio. Mi piacerebbe che lui sapesse come mi sento senza dovermelo chiedere, cosa che, invece, fa di continuo, convinto com'è che ci sia qualcosa che non va in me, in noi, e che lui debba sistemarla. È da due mesi che andiamo dal consulente matrimoniale, eppure il nostro matrimonio è a posto. Il problema sono io, sono troppo chiusa, troppo riservata. Questo è quel che sostiene lui, ma io sono sempre stata così, non so perché ora la cosa lo infastidisca.

In realtà lo so, è stato Aidan stesso a dirlo nell'ultima seduta: gli sembra che io non sia felice al suo fianco. Ma io lo sono, non sono scontenta di lui.

Sei felice?

Sì, sono felice con te.

Sei contenta di te stessa?

Dio, Aidan, inizi a parlare come uno di quei consulenti.

Sì, lo so, ma tu sei contenta di te stessa?

Sì, sono contenta. Mi piace il mio lavoro, amo i miei bambini e amo te.

Sì, ma ancora non hai parlato di te.

Credi che il mio lavoro, i miei figli e mio marito non siano parte di me? grido.

Che ne so. Rilassati, era solo una domanda, sei stressata.

Sono stressata perché tu continui a fare domande. Okay, bene, se vuoi giocare, giochiamo. Mi chiedi se sono contenta di me? Sì, per lo più sì, ma sono stanca, esausta, mi alzo alle sette, preparo la colazione, i cestini del pranzo, porto i bambini a scuola, vado al lavoro, vado a riprendere i bambini, mangio, li accompagno alle varie attività pomeridiane, cucino la cena, mi faccio un bagno, vado a letto e dormo. E poi di nuovo da capo. Pane, burro, prosciutto, formaggio, taglia a metà. Snack all'uvetta. Avanti con il prossimo.

Però non ci si può fare niente, no? I bambini devono andare a scuola, e tu al lavoro.

Tutto qua, perciò smetti di chiedere.

Ma vorresti cambiare lavoro?

No! Mi piace il mio lavoro.

Sicura?

Sicura? Sì, mi piace, magari non molto negli ultimi tempi.

E un'altra cosa: mi piacerebbe perdere i chili che ho messo su dopo Alfie. Tre chili. Ho le tette piene di grasso, voglio farlo sparire. Voglio riuscire a fare le spaccate in spiaggia con indosso un bikini mentre siamo lì e tutti mi stanno guardando.

E allora fa' un po' di esercizio.

Non ho tempo.

Sì che ce l'hai, di sera. Io sono a casa, tu potresti uscire, andare a camminare con le altre signore del quartiere.

Non voglio fare nessuna cazzo di passeggiata con quelle cazzo di signore in giro per questo cazzo di quartiere. Non fanno altro che spettegolare e sproloquiare, a me non interessa. Smettila di ridere di me, Aidan.

Scusami. Vai in palestra allora, vai a nuotare da sola, non lo fai più.

Di sera, Aidan? Quando sono così stanca che voglio solo sdraiarmi o guardare la TV *sul divano. O stare con te. Perché, se comincio a uscire la sera, quando ci sto con te?*

Resta alzata un'ora in più.

Ma sono già a pezzi così, cazzo.

Okay, okay, smettila di dire tutte queste parolacce.

Scusa. Solo che non voglio chiederti il favore di badare ai ragazzi per andare in palestra, non con tutti i posti in cui potrei andare. Preferirei fare altro, uscire, altrimenti mi sembra un favore sprecato.

È questo che vuoi? Uscire di più? Dici sempre che sei troppo stanca, che non ti va di uscire.

Sì, è così, e sono stanca anche di questa conversazione.

Sto solo cercando di aiutarti, Sabrina, ti amo.

Ti amo anch'io. Davvero, tu non c'entri, non è niente, la stai facendo più lunga di quel che è.

Sei sicura? Non è a causa del…

No, non è per quello. Sono andata oltre, non voglio nemmeno parlarne. Non c'entra e basta.

Okay, okay… ne sei sicura?

Ne sono sicura?

Sì, sì, certo.

Vuoi che faccia di più a casa? Che ti aiuti di più?

No, sei grandioso, fai già più che abbastanza. Ricordi la lista delle faccende domestiche che abbiamo fatto all'ultima seduta? Vai alla grande, fai più di quanto pensassi, sei grandioso, Aidan, la questione non riguarda te.

Ma c'è qualcosa che non va?

Aidan, piantala. No, non è niente. Non c'è niente che non va.

Se c'è, dimmelo, perché con te non si sa mai, Sabrina. Non riesco a capirti. Sei così silenziosa. Ti tieni tutto dentro.

Perché non voglio far sembrare le cose più grandi di quello che sono, perché non c'è niente che non va, perché stai facendo un dramma quando in realtà va tutto bene. Sono solo stanca, nient'altro, prima o poi i ragazzi cresceranno e io non sarò più esausta.

Okay. Venerdì li porto in campeggio così puoi avere la giornata per te, riposare dopo il lavoro. Non alzare nemmeno un dito, non fare niente, okay?

Okay.

«Mi dica, che cosa ha scoperto?» mi chiede il dottor Loftus.

Il dottor Superfigo, per usare le parole di Lea, stava per staccare quando mi sono tuffata in piscina, ma si è sparsa la voce e lui è venuto a vedere come sto. Sebbene lo apprezzi, spero di non dovergli pagare la seduta. Racconto al dottor Loftus tutto quel che ho scoperto oggi su papà, sulla sua doppia vita, ma mi chiedo quanto già ne sappia, visto che nell'ultimo anno ha parlato con Cat e con i fratelli di papà. Forse sono io l'unica a essere all'oscuro di tutto. Ora so come ci si sente a essere papà, che cosa si prova quando gli altri attorno a te sanno cose che non sai: turbati. Non ho più punti di riferimento. E credo che ciò che mi fa soffrire di più sia il fatto che esista una versione della sua vita in cui io non c'ero, per una sua scelta. Deglutisco il nodo in gola prima di continuare.

Il dottor Loftus è tranquillo.

«Lei era a conoscenza di tutto questo?» chiedo.

Lui ci riflette con calma. «Loro sono venuti da me diverse volte nel corso della terapia di Fergus per cercare di collaborare, per darmi informazioni che pensavano dovessi avere su di lui, e che lui però non aveva più, perciò sì, in parte sono a conoscenza di quel che mi ha riferito, ma non so tutto, e certamente non che usava il nome di suo fratello. Questa mi è nuova.» Ci pensa su. «L'ictus provoca spesso amnesie. Lo sa, già ne abbiamo parlato. Si sperimentano confusione e problemi con la memoria a breve termine, ci si ritrova a vagare o a smarrirsi in luoghi familiari, si ha difficoltà a seguire istruzioni semplici... Abbiamo assistito ad alcuni di questi fenomeni in Fergus. L'amnesia può guarire con il tempo, spontaneamente o attraverso la riabilitazione, e abbiamo riscontrato chiari segnali di miglioramento ottenuti grazie all'uso di tecniche che permettono di allenare il cervello. Però...» Si sposta sulla sedia e si protende in avanti, appoggiando i gomiti sul tavolo traballante, con le maniche della camicia arrotolate; ha gli occhi stanchi di chi ha avuto una lunga giornata. «La rimozione, o amnesia dissociativa come la chiama qualcuno, è tutta un'altra cosa. I ricordi repressi sono ricordi ipotetici bloccati dall'inconscio perché associati a elevati livelli di stress o a un trauma. Si tratta di un argomento molto discusso: alcuni psicologi sostengono che sia un fenomeno tipico di chi ha vissuto un evento traumatico, altri contestano questa teoria. Alcuni pensano che i ricordi si possano recuperare tramite la terapia, altri no.

«Pensa che mio papà abbia deliberatamente rimosso i ricordi legati alle biglie?»

Lui si prende del tempo per rispondere, non è un tipo da risposte dirette, sì o no, del resto nella condizione di papà risposte del genere non ce ne sono mai state, e ciò genera stress e confusione. Perché ricorda alcune cose e altre no? Perché in certi giorni e in altri no? L'ictus gli ha danneggiato la memoria, è questa l'unica risposta che ha senso per me.

«Si ricorda di lei, di sua madre, della vita che avete vissuto insieme, della sua infanzia e del rapporto con la sua famiglia, ma nella sua memoria non è rimasta traccia del recente ricongiungimento con i fratelli, di poco precedente all'ictus, e nemmeno della donna di cui era innamorato. Non serba alcun ricordo nemmeno delle biglie.»

«Ma lei, dottore, ha detto che le persone bloccano le cose stressanti e traumatiche. Le biglie lo rendevano felice, proprio come quella donna e i suoi fratelli, a quanto pare.»

«Ma secondo quanto mi ha detto lei, le biglie l'hanno costretto a separare la sua vita in due parti, a diventare due uomini diversi, a vivere due vite diverse. Era di sicuro molto stressato prima dell'ictus, aveva difficoltà economiche, aveva perso il lavoro, e questo stress può essere stato accresciuto dal fatto che stesse cercando di vivere due vite diverse. Questa è solo una teoria, però, Sabrina» mi dice in tono informale, e mi rendo conto che stiamo soltanto parlando *inter nos*, non si tratta di una diagnosi ufficiale. «È tardi, sono stanco e si tratta appunto di un'ipotesi, però se davvero lui imputa alle biglie la responsabilità di tutto lo stress, questo spiegherebbe in parte perché non se le ricorda, nonostante prima lo rendessero molto felice. Per lui all'inizio erano una sorta di evasione, un posto in cui poteva perdersi, poi, con il passare degli anni, lo hanno intrappolato. Forse non vedeva una via d'uscita da quella situazione.»

«Quindi dimenticarsele del tutto è la sua via d'uscita?» Mi sono arrabbiata così tanto con lui, da egoista mi sono sentita così ferita che non ho pensato a quanto dovesse sentirsi sotto pressione lui, anche se era una pressione autoimposta.

«Ripeto, la rimozione è inconscia. Non avrebbe potuto decidere consapevolmente di bloccare quei ricordi, ma per sopravvivere...» Lascia la frase in sospeso.

Penso all'espressione di papà quando gli ho mostrato le *bloodies*: riconoscimento, gioia, tormento, confusione. «Se gli mostrassi le biglie, avrebbero un effetto negativo su di lui? Gli farebbero venire... un altro ictus?»

Lui scuote la testa prima ancora che io abbia finito di parlare. «Non gli verrebbe un ictus, Sabrina. Potrebbe sconvolgersi, ma anche esserne contento» mi informa scrollando le spalle. Non è né un sì né un no.

Ripenso ancora all'espressione di papà che guarda le *bloodies* questa mattina, a come sia passata dall'innocenza alla confusione, a come una parte di lui sia incastrata tra chi è ora e chi ha rimosso, in preda a una lotta interiore. Non voglio causargli altro stress.

«Ha avuto entrambi i tipi di reazione stasera, quando

i suoi fratelli gli hanno mostrato un gioco di biglie: era contento di vederli, e poi è scoppiato in lacrime. Sembra che oggi stesse elaborando qualcosa, che stesse affrontando tutto quanto a un livello inconscio.»

Sta guarendo, penso.

Lea mi aveva riferito che i miei zii erano stati qui, li ho mancati di poco quando sono arrivata e mi sono buttata in piscina. Nel frattempo, papà si è addormentato, esausto.

«Ho trovato le biglie negli scatoloni che sono stati consegnati qui stamattina» gli spiego. «Ne mancano alcune, perciò all'inizio stavo solo cercando di ritrovarle. Valgono parecchio. Ma poi ho finito per scoprire tutto il resto.»

Annuisce, con un'espressione che mi incoraggia a continuare.

Mi copro la faccia con le mani. «O forse sono io che sto uscendo di senno.»

«Certo che no» ride. «Continui.»

«Ho pensato che se avessi trovato tutte le biglie, e poi gliele avessi fatte vedere, la serratura della sua memoria sarebbe magicamente scattata. So che non si può guarire una persona in questo modo, ma... almeno avrei fatto qualcosa per rendermi utile.» Mi scoppia la testa per le rivelazioni che la giornata ha portato, non solo riguardo ai segreti di papà. Ora che scende la sera, anche le mie intenzioni personali stanno venendo a galla, forse perché con il favore delle tenebre mi sento più al sicuro.

«Sabrina, già il fatto di esserci per lui, o di parlargli, lo aiuta. Nessuno sa che cosa scateni il ritorno dei ricordi; può essere una sensazione, un suono, così come uno stimolo indotto, tramite la visualizzazione guidata, la scrittura in stato di trance, l'interpretazione dei sogni, l'esercizio fisico, l'ipnosi. E nel mio campo, la modalità di recupero di quelli rimossi non è mai stata dimostrata, almeno non dalla psicologia tradizionale. Alcuni dei miei colleghi esperti di memoria e processi cognitivi tendono a essere scettici.»

«E lei?»

«Io ho una stanza piena di libri sull'argomento che mi spiegano cosa dire a Fergus, cosa fare con Fergus, ma a dire il vero.» Spalanca le braccia, e sembra così esausto che mi sento in colpa per averlo trattenuto tanto. «Alla fine va bene tutto, basta che funzioni.»

Sto facendo lavorare il cervello alla velocità della luce dato che so che il dottor Loftus se ne andrà da un momento all'altro, per tornarsene a casa, alla sua vera vita, alle sue preoccupazioni. Ho deciso che non voglio tormentare papà mostrandogli la sua collezione di biglie; ognuna di esse è legata a un ricordo e per lui potrebbe essere troppo. Ma voglio che sperimenti di nuovo la gioia che gli davano. «E se gliene compro delle altre, per costruire nuovi ricordi e nuovi momenti felici?»

Lui sorride. «Non vedo che male possa fare.»

«Che ore sono?» Guardo l'orologio. «Quasi le dieci. Chi vende biglie alle dieci di sera?»

Ride. «Ma perché devi risolvere tutto oggi?»

Perché sì, non posso spiegargli il motivo, ma ho una scadenza. Devo sistemare questa faccenda in giornata. Altrimenti? La questione rimarrà senza soluzione per sempre? Domani tornerò sulla ruota del criceto.

Dopo che il dottor Loftus mi ha salutato, guardo come sono conciata. I jeans sono ancora bagnati dopo il tuffo, nonostante abbia cercato di asciugarmi con il phon negli spogliatoi; sotto il cardigan non ho né reggiseno né maglietta, che ho messo in una busta di plastica. Sto cominciando riprendere contatto con la realtà, a realizzare che la missione di salvare papà in un giorno è un'utopia. Domani mi sveglierò, Aidan e i bambini torneranno a casa e verrò completamente risucchiata da loro; questo sogno svanirà, come moltissimi altri obiettivi giornalieri mai raggiunti. Dovrei andare a casa, dormire un po', riposarmi e riprendermi un minimo intanto che Aidan si occupa dei ragazzi. Dopotutto, l'idea era quella. Ma poi l'infermiera Lea si schiarisce la voce sulla porta.

«Il dottor Superfigo se n'è andato?»

Rido.

«Non stavo origliando... Okay, sì, ma non farmi domande.» Mi passa un pezzo di carta ripiegato. «Ho conosciuto un tale su Facebook, in teoria dovevamo andare insieme a una festa, incontrarci di persona per la prima volta... Be', non l'ho conosciuto su Facebook ma su un sito di incontri, comunque se per qualche miracolo divino assomiglia anche solo un po' alla sua foto profilo, me lo sposo domani.» Fa una risata nervosa. «È un artista, lavora il legno. E ha un sacco di amici artisti. Tieni.»

Sul pezzo di carta c'è un indirizzo.

«Che cos'è?»

«Sono impazzita per tuo padre, non ho mai visto nessuno fare tanti progressi in un giorno. Voglio dargli una mano.»

27
Il gioco delle biglie
Riproduzioni, falsi e fantasie

Cat è seduta al tavolo con indosso un vestito bianco e dei fiori dello stesso colore tra i capelli. Sorseggia un bicchiere di vino bianco, getta il capo all'indietro e ride, una risata ammiccante e licenziosa che coinvolge subito tutti quanti. Con lei è così, non è tanto quello che dice a essere divertente, quanto il modo in cui reagisce, davvero spassoso. Sarebbe stupido affermare che sia sempre di ottimo umore, certamente non lo è, tenuto conto che la sua figlia maggiore la fa soffrire così tanto, quella ragazza tormentata non fa che creare problemi, e non è felice se non rende infelice sua madre. A parte questo, o meglio nonostante questo, Cat ha la capacità di mettere da parte i dispiaceri e godersi la vita così come viene, o almeno le cose belle. Non permette mai alle situazioni di accavallarsi, riesce a separare le preoccupazioni. Pur avendo tenuto le mie due vite separate, io non ci sono mai riuscito. I problemi di Hamish O'Neill sono anche i problemi di Fergus Boggs e viceversa. Per esempio oggi, in questa bellissima giornata, Cat dice: «Al diavolo tutti i problemi della vita, godiamoci il presente, questo momento, quel che stiamo facendo ora».

Da un lato la ammiro, dall'altro questa sua capacità mi fa uscire pazzo. Come può ignorarli così, i problemi? Ma in realtà non li ignora, Cat li mette da parte, decide lei quando è il momento di rimuginarci sopra. Io non ce l'ho mai fatta, ci rimugino costantemente finché non spariscono. E dove siamo venuti oggi a ignorare i nostri problemi? A ottomila chilometri da casa, sulla costa della regione vinicola della California, al matrimonio di una carissima amica di Cat. Cinquant'anni lei, sessanta lo sposo; non si può dire che i due siano dei ragazzini e per entrambi non è il primo matrimonio, eppure sembrano due adolescenti innamorati, tanto innamorati l'uno dell'altra quanto io sento di esserlo di Cat quando stiamo insieme. Sembra essere l'anno dei secondi matrimoni, questo è il terzo da gennaio, e in tutte e tre le occasioni mi ricordo del primo di cui ho saputo, dal momento che un tempo la sposa in questione era la mia ex moglie. Non sono stato invitato al matrimonio di Gina, ma mi ha colpito lo stesso moltissimo. Non mi aspettavo un invito, da quando ci siamo separati, cioè da quindici anni, io e lei non siamo mai riusciti ad avere un rapporto cordiale; tuttavia, nonostante abbia avuto dei fidanzati dopo di me, ho sempre continuato a considerarla mia moglie, mentre ora è quella di qualcun altro, e io inevitabilmente ripenso a tutto quello che ho sbagliato, a quanto è stato bello all'inizio, a come la ammiravo, la adoravo e a come non volevo far altro che compiacerla. È stato questo che ha rovinato il nostro rapporto, che ha rovinato me. Perché non sono riuscito a vederla per quella che era, sapendo che lei mi amava così com'ero? Per quanto avessi provato a cambiare, di fondo ero sempre rimasto lo stesso e lei mi ha amato comunque.

Per un po' almeno. Quella giovane donna dolce, con il viso pieno di lentiggini, ormai non esiste più, al suo posto c'è una donna sprezzante che scatta per ogni minima cosa. Sono stato io a farla diventare così? È tutta colpa mia?

Siamo nella contea di Santa Barbara, è luglio, si soffoca dal caldo. Cat, che è nel suo elemento, si sta abbronzando sotto il sole cocente, è senza scarpe, muove le dita curate dei piedi, la scollatura ampia e abbronzata sobbalza quando ride. È il sole della mia vita, eppure più lei brilla sopra di me, più avverto l'ombra che proietta alle mie spalle. Il tempo sta scadendo. Mi sono messo al riparo dal sole, non sopporto la calura. Ho la camicia bianca completamente fradicia, perciò non posso togliermi la giacca, e quindi sento ancora più caldo. Sto all'ombra più che posso, bevo litri d'acqua, ma non ho mai pesato tanto quanto ora: sono in sovrappeso di venticinque chili. Sudo, sono a disagio, ho le palle roventi, le cosce appiccicose, la camicia mi stringe il collo. Il tizio che si è buttato a sedere accanto a me e che indossa un abito bianco casual e un cappello dello stesso colore mi racconta di essere un mercante d'arte; non fa altro che parlarmi nel dettaglio di tutti i campi da golf in cui ha giocato in giro per il mondo, e io gli vorrei dire di chiudere quella cazzo di bocca, di starsene zitto. Ma mi trattengo, lo faccio per Cat. Ho fatto l'errore di accennare al fatto che giocavo a golf, cosa che un tempo facevo davvero, anche se mi sembrano passate molte lune da allora. Lo facevo più che altro per lavoro quando ero un consulente finanziario, per sapere cosa bolliva in pentola. Ho dovuto vendere le mazze da golf e disdire l'iscrizione al club perché non riuscivo a pagare la quota associativa e perché ormai non ho più tempo per divertirmi. Tutti quelli con cui giocavo hanno fatto lo stesso e hanno investito in abbigliamento sportivo e in una bici per fare un giro la domenica. Sentir parlare di uno sport a cui ho dovuto rinunciare non migliora per niente il mio umore.

Nemmeno ci volevo venire qui. Non ne avevo voglia

già quando Cat mi ha parlato dell'invito. Gliel'ho proprio detto, ma lei si è impuntata, ha insistito per pagare lei. Se in luna di miele, da ragazzo, non mi era importato che qualcuno pagasse per me, adesso sì che mi importa. Non voglio che qualcun altro mi finanzi, voglio cavarmela da solo, ma in effetti non potevo permettermi il volo e, ora che sono qui, non posso permettermi proprio niente di niente. È Cat che paga tutto. Ogni gesto, ogni gentilezza mi fa sentire solo peggio, come se mi fossero state tranciate le palle. Tra l'altro, la compagnia in questo posto è orrenda. Dopotutto, sono certo che anche lei stia desiderando di avermi lasciato a casa.

Cat mi lancia un'occhiata e scorgo preoccupazione nel suo sguardo. Mi stampo in faccia un sorriso fintamente allegro e mi sventolo con gesti esagerati per farle capire perché sono qui all'ombra. Lei mi sorride e riprende a parlare, io mi sforzo persino di alimentare la conversazione molto animata con il mercante d'arte, così quando lei mi guarda di nascosto, pensando che non me ne accorga, vedrà che mi sto divertendo.

Nel bel mezzo di una discussione su un par all'ottava buca di Pebble Beach, il telefono mi vibra in tasca. Sono felice di scusarmi e scomparire dentro la reception del vigneto in cui c'è l'aria condizionata. Lontano dalla vista di tutti, mi tolgo la giacca e mi siedo. È il messaggio che aspettavo. Sonya Schiffer, una donna che ho contattato mesi fa, non appena ho saputo che sarei venuto a Santa Barbara. Parlare con lei senza dirlo a Cat mi ha fatto sentire come quando organizzavo serate fuori o notti in albergo di nascosto da Gina, ma adesso, oltre quell'antica sensazione, provo anche un certo senso di colpa. La mia coscienza ha fatto progressi da quando ho conosciuto

Cat, ma non sono riuscito a far sparire il bisogno che ho di andarmene e incontrare quest'altra donna. Rifletto su come potrei svignarmela da qui, avevo un piano d'azione, ma devo riconsiderarlo. L'hotel è più lontano di quanto pensassi, non sarà facile andarmene, devo prendere un autobus o farmi dare un passaggio da qualcuno, ma se fingo di stare male sono sicuro che Cat insisterebbe per venire con me. Presto attaccheranno a suonare e Cat adora ballare. Passerà tutta la sera a farlo con chiunque, senza sosta, come sempre. Balla benissimo e di solito resto a guardarla, ma forse sarà proprio quello il momento giusto per la fuga. Nemmeno una mandria di cavalli selvaggi riuscirebbe a trascinarla via dalla pista, io potrei dirle che sto accusando il jetlag o che mi sento lo stomaco sottosopra, dopotutto come antipasto ho mangiato le ostriche.

La nostra pensione è a venti minuti da qui, l'hotel in cui devo incontrare Sonya a Santa Barbara è a quaranta minuti di strada. Devo tornare alla nostra pensione, prendere la macchina e tornare in città. Ce la posso fare? Riuscirò a incontrare Sonya e a tornare in tempo? Prima che il matrimonio sia finito e che Cat si accorga che sono sparito? Non lo so, ma prima vado più possibilità ho di riuscirci. Quando Cat vede che mi avvicino assume un'aria preoccupata. Mi sfrego la pancia e le spiego, in fretta, che ho bisogno del bagno di camera nostra. Sa che non mi piace usare quelli pubblici. Le dico che non starò via molto, che devo anche cambiarmi la camicia e che tornerò in tempo per ballare. Ovviamente lei vuole prendersi cura di me. Cat è premurosa, ma, avendo vissuto per vent'anni da sola, ama anche avere il suo spazio e capisce quando deve darne agli altri, perciò riesco ad andarmene dalla festa. Mi faccio una doccia veloce, mi metto una camicia e dei pantaloni puliti, prendo il mio borsone e vado a Santa Barbara.

Arrivo al motel, il luogo dell'incontro, parcheggio la macchina e salgo le scale fino al secondo piano. Le porte delle camere in fondo al corridoio sono tutte aperte per le contrattazioni, come mi avevano anticipato. Capisco al volo chi è Sonya, la riconosco dalla foto e anche perché è l'unica donna. A settantaquattro anni ha pubblicato due libri sulle biglie, uno dedicato al gioco e uno al collezionismo, ed è una degli esperti principali del settore. Le ho chiesto di valutare le mie biglie, o meglio, gliel'ha chiesto Hamish O'Neill; e dopo aver visto delle foto della mia collezione, ne è stata abbastanza incuriosita da accettare di incontrarmi. Nonostante pesi più di centotrenta chili e abbia l'artrite a entrambe le ginocchia, è circondata da fanatici ansiosi di avere un minuto del suo tempo. Ma non appena entro nella stanza, non ha occhi che per me. Come me, vuole parlare subito di affari. Le quattro stanze su questo piano sono dedicate tutte alle contrattazioni, qui si può trattare, scambiare le biglie e stimarne il prezzo. Sono già stato a convegni sulle biglie come Hamish O'Neill e mi è sempre piaciuto anche solo il fatto di essere circondato da persone appassionate di biglie tanto quanto me. Vedere i loro occhi illuminarsi alla vista di una *cobra* della Guinea in perfette condizioni, o di una biglia trasparente a strisce, di un vortice esotico, o persino di una scatola da esposizione che non hanno mai visto prima, per lo meno non dal vivo, mi ricorda che non sono l'unico a essere affascinato da questo mondo. Alcune di queste persone sono persino più fuori di testa di me, la loro vita e i loro risparmi sono interamente dedicati a collezionare biglie, nemmeno ci giocano. Tuttavia, a questi incontri mi sento sempre tra amici, è come se qui potessi essere davvero me stesso, pur utilizzando il nome di mio fratello.

Possedevo i libri di Sonya da prima di contattarla. Ne avevo comprato uno in particolare con cui speravo di riuscire a valutare da solo la mia collezione, ma ben presto mi ero accorto che potevo facilmente commettere qualche errore. Quindi, l'avevo contattata su internet, dal momento che è una delle collezioniste migliori sulla piazza. Non ho portato qui tutta la mia collezione, non potevo né permettermi di pagare un sovrapprezzo per il bagaglio né tantomeno di infilare troppe biglie nel borsone senza che Cat sospettasse qualcosa. Ho portato solo quelle che penso valgano di più, ma non per venderle... L'ho già spiegato a Sonya Schiffer. Non so se le venderò mai, ho sempre pensato che non l'avrei fatto, ma forse quel momento si sta avvicinando. Le banche mi stanno con il fiato sul collo a causa di un appartamento che possiedo a Roscommon, uno stupido investimento in un condominio nel mezzo del nulla che all'epoca era costato troppo e che ora non vale più niente. La scuola, il centro commerciale e tutte le altre strutture previste nei progetti iniziali non sono mai state realizzate, perciò non riesco ad affittare l'appartamento, figuriamoci a venderlo, e mi trovo nella difficile posizione di dover pagare il mutuo con i mezzi che ho.

Devo iniziare a raccogliere i cocci e vedere quale asso nella manica mi rimane.

Nonostante sia venuto in macchina e debba poi ritornare sempre con lo stesso mezzo, Sonya insiste per bere un bicchiere di whisky insieme. Ho la sensazione che la mia risposta possa influire pesantemente sulla sua disponibilità a valutare le mie biglie. È venuta qui per passare una serata fuori, non perché le si mettesse fretta. Posso preoccuparmi della macchina domani, inventare una scusa per Cat, ancora non so quale. Escogiterò qualcosa.

«Santo cielo, ma che bella collezione che hai qui» mi dice Sonya mentre ci sediamo a un tavolo. La gente ci vortica attorno, tutti parlano, si scambiano pezzi, giocano, osservano Sonya all'opera, ma la mia mente non le registra. Non le tolgo gli occhi di dosso: è enorme, così tanto che il suo culo straborda da entrambi i lati della sedia. Sonya crede che io sia Hamish O'Neill, il vincitore del campionato del mondo del 1994, miglior giocatore individuale dello stesso anno. Per un po' vuole parlare di questo, e a me non dispiace rievocare i miei giorni di gloria, dal momento che ci sono pochissime persone con cui posso parlarne. Le racconto tutti i dettagli, le dico di come abbiamo massacrato alla grande i tedeschi e della rissa da bar scoppiata subito dopo tra Spud, un membro della mia squadra, e uno dei giocatori tedeschi. A placarla sono intervenuti gli americani. Ridiamo della cosa e capisco che è rimasta colpita, poi torniamo alle biglie.

«Ho comprato il tuo libro per valutarle da me, ma ho capito in fretta che la valutazione è un'arte che io non padroneggio» le dico. «Ho scoperto che là fuori ci sono più riproduzioni di quante pensassi.»

Lei mi guarda intensamente. «Non mi preoccuperei troppo delle riproduzioni, Hamish. Nel mondo dei collezionisti le riproduzioni non sono una novità. Le *sparklers* e le *sunburst* erano un tentativo di imitare le *onionskin*, le occhi di gatto la riproduzione di un particolare tipo di vortici. Le *bricks*, le *slags*, le biglie della Akro, quelle di corniola e le *ades* volevano imitare le pietre tagliate a mano, eppure tutte, a parte le occhi di gatto ovviamente, sono comunque da collezione.»

Sorrido e ripenso alla battuta che ho fatto a Cat, quando le ho detto che lei non era un pezzo da collezione, nonostante sia la persona più preziosa della mia vita, e Sonya mi guarda da sopra gli occhiali, che tiene calati sulla punta del naso. Mi osserva, come se stesse valutando me e non le biglie, che fa ruotare con una lente d'ingrandimento da 10x tra le sue ditone grasse, alla maggior parte delle quali porta anelli d'oro strizzati dal lardo. Non se li leverà mai quei cosi. «In ogni caso tutti, chi più e chi meno, imitano qualcosa.»

Deglutisco e penso che quella sia una valutazione diretta alla mia persona, come se sapesse che non sono Hamish O'Neill, anche se non è possibile.

Dopo aver esaminato le biglie per un po', mentre io mi scolavo fin troppo whisky, alla fine parla: «Alcune sono effettivamente riproduzioni e questa... su questa c'era una crepa che è stata aggiustata, vedi quelle minuscole increspature e la nebulosità all'interno?».

Annuisco.

«Si formano quando il vetro viene scaldato una seconda volta. E qui hai alcuni pezzi fantasia» mi dice, spostando tutto quanto. «Sono oggetti di cui non esiste una forma originale. Per esempio, custodie in polivinile con vecchie etichette» sembra disgustata, «ma in generale sei messo bene, hai buon occhio.»

«Lo spero. Staremo a vedere, no?»

«Sì.» Guarda la collezione e fa una risata, ansimante. «Spero che tu abbia tempo, perché ci servirà tutta la notte.»

Sono le quattro del mattino quando un tale di nome Bear mi riporta alla pensione su un pick-up e poi sfreccia via. A malapena mi reggo in piedi dopo essermi scolato una bottiglia di whisky con Sonya, cerco di concentrarmi sul vialetto davanti a me e cado tra le viti con la mia borsa piena di biglie. Mi rialzo ridendo e barcollo avanti.

Quando il pick-up è passato davanti alla vigna, ho notato sorpreso che il matrimonio si era concluso e che non c'era nemmeno un ospite in giro, nemmeno la mia Cat. Strano per un matrimonio irlandese, ma mi sa che qui non siamo in Irlanda e avrei dovuto immaginarlo che sarebbe finito presto, considerando quanto erano tradizionali gli invitati. Entro nella pensione inciampando e beccandomi occhiate furenti da parte del proprietario che mi ha dovuto aprire a quest'ora, e mi incammino verso le scale urtando stipiti e mobili. Quando arrivo alla camera, come per magia Cat apre la porta, le si legge in faccia che è delusa.

«Dove diavolo sei stato?»

Ecco, l'ho fatto di nuovo. Non importa cosa penso di me, non importa se penso di poter cambiare, finisco sempre per far soffrire le persone. L'Hamish che è in me esce allo scoperto, ma non posso più dare la colpa a lui, e a dire il vero non è mai stato giusto farlo. È colpa mia, è sempre stata colpa mia.

28
Regolamento della piscina

Vietato bere alcolici

Aspetto in auto che Lea si prepari per la festa. Alzo al massimo il riscaldamento, cercando di far asciugare i jeans, che mi si attaccano alle gambe. Tiro di nuovo fuori l'inventario dalla borsa e lo rileggo, esaminando i ricordi di una vita di papà, catalogati con un'ordinata calligrafia. Scorro le fotografie che ho fatto all'articolo appeso al muro dell'Occhio di Gatto. La foto è sgranata e papà si sta nascondendo in ultima fila, ma non c'è dubbio che sia lui. Per la prima volta noto la data sul giornale.

Chiamo mamma, che risponde quasi subito, nonostante sia molto tardi.

«Mamma, ciao, spero di non averti svegliata.»

«Niente affatto, siamo ancora alzati a bere vino... Robert è ubriaco e sta twittando con la NASA» ride mentre in sottofondo sento suo marito urlare qualcosa in proposito di alcuni alieni che lo salutano dalla luna. «Siamo fuori sul balcone a guardare la luna, non è magnifica? Avrei dovuto saperlo che saresti rimasta sveglia, sai che non riuscivi mai a dormire da piccola quando c'era la luna piena? Sgusciavi sempre fuori dal letto. Ricordo che una notte Fergus ti ha portata di sotto per farti una cioccolata calda e vi ho trovati entrambi seduti al buio, al tavolo della cucina; lui dormiva, tu guardavi la luna.»

È stata tutta colpa della luna.

Sorrido immaginando quella scena. «Non sono cambiata molto.»

«I bambini si sono divertiti oggi?» mi chiede.

«Tantissimo.»

Ride. «E sono certa che ti sia divertita anche tu. Sarà stato bello aver avuto la giornata tutta per te, non capita spesso.»

Silenzio.

«Tutto bene?»

«Ti ricordi la festa del mio tredicesimo compleanno? C'era un tendone nel giardino sul retro, vero?»

«Sì, c'erano circa trenta persone, il catering, i fuochi d'artificio.»

«Papà c'era? Non me lo ricordo.»

«Sì che c'era.»

«Allora quel giorno non era via?» L'articolo di giornale riporta la data del mio compleanno, ma parla del campionato che si era concluso il giorno prima.

Mamma sospira. «È stato tanto tempo fa, Sabrina.»

«Lo so, ma tu ti ricordi?»

«Certo che c'era, è in tutte le foto, no?»

Ora sì che me lo ricordo. Io avevo la minigonna e i tacchi alti, sembravo una puttanella. Non riesco a credere che mamma mi avesse permesso di vestirmi così, anche se so di non averle lasciato molta scelta.

«E il giorno prima?»

«Cosa hai scoperto, Sabrina? Sputa il rospo» sbotta.

Vengo presa alla sprovvista dalla sua freddezza.

«Sospettavo» dice lei, riempiendo il mio silenzio, «che lui mi tradisse, che fosse via con qualcuna, cosa che tu probabilmente stai per confermarmi. Mi aveva detto che era a Londra per una conferenza, ma quando chiamai l'hotel non trovai nessuna prenotazione a nome suo. Mi era già venuto qualche sospetto, più che altro perché era sempre così furtivo, diceva di andare in posti in cui poi scoprivo che non andava. Si comportava spesso così. Tornò a casa il giorno del tuo compleanno. Lo affrontai, adesso non mi ricordo bene, ma lui riuscì come sempre a salvarsi la pelle. Mi ha fatta sentire una pazza, come ogni volta. Perché? Cosa hai scoperto? Chi era lei? Era quella Regina? Dio solo sa se non ce ne sono state chissà quante, ma Fergus non ha mai ammesso nulla finché non è arrivata lei. Continuo a pensare che stessero insieme da prima che ci separassimo.»

«Non penso che fosse con un'altra donna, mamma. Aveva una storia d'amore clandestina, ma non del tipo che pensi tu.» Inspiro a fondo. «Era al campionato mondiale di biglie. La sua squadra, gli *Electric Slags*, aveva vinto. Un giornale pubblicò una foto e un articolo sulla loro vittoria il giorno del mio compleanno. Nella foto lui è nascosto in ultima fila, ma l'ho riconosciuto lo stesso.»

«Cosa? Il campionato di biglie? Di che cavolo stai parlando?» Sta biascicando, per cui non penso che questo sia il momento migliore per discutere la faccenda con lei. Mi sono sbagliata, avrei dovuto aspettare, ma non potevo.

«Te ne ho già parlato, mamma, ha giocato a biglie per tutta la vita a livello agonistico. In segreto. E le collezionava anche.»

Lei rimane in silenzio; ha molto da elaborare, ne sono certa.

«È lui nella fotografia, ma usava un nome diverso: Hamish O'Neill.»

La sento trattenere il respiro. «Dio santo! Hamish era suo fratello, il più grande, quello che è morto quando Fergus era ragazzo. Lui non ne parlava molto, ma ho saputo un paio di cose su di lui nel corso degli anni. Fergus lo idolatrava. O'Neill, invece, è il cognome da nubile di sua madre.»

Allora Mattie aveva ragione, c'entrava Hamish. Lui era morto usando il nome di papà e in cambio papà aveva assunto la sua identità.

Non so se scoprirò mai davvero perché, ma non sono sicura di averne bisogno.

«Hamish O'Neill vinse anche il premio come miglior giocatore individuale. Ho incontrato la sua squadra, dicono tutti che papà è Hamish.»

Mamma rimane in silenzio. Le ho dato dei gran bei spunti di riflessione, non riesco nemmeno a immaginare cosa le stia passando per la testa mentre cerca di individuare e rimettere insieme i pezzi del puzzle.

«Mamma?»

«E l'ha vinto il giorno prima del tuo tredicesimo compleanno?»

«Sì.»

«Ma perché non me l'ha detto?»

«Non l'ha detto a nessuno» replico. «Né alla famiglia né agli amici.»

«Ma perché?»

«Credo che stesse cercando di mantenere in vita suo fratello in qualche modo, di onorarlo, in un certo senso. Suppongo pensasse che nessun altro avrebbe capito, che tutti lo avrebbero considerato strano.»

«E infatti lo è» sbotta lei, poi sospira e si calma. Dopo, come se si sentisse in colpa, aggiunge: «È un bel pensiero però, onorare la sua memoria». Silenzio. «Ma con chi cavolo sono stata sposata io?» mi chiede sottovoce.

Non so cosa rispondere, ma so per certo che non voglio che mio marito si chieda la stessa cosa di me.

Lea si siede con calma sul sedile posteriore con indosso un vestito aderente color carne e una giacca di pelle nera; si è messa il profumo e si è truccata per bene: a stento riconosco l'infermiera acqua e sapone che vedo quasi tutti i giorni.

«Troppo?» mi chiede, ansiosa.

Il colore del vestito la fa sembrare nuda. «No» le rispondo, mettendo in moto la macchina. «Allora, dimmi un po' dove stiamo andando.»

«Ne sai più o meno quanto me.»

Le lancio un'occhiata di ammonimento. «Lea.»

«Che c'è?» Ride. «L'ho conosciuto online, si chiama Dara, è delizioso. Non ci siamo incontrati di persona, ma sai com'è...» Scrolla le spalle.

«No, non lo so com'è, dimmelo tu.»

«Be', ci siamo conosciuti su un sito di incontri e ci siamo sentiti su Skype un paio di volte. Insomma, lo sai» ripete, come dovessi capire qualcosa.

«No, non lo so. Che c'è?»

Lei continua a fissarmi, facendomi dei cenni col capo e sperando che mi si accenda una lampadina nel cervello, e in effetti funziona.

«Oh!» esclamo all'improvviso.

«Bene, ci sei arrivata.» Guarda di nuovo davanti. «Perciò siamo già abbastanza intimi, anche se in realtà non ci siamo ancora incontrati.»

«Ci hai fatto sesso via Skype e sei nervosa perché lo devi incontrare?» Rido.

«La mia fotocamera ha un filtro» mi spiega. «Io dal vivo invece no.»

«E che fa questo misterioso Dara per sapere dove possiamo trovare delle biglie alle undici di sera?»

«Intaglia il legno, fa sedie, tavoli, mobili. La festa è nel suo studio e mi ricordo che ha detto che ci sarebbe stato un vetraio.»

Sono un po' dubbiosa.

Troviamo l'indirizzo della festa in onore della luna piena che Dara le ha dato e fissiamo il posto in silenzio, ferme dall'altra parte del fiume, ciascuna persa nei propri pensieri, anche se probabilmente stiamo pensando la stessa cosa. Ci hanno prese in giro.

L'indirizzo è quello di un parcheggio multipiano. Si trova nel cantiere fantasma di un vecchio centro commerciale sventrato che doveva lasciare il posto a uno più all'avanguardia, da settanta milioni di euro e con tanto di cinema, che non è mai stato realizzato, perciò il parcheggio se ne sta nel mezzo di una landa desolata, lontano da qualsiasi attività che lo potrebbe sfruttare. La luna, grande e piena, splende sopra l'edificio, guidandoci come la Stella Polare, osservando i nostri progressi con sguardo materno. Tuttavia, non riesco a fare a meno di pensare che adesso stia ridendo di noi.

Ci ritroviamo davanti a un enorme mostro di cemento vecchio stile, brutti mattoni rossi, soffitti bassi e stretti, per niente simile agli spaziosi parcheggi moderni, pieni di luce. Si eleva su otto piani, ma non c'è neanche un'auto. A metà dell'edificio, al quarto piano, un bagliore filtra dalle griglie metalliche.

«A quanto pare c'è qualcuno in casa» scherza Lea, facendo dell'ironia.

«Non senti odore di fumo?» chiedo.

Lei annusa e annuisce.

«E la musica?»

Il suono è tenue, ma arriva effettivamente dal quarto piano, è un basso ritmato e lento.

Nessuna di noi due si muove.

«Allora forse questa *è* una festa» le dico. «Pensi che sia pericoloso?» Siamo in una zona periferica della città che avrebbe dovuto prosperare ma che invece è stata abbandonata, e poi lasciata a morire. Siamo qui su invito di un tizio che a quanto pare è un bravo artigiano, conosciuto da Lea su internet. Mi chiedo se la nostra buona sorte per oggi non si sia esaurita.

Il sito è circondato da una recinzione, una di quelle di legno che si trovano nei cantieri, troppo alta da scavalcare, a meno che non ci siano dei buchi da cui passare. Giriamo attorno all'intera struttura e troviamo un punto in cui che è stata aperta, un invito a entrare. Oltrepassiamo caute la recinzione, poi la sbarra accanto a cui delle auto fantasma ritirano i biglietti per il parcheggio, e ci addentriamo nell'oscurità. Il pianoterra è completamente ricoperto di graffiti, ogni singolo centimetro dei muri di cemento e dei pilastri portanti è stato decorato con bombolette spray. Non mi concentro troppo sugli angoli bui, non voglio soffermarmi più del necessario, devo continuare a muovermi. Seguiamo i cartelli che indicano le scale, meglio lasciar perdere gli ascensori, che comunque suppongo non funzionino; anche se così non fosse, non sono interessata.

Tutti i film dell'orrore che ho visto in vita mia mi hanno insegnato che è meglio non ritrovarmi in un parcheggio da sola, nel cuore della notte, o persino durante il giorno, eppure eccomi qui, ad agire in barba a ogni mio istinto di sopravvivenza. Il suono della musica e delle risate si fa più forte man mano che ci inerpichiamo silenziosamente su per le scale, non vogliamo far rumore per non allertare i presenti. Si sente il ronzio delle chiacchiere e quel rilassante giro di basso continua a vibrare, c'è vita lassù, e a quanto pare non stiamo andando incontro a urla raggelanti, spari e sfide di ballo tra gang. Quasi mi aspetto di trovare una comunità di senzatetto con i computer connessi a Skype; e sono già pronta a darmela a gambe, a consegnare i soldi, il telefono, qualsiasi cosa, nel caso fossero arrabbiati per la mia intrusione.

Lea si prepara, si guarda un'ultima volta nello specchietto e si riapplica il rossetto pesante, grazie al quale pare una che si è fatta delle iniezioni di collagene; poi scuote la chioma e apre la porta.

Rimango a bocca aperta di fronte allo spettacolo che troviamo all'interno. Dovunque guardi vedo alberi, una stupenda vegetazione rigogliosa che copre il cemento grigio, spuntando da bellissimi vasi in stile spagnolo e messicano con fantastici mosaici. Tra un albero e l'altro sono appese delle lucine, e alcune candele illuminano il meandro di sentieri tra le piante. Ci sembra di essere arrivate nel paese delle meraviglie, nascosto nel cuore di un mostro di cemento. Grigio e verde, buio e luce, artificiale e naturale. «Ciao, ragazze» ci dice un tizio accanto a noi e ci voltiamo sorprese. «Posso vedere i vostri inviti, per favore?»

Apriamo la bocca e poi la richiudiamo, visibilmente sconcertate.

«Lei è ospite di Dara» dico infine, visto che Lea non spiccica una parola.

«Oh, grande!» Si alza in piedi. «Seguitemi. Scusatemi

per la storia dell'invito, è colpa di Evelyn, ci tiene parecchio dopo quel che è successo l'anno scorso. A quanto pare ci sono stati un sacco di imbucati e le cose ci sono un po' sfuggite di mano.»

Lo seguiamo per un sentiero tortuoso attraverso gli alberi, e a me sembra di stare in un sogno.

«L'avete fatto voi tutto questo?» chiedo.

«Sì, figo, vero? Evelyn è appena tornata dalla Thailandia, dove dava feste per la luna piena praticamente ogni giorno. Qui non siamo proprio in Thailandia, perciò il tema della festa è la giungla urbana.»

Il sentiero finisce aprendosi in quello che sembra un soggiorno: dal soffitto pende un gigantesco candelabro di vetro lavorato, sul quale sono disposte grosse candele con la cera che cola lungo i lati. Sul pavimento ci sono un grosso tappeto persiano e svariati divani di consunta pelle marrone, sui quali siedono più o meno una dozzina di persone che chiacchierano come se si trovassero a una festa in casa. Si sente della musica, la stessa musica rilassante e a volume non troppo alto che avvertivamo dall'altra parte del fiume, e una ragazza simile a una ninfa con indosso una tutina aderente coperta di lustrini balla a occhi chiusi, muovendo le dita nell'aria come se stesse suonando un'arpa invisibile. Alcuni alzano lo sguardo per vedere chi siamo, molti non ci degnano nemmeno, sono solo un gruppo di amici che si limita a squadrarci e a salutarci con un sorriso. Ne fanno parte persone di tutte le età che hanno un'aria da artista, molto figa, molto alternativa, tutto l'opposto mio e di Lea, la madre di famiglia e l'infermiera Kardashian.

«Eccolo lì» mi dice, indicando rapidamente qualcuno. Lea sfreccia da Dara e i due si abbracciano. Un momento dopo, sempre avvinghiata a lui, Lea mi grida: «Marlow».

Faccio segno di sì. Marlow. Sono qui per vedere Marlow.

«Marlow» lo chiama Dara, poi fa un fischio e un cenno nella mia direzione. Un tizio stupendo, seduto in mezzo agli altri sul divano, alza lo sguardo. Indossa jeans neri attillati, una maglietta color carbone e scarpe da lavoro; ha un fisico perfetto: braccia toniche e lunghi capelli neri che da un lato sono pettinati dietro l'orecchio, dall'altro gli ricadono sul viso. È identico al Johnny Depp di vent'anni fa. Socchiude un occhio mentre fa un tiro di sigaretta, in mano ha una bottiglia di birra. Mi osserva, mi squadra da capo a piedi e rabbrividisco per l'intensità del suo sguardo, tanto che non so da che parte rivolgere il mio. Lea scoppia a ridere.

«Buona fortuna!» Mi alza i pollici e va verso il fusto di birra ghiacciata.

Deglutisco a fatica; Marlow sorride, abbandona una bellissima ragazza vestita da farfalla con gli addominali scolpiti decorati da luccicanti gioielli e si ferma proprio davanti a me, un po' troppo vicino, considerando che è un completo sconosciuto.

«Ciao.»

«Ciao.» Sorride e si siede sullo schienale del divano per potermi guardare negli occhi. Pare divertito da me, ma non in senso cattivo.

«Mi chiamo Sabrina.»

Mi guardo attorno e vedo che Lea, con una birra in mano, si sta accomodando su un divano con altre persone. Sembra più rilassata che mai, e cerco di imitarla.

«Cercavo delle biglie... ma è una storia da pazzi» gli dico con un sorriso.

«Be', sei finita nel posto giusto.» Mi sorride. «Perché non andiamo nel mio studio?»

Si alza.

Rido e lui sembra confuso dalla mia reazione, ma si incammina comunque. Lancio un'occhiata a Lea, che mi fa segno di seguirlo. Mi addentro con lui tra gli alberi dall'altro lato della stanza e mi rendo conto che non mi stava mentendo: lungo le pareti del parcheggio ci sono uffici e studi di artisti.

«Ma che posto è questo?»

«L'accademia di belle arti ci lascia lavorare qui, gli è venuta la brillante idea di utilizzare questo spazio. L'obiettivo è avere qualcosa di nuovo su ogni piano, al terzo mostre, al quinto performance teatrali... Noi siamo qui da un anno.»

Apre la porta ed entra nello studio.

Ovunque mi volti c'è del vetro che brilla alla luce della luna.

«Wow, è bellissimo!» Mi guardo attorno, incapace di trattenermi, sono circondata da capolavori realizzati in vetro, brocche, bicchieri, vasi, lastre, lampadari... una miriade di colori stupendi, alcuni oggetti sono fatti di pezzi rimessi insieme per formare creazioni mozzafiato.

Marlow è seduto su un bancone con le gambe a penzoloni, intento a osservarmi.

«Fai anche biglie» dico, scorgendo una vetrinetta in un angolo, dove scintillano dei piccoli globi. All'improvviso mi batte il cuore all'impazzata.

Tolgo la borsa dalla spalla e prendo l'inventario, mi sento ardere dentro. Vado da lui e gli porgo il raccoglitore. «Mio padre era un collezionista. Tra le sue cose ho trovato quest'inventario, e un sacco di biglie, ma mancano due pezzi della collezione.» Cerco di arrivare in fretta alla pagina in cui sono elencate le biglie smarrite ma lui mi ferma, mettendo una mano sulla mia e tenendomela stretta mentre legge alla sua velocità.

«Incredibile» commenta, dopo un po'.

«Lo so» dico, orgogliosa e incerta, osservando la sua mano che stringe la mia come se non se ne rendesse nemmeno conto, come se fosse la cosa più naturale e normale del mondo. Gira una pagina dopo l'altra, facendomi scorrere le dita sulle nocche e rendendomi nervosa e al tempo stesso eccitata. Sono una donna sposata, è quasi mezzanotte e non dovrei stare mano nella mano con questo tizio figo e affascinante, però ci sto e non voglio mollare la presa. Lui si prende del tempo per esaminare l'inventario, mentre le sue dita continuano a carezzarmi dolcemente.

È tutta colpa della luna.

«Bella collezione» dichiara, alzando alla fine lo sguardo. «Quindi era un fan solo del vetro.»

«In che senso?»

«Esistono anche biglie di argilla, di acciaio, di plastica, ma lui colleziona solo quelle di vetro.»

«Oh, sì, non me n'ero resa conto.»

«Ha giusto qualche *steelies*, quelle di acciaio. Però le più belle sono di vetro, fatte a mano» mi informa con un sorriso, «ma mi sa che io sono di parte. Cosa manca?»

Purtroppo, devo lasciare andare la sua mano per sfogliare le pagine e indicargliele.

«Questo. E questo.»

Fa un fischio quando vede il prezzo. «Posso cercare di riprodurle, ma è impossibile che riesca a farle proprio identiche, e lui si accorgerà della differenza» afferma. «Un collezionista del genere se ne renderà subito conto.»

«No.» Deglutisco. «Non è stato bene di recente. A dire il vero, speravo di trovargli nuove biglie, vorrei che si costruisse dei nuovi ricordi.» Non tornare indietro, Sabrina, vai avanti. Fanne di nuovi.

«Con piacere.» Marlow sorride, con un'espressione divertita negli occhi, e io sono costretta a distogliere lo sguardo. «Dunque, Sabrina, vedo che tuo padre aveva cominciato a interessarsi alle biglie contemporanee. Però ne ha solo una, e anche danneggiata... un cuore. Ironico, non trovi? Credo di poter ripartire da qui. Posso farti una biglia d'arte contemporanea. Sono quelle laggiù.»

Mi indica la vetrinetta e rimango incantata dalla varietà di biglie che possiede, sembra un tesoro di pietre preziose. Ci sono così tanti vortici e disegni intricati che il vetro proietta colori e riflessi.

«Puoi toccarle» mi informa.

Apro l'anta, subito attratta da una biglia color cioccolato, simile a una palla da biliardo, e rimango sorpresa nel sentire il suo peso. Queste biglie sono più grandi di quelle della collezione di papà, non sono quelle classiche da gioco, ma le sfumature e le decorazioni sono di gran lunga più intense e complesse.

I vortici e le bolle mi ipnotizzano e, quando le sollevo alla luce della luna, le biglie sembrano avere ancora maggiore profondità, risplendere dall'interno.

«Scelta interessante» commenta lui. «È quella la tua preferita?»

Annuisco, stringendola tra le dita. Mi sembra quasi di percepire il calore del fuoco che cela. «Ma non è per me.» Esamino nuovamente la collezione. «Le adorerebbe tutte, ne sono certa.»

Quando ho iniziato la mia ricerca, non pensavo mi avrebbe condotta qui, eppure sento che sono nel posto giusto, è molto meglio questa soluzione che impazzire cercando delle biglie perdute che probabilmente non troverò mai.

«No, no.» Prende con gentilezza la biglia marrone e mi mette una mano sulla vita mentre la osserva da dietro di me. «Te ne farò una nuova.»

«Ora?»

«Certo, devi andare da qualche parte?»

Lancio un'occhiata fuori dallo studio e guardo Lea, persa negli occhi di Dara; quest'ultimo le sta passando le dita tra i capelli. È quasi mezzanotte, ma comunque tornerei in una casa vuota. In un certo senso, ho bisogno di concludere degnamente questa giornata. Sapere di papà mi ha dato soddisfazione, ma è stato anche sfiancante, estenuante, perciò è necessario che io chiuda il cerchio. Ho aperto una ferita e ho bisogno di qualcosa che la aiuti a guarire. Se non posso completare la collezione di papà, allora devo portare a termine la mia missione personale.

«Quanto ci vuole a farla?»

Marlow scrolla le spalle con noncuranza. «Vedremo.»

Più che camminare scivola sul pavimento, trascina i piedi ma senza far rumore, come se fosse troppo rilassato per sollevarli. Accende una bombola del gas e mi lascia da sola per un attimo, scomparendo dietro gli alberi nel parcheggio e ritornando con una confezione da sei di birra, una canna e uno sguardo malizioso.

La voce di Aidan mi rimbomba nella testa. *È solo che non so se sei felice, Sabrina. Sei distante. Ti amo. Mi hai sentito? Tu mi ami?*

Forse dovrei andarmene, ma se ho imparato qualcosa da questa giornata, è che sono figlia di mio padre. Rimango.

29
Il gioco delle biglie
Metti in banca

Sono seduto di fronte a Larry Brennan, detto Lampy per via del suo hobby adolescenziale di andarsene in giro di notte ad abbagliare gli animali, soprattutto i conigli, facendogli lampeggiare una torcia negli occhi. Aveva uno zio a Meath da cui veniva spedito nel fine settimana; suo papà era un alcolizzato e sua mamma aveva avuto un esaurimento nervoso e non riusciva a stargli dietro, perciò lui veniva mandato da suo zio, mentre sua sorella da sua zia. A lei andava decisamente meglio. I suoi pensavano che trascorrere del tempo dallo zio in questione sarebbe stato meglio che stare a casa, ma si sbagliavano: quel tipo non era molto meglio di suo padre, sembrava solo più responsabile perché non aveva una famiglia di cui occuparsi. Da solo se la cavava abbastanza. Gli piaceva bere, e gli piaceva Larry, un po' troppo a dir la verità, ma credo di essermene reso conto soltanto quando ci ho ripensato da adulto. Larry voleva sempre che andassi con lui, credo che a suo zio non importasse se si portava un amico, ma a me quel tizio non piaceva nemmeno un po'. Si chiamava Tom. Una volta andai con Larry per il fine settimana e, nonostante le numerose avventure e disavventure, la libertà di fare quel che volevamo e di mangiare e bere quel che ci andava a qualsiasi ora, dopo non ci volli tornare mai più. Suo zio non era a posto, avrei dovuto capirlo già allora, ma non fu così.

Abbagliare gli animali era divertente. Larry prendeva il fucile di suo zio e uscivamo nei campi a notte fonda. Io avevo il compito di far lampeggiare la torcia, che era abbastanza potente, e accecare i conigli, mentre lui gli sparava. La metà delle volte non andava nemmeno a recuperarli. Ricordo sempre di aver pensato che mamma ci avrebbe fatto uno stufato grandioso con quei conigli, ma non avevo modo di tenerli al fresco e portarli a casa, e non chiesi mai a nessuno come fare.

A Larry non interessava il cibo, ma l'uccisione in sé, e sono certo che ogni animale a cui sparava in realtà avesse la faccia di suo zio, di suo padre, di sua madre o di chiunque l'avesse deluso a questo mondo. Forse persino la mia, visto che, nonostante fossi suo amico, non avevo fatto nulla per lui.

L'orario più adatto per abbagliare gli animali era nel cuore della notte; le notti nuvolose andavano bene, ma le migliori erano quelle di luna nuova. Ricordo che Larry controllava le previsioni meteo man mano che si avvicinava il fine settimana, e quando il tempo non era buono per uscire dava di matto e faceva ogni genere di casino a scuola. Suppongo immaginasse di dover rimanere tutta la notte in casa e sapeva bene cosa significava. Hamish all'epoca se n'era già andato. Io avevo sedici anni e lui era partito per Liverpool, ma gli sarebbe piaciuto andare a caccia, sarebbe venuto con me. E avrebbe anche messo a posto lo zio di Larry.

Guardo Larry Lampy Brennan ora: ha la mia stessa età, cinquantasette anni, ma è magro, azzimato, rispettabile. Gli sto seduto davanti alla sua scrivania, e penso a tutto quel che so di lui. Indossa un completo elegante, dà lavoro a una dozzina di persone, se la cava bene, si è tirato fuori dalla merda e si è ripulito. Il cuore mi batte a mille mentre lo osservo lisciarsi la cravatta con le dita curate e aspettare la mia risposta; avverto la familiare tensione al petto che non se ne va mai, in più di questi tempi peso così tanto che ansimo di continuo, cercando di prendere fiato.

«Scommetto che delle persone che frequenti adesso nessuno sa da dove veniamo» gli dico.

Fa una pausa, non è sicuro di che cosa intendo.

«Sai cosa voglio dire, Lampy.»

A quel punto si paralizza e capisco che in un attimo l'ho fatto tornare a essere la persona da cui ha cercato di fuggire con tutte le sue forze. Ha di nuovo sedici anni, è Lampy Brennan, in testa ha un gran casino, il mondo è contro di lui e lui combatte per se stesso contro tutto e tutti.

«Che vuoi dire, Fergus?» mi domanda, tranquillo.

Sento una goccia di sudore scivolare giù dalla tempia destra e vorrei fermarla, ma mi scoccia attirare l'attenzione su di essa. «Dico solo che sono sicuro che molti resterebbero sorpresi se sapessero quel che io so di te. Tutto qui.»

Lui si china in avanti. «Mi stai minacciando, Fergus?»

Lo fisso dritto negli occhi, uno sguardo lungo e persistente, non è necessario che gli risponda, lasciamo che ci arrivi da solo. Ho bisogno che questa cosa funzioni, ho cinquantasette anni, ho riscosso ogni singolo favore che mi era dovuto e anche di più, ora sono io quello che deve più favori di quanti ne potrà mai restituire. Sono con le spalle al muro, questo è il mio ultimo asso nella manica, sono diventato un disperato farabutto che si è ridotto a minacciare la gente.

«Fergus» mi dice, calmo, guardando la scrivania. «Non

devi prenderla sul personale, sono tempi difficili. Ti ho assunto perché volevo darti una mano, per senso di lealtà.» Sembra scosso. «Avevamo detto che ci saremmo dati sei mesi. Dopo sei mesi, ti ho detto che dovevi darti una mossa, eri quello che vendeva di meno... E sì, lo so che eri ancora agli inizi. Ma sono passati nove mesi ormai, gli affari non vanno bene, devo cominciare a licenziare personale. Sei l'ultimo assunto, il che significa che sei il primo da far fuori. E francamente.» La rabbia sembra esplodere all'improvviso dal nulla, come se si fosse reso conto che deve piantarla di essere gentile con me. «Le minacce non miglioreranno la tua posizione ai miei occhi, e non cancelleranno il fatto che sei il peggior venditore della concessionaria e che hai fatto guadagnare all'azienda meno soldi di tutti.»

«Devi darmi più tempo» dico sentendo salire il panico, cercando di sembrare calmo, sicuro di me, una persona di cui fidarsi. «Ancora non ho preso il ritmo. Il primo anno è difficile, ma pian piano ci sto arrivando. Ora ho capito come funzionano le cose qui.»

«Non mi posso permettere di darti più tempo» mi dice. «Non posso e basta.»

Lotto ancora un po', ma più io lo incalzo più lui rimane fermo sulla sua posizione, irremovibile.

«Quando?» domando con un filo di voce, mentre sento il mondo crollarmi addosso.

«Avevo intenzione di darti un mese di preavviso» risponde lui, e io penso che avrò almeno un altro mese prima che tutto vada a quel paese. «Ma, alla luce della tua minaccia, sono orientato per il licenziamento immediato.»

Ho un ultimissimo asso nella manica, il peggiore di tutti, quello a cui non ho mai voluto ricorrere in tutta la mia vita.

«Per favore» dico, e lui mi guarda sorpreso, la rabbia è evaporata. «Larry, per favore. Ti scongiuro.»

Favori, minacce e, ultime ma non meno importanti, le suppliche.

«Che cavolo sta succedendo?» strilla Cat quando mi trova seduto sul pavimento del mio appartamento.

Ho spinto tutti i mobili contro il muro, le poltrone sono impilate sul divano, il tavolino da caffè riempie il minuscolo bugigattolo che chiamo cucina e il tappeto è arrotolato sul balcone. Ho creato un ampio spazio sul pavimento di fronte a me, ho un pennarello in mano e sto per rovinare il parquet.

Ho disegnato un piccolo cerchio largo circa venti centimetri e ne sto tracciando un altro tutto intorno, di tre metri di diametro. Sono troppo concentrato per risponderle.

«Fergus!» Cat si guarda attorno, con gli occhi aperti e la bocca spalancata. «Dovevamo andare a pranzo con Joe e Finn, ricordi? Ti stavamo aspettando al ristorante. Ti ho chiamato un milione di volte, ho mangiato con loro da sola. Fergus? Mi senti? Sono andata al tuo ufficio e mi hanno detto che eri andato a casa.»

La ignoro e continuo a lavorare sul cerchio.

«Te ne sei dimenticato, Fergus?» La sua voce è più dolce adesso. «Te ne sei dimenticato di nuovo? È già capitato un paio di volte, stai bene, amore mio? Qualcosa non va.»

Si mette in ginocchio accanto a me sul pavimento, ma in questo momento non posso guardarla. Ho da fare.

«Stai bene? Ti senti bene? Non sembri… Fergus, stai grondando.»

«Vero» dico, mettendo giù il pennarello e sedendomi

sui talloni, sento un'altra goccia di sudore rotolarmi giù dal naso. «Questo gioco si chiama Metti in banca, ed è proprio ciò che fa al caso nostro. Il cerchio piccolo è il tesoro, quello più grande è il tabellone. Lanci la biglia da...»

«Io?»

«Sì, tu.» Le passo alcune biglie, che prende come se fossero delle granate.

«Fergus, sono le tre del pomeriggio, non dovresti essere al lavoro anziché a giocare a biglie? Tutto questo è ridicolo, anche io devo tornare al lavoro. Non capisco, cosa succede?»

«Sono stato licenziato!» urlo all'improvviso. Lei si spaventa e si zittisce.

«Tu sei la banca» le dico, in tono più aggressivo di quanto intendessi. «Lanci la biglia e tutto quel che colpisci nel cerchio del tesoro diventa di tua proprietà. Se non colpisci niente, ci riprovi. Hai dieci tentativi a disposizione.»

Metto la mia collezione di orologi nel cerchio più piccolo. «Lancia la biglia, avanti.»

Guarda gli orologi e poi gli oggetti che man mano finiranno nel cerchio piccolo e gli occhi le si riempiono di lacrime.

«Oh, Fergus, non è necessario. Joe può aiutarti, sai che si è già offerto.»

«Non accetto la carità» sbotto, sentendomi stordito al pensiero del piccolo Joe che paga al posto mio. Joe, che non è mai stato davvero parte della mia famiglia finché Cat non l'ha accolto a braccia aperte. Non sarebbe giusto nei suoi confronti. «Mi sono cacciato io in questo casino, e ne devo uscire da solo.»

È colpa delle biglie se mi ritrovo in questa situazione, tanto per cominciare. Liberarmene potrebbe risolvere tutto. Bugie, inganni, tradimenti, io che vado a letto con altre donne, incapace di concentrarmi sulla vita che sto vivendo, diviso tra chi sono veramente e chi sono per la mia famiglia. Oggi c'è la festa di compleanno di Alfie e non posso portare con me Cat perché Sabrina non la conosce, non sa nulla del mio grande amore, e io non so da che parte iniziare a raccontarglielo. Parlare a Sabrina di Cat vorrebbe dire parlarle delle biglie, e come posso fare una cosa del genere, dopo una vita passata a dire bugie? Cat mi ha assicurato che non dirà una parola finché non riesco ad aprirmi con Sabrina, ma verrà fuori comunque, è inevitabile, e a quel punto se non dicessi nulla, sarebbe come mentire. Sia io che Cat mentiremmo entrambi a mia figlia. Far valutare in segreto le mie biglie in California è stato il chiaro segnale di quanto sia messo male dal punto di vista economico. Ero in imbarazzo, e quella bugia per poco non ci ha fatti lasciare, dopo che mi sono presentato ubriaco fradicio all'hotel. Ma Cat alla fine è rimasta con me, ha detto che capisce, ma è un casino, è tutto un casino. È colpa delle biglie.

Cat lancia la biglia, è un tiro pessimo, lo ha sbagliato di proposito, infatti manca il bersaglio. Io e Cat abbiamo giocato a biglie in diverse occasioni: da quando le ho aperto le porte del mio mondo e le ho fatto spazio è venuta con me a delle partite, a dei convegni sull'argomento e, anche se non è la giocatrice migliore del mondo, non è poi così male.

«Fallo come si deve!» sbraito, e lei inizia a piangere. «Fallo, forza!» Prendo la biglia e gliela ficco in mano. «Lanciala!»

Lei lancia e colpisce la collezione di orologi.

«Bene, è tua. È della banca.» Prendo la collezione e la

metto da parte. «Il prossimo!» Sistemo nel cerchio l'anello di fidanzamento di mia mamma.

Lei lo manca e io le urlo di provarci meglio.

«Fergus, non posso, non posso, non posso, non voglio, per favore, basta.» Inizia a piangere a dirotto e si accascia sul pavimento. Le strappo la biglia di mano e la lancio. Colpisco la scatola dell'anello, ecco fatto, l'anello di mamma: proprietà della banca. Tiro di nuovo e colpisco la scatola campione della Akro Agate Company del 1930, valutata tra i settemila e i tredicimila dollari. Ovvio che la becco, è quasi più grande del cerchio.

Poi è il turno delle *World's Best Moons*, nella scatola originale, di un valore compreso tra i quattromila e i settemila dollari. La centro. I miei due pezzi da collezione migliori. Saranno i primi a sparire, e poi tutto il resto, via tutto quanto.

«Ho trovato un compratore per queste» dico a Cat qualche giorno dopo, mentre poso le biglie per mettermi la giacca. «Lo incontro in città tra poco, da O'Donoghue's. È venuto da Londra per comprarle. Valgono ventimila dollari, ma ci siamo accordati per quindicimila euro in contanti.»

«Non hai una bella cera, Fergus.» Cat mi accarezza il viso, e io le bacio il palmo della mano. «Dovresti sdraiarti un po'.»

«Non mi hai sentito? Lo farò, dopo averlo incontrato.»

«Non vuoi veramente venderle. Sono preziose. Tutti i tuoi ricordi...»

«I ricordi durano per sempre. Queste...» A malapena riesco a guardarle mentre lo dico. «Queste pagheranno le rate dei mutui per qualche mese, mi daranno tempo di inventarmi qualcosa.» Ma che cosa? Non c'è lavoro, nessuno assume, o, per lo meno, nessuno assume qualcuno della mia età. Pensa, pensa, ma cosa? Vendi le biglie.

«Sei pallido, sdraiati. Vado io al posto tuo.»

È la cosa migliore da fare, lo sappiamo entrambi. Se vado io a venderle non sarò in grado di separarmene, e devo farlo, o la banca mi porterà via la casa.

Lei se ne va con le biglie, io mi distendo a letto. Torna dopo un po', è buio fuori, non so che ora sia; non ho la sensazione di aver dormito, ma devo averlo fatto. Si avvicina al letto, ha l'alito che sa di vino.

«Le hai vendute?» chiedo.

«Ecco i soldi» risponde lei, posando una busta sul comodino.

«Le biglie non ci sono più?»

Lei esita. «No, non ci sono più.»

Mi accarezza i capelli, il viso, mi bacia. Almeno ho lei. Vorrei fare una battuta sul suo valore, ma non mi riesce.

«Vado a farmi una doccia» mi informa, allontanandosi.

Non appena sento scorrere l'acqua faccio una cosa che non mi concedo da molto tempo: piango. Un pianto viscerale e doloroso, come quello di un bambino. Mi addormento prima che Cat esca dalla doccia. Mi risveglio in ospedale. Quando rivedo Cat è di nuovo per la prima volta, nel centro di riabilitazione che adesso chiamo casa, dove è venuta a trovare un amico.

30

Regolamento della piscina

Obbligo di sorveglianza

Marlow mi passa un paio di occhiali con le lenti rosa e il mondo diventa all'istante di quel colore, il che mi aiuta contro i giramenti di testa da birra. Gli occhiali servono a proteggermi quando guardo direttamente la fiamma.

«Carina!» Mi pizzica piano il naso e accende il fuoco. «Adoro lavorare con il vetro perché è facilissimo da manipolare e plasmare» mi spiega, muovendosi per lo studio a suo agio e tranquillo; sa dov'è ogni cosa senza nemmeno guardare: prende, mette a posto, sembra una danza. «Ti capita mai di cucinare dolci?» mi chiede.

«Dolci? Sì, qualche volta.» Lo faccio con i bambini, e pensare a loro mi fa tornare in me. Ho dei figli, un marito, un fantastico marito, gentile, che vuole che io sia felice, che mi dice che mi ama, e che mi ama davvero. Faccio un passo indietro.

«Perfetto.» Marlow mi attira ancora sé, la sua mano bollente mi si posa in vita. «Il vetro si comporta in modo simile allo zucchero quando viene surriscaldato. Vedrai. Ma prima di tutto ti faccio vedere una cosa che avevo già pronta.»

Mi avvicino e do un'occhiata a un'immagine che lui ha posato sul tavolo.

«È da un po' che volevo usarlo ma stavo aspettando che mi capitasse tra le mani il progetto giusto...» Mi scruta da sotto le sue lunghe ciglia, ha gli occhi azzurri che assomigliano a biglie colorate, come se li avesse plasmati alla perfezione con le sue mani.

«L'hai disegnato tu questo?» Cerco di non guardarlo in volto. Il suo sguardo è ipnotico, proprio come il suo corpo. Non posso guardarlo, non voglio, mi concentro sulla fiamma.

«Certo. È fatto di polvere di vetro finemente macinata. Dunque, ci sono due modi in cui posso realizzare la tua biglia; potrei lavorarla qui alla lampada e creare l'effetto vortice che già hai visto, ma tuo papà ne ha varie simili di fattura tedesca, anche se non tutte fatte a mano. Quindi penso che dovremmo dargli qualcosa di diverso.»

Con la punta di una lunga barra di acciaio inossidabile prende un nucleo di vetro opalino. Si mette davanti alla fiamma, trova la posizione perfetta e adagio inizia a far ruotare la barra nel fuoco. Il vetro si illumina, riluce e gocciola come miele. Continua a plasmarlo finché non diventa sferico, poi lo toglie dalla fiamma; io mi chino e lui, con il vetro rovente e gocciolante, si sposta dall'altro lato dello studio. Si siede su una sedia di legno dai braccioli alti, sui quali posa il suo strumento, ruotandolo avanti e indietro per modellare il vetro. Sui braccioli della sedia si vedono i segni lasciati dalle numerose volte in cui deve aver già compiuto questa operazione. Marlow è profondamente concentrato, non è più il momento per le chiacchiere. In effetti restiamo in silenzio per un bel po', lui esegue la stessa operazione varie volte facendo avanti e indietro tra la sedia e la fiamma, con il sudore che gli imperla la fronte. Poi si protegge il palmo con della carta di giornale e inizia a girare il vetro caldo direttamente con la mano per dargli forma.

A un certo punto nel corso del lavoro gli tolgo gli occhi

di dosso, sono frastornata e brilla per la bottiglia di birra che ho bevuto e per l'insolita giornata piena di emozioni; vengo cullata dalla musica tranquilla e dall'atmosfera, vedo Lea tra gli alberi che balla con Dara. C'è aria di festa, va tutto alla grande, la vita è meravigliosa, piena di avventure. Non mi ricordo nemmeno l'ultima volta che mi sono sentita così. Mentre osservo quel che mi succede intorno, il mio corpo si rilassa, mi muovo persino un po' a tempo di musica. Non riesco a distogliere lo sguardo da Marlow e da quel vetro stupendo, simile a miele sciolto.

Rimango indietro quando lui lo toglie dalla fiamma e, anziché andare di nuovo alla sedia, lo fa rotolare con cautela nel disegno fatto di polvere di vetro che ha preparato prima. Quando questo si è impresso nel vetro, procede con la creazione della sfera, facendo attenzione a non rovinare l'immagine intricata all'interno. Immerge il tutto in un contenitore pieno di vetro-cristallo per lo strato finale.

Poi infila il vetro plasmato e rovente in un secchio di rame colmo d'acqua, il vapore sibila e si leva in alto, mentre il materiale sfrigola e si indurisce. Marlow gli dà un colpetto, la biglia cade dall'estremità della barra, finisce in acqua e comincia lentamente ad affondare.

«Lasciamola lì a raffreddare» mi dice, asciugandosi il sudore dalla fronte.

Deve essersi reso conto di come lo stavo guardando perché poi alza lo sguardo su di me e mi sorride, con quell'espressione dolce e divertita che ha da quando mi ha vista. Prende la bottiglia di birra e se la scola tutta. Sono passate da un pezzo le due del mattino e mi gira la testa.

Ricordo che ha appena creato una biglia per me e provo a guardare dentro il secchio.

«Non si sbircia finché non si è raffreddata del tutto» mi dice, avvicinandosi. Mi solleva e mi fa sdraiare sul tavolo da lavoro, sento i suoi fianchi contro le costole mentre mi toglie gli occhiali rosa. Cerco di abituarmi al fatto che il mondo non sia più di quel colore, adesso è reale, senza filtro, e non è più frutto della mia immaginazione. Torno sobria in un attimo. Lui mi accarezza il viso, passando il dito su ciascuno dei miei lineamenti ed esaminandolo a fondo, lentamente e dolcemente. Il cuore mi batte all'impazzata e sono certa che Marlow se ne sia reso conto attraverso la sua maglietta sottile.

Mi bacia, all'inizio piano, poi subito con più urgenza. Prima, mentre lavorava si muoveva in modo molto ritmico e lento, ora invece c'è qualcosa di frenetico e quasi spaventato nei suoi movimenti.

«Sono sposata» gli sussurro all'orecchio.

«Congratulazioni» replica baciandomi il collo.

Rido nervosa.

Cinque anni fa, quando aspettavo Fergus, un'amica venne a riferirmi che Aidan mi tradiva. L'avevo affrontato, avevamo discusso. Avevo preso una decisione. Rimani o vattene, vattene o rimani. Lui rimase, io pure. Eravamo rimasti insieme, ma non eravamo più gli stessi di prima. La situazione peggiorò, poi riprese a migliorare e arrivò Alfie. Nei momenti di rabbia, che pian piano si sono diradati, ho sempre pensato che avrei colto al volo qualsiasi occasione mi capitasse a tiro per fargliela pagare, che l'avrei tradito a mia volta per accertarmi che comprendesse come mi aveva fatta sentire. So che è infantile, ma era così. Tu mi hai fatto soffrire, io faccio lo stesso. Ma gli anni sono passati e l'occasione non è mai arrivata né a scuola né quando andavo a correre né nella mia piscina vuota né al supermercato con i bambini, o al corso di karate, di calcio o d'arte. Non è facile farsi un amante con tutte le attività da mamma che riempiono la mia giornata. Pane, burro, formaggio, prosciutto, taglia a metà. Snack all'uvetta. Avanti con il prossimo. Mi ero depressa ancora di più perché, anche se avessi voluto fargliela pagare, non avrei potuto.

So che Aidan mi ama, non è un marito perfetto e nemmeno un padre perfetto, ma mi basta. Nemmeno io sono perfetta, anche se cerco di esserlo. A volte mi chiedo se l'amore sia sufficiente, o se ci siano diversi livelli di amore. E qualche volta mi chiedo se lui mi veda davvero, anche quando mi guarda dritto in faccia. Domenica scorsa ho passato la giornata intera con della vernice verde sul labbro, regalo della mattinata trascorsa a dipingere con i bambini, e lui non mi ha detto nemmeno una volta che ero sporca. Siamo andati al supermercato, ai giardinetti, abbiamo fatto una passeggiata nel parco, ma non mi ha mai detto: «Sabrina, hai della vernice verde in faccia».

Quando sono tornata a casa, mi sono guardata allo specchio e ho visto che avevo un bello sbaffo verde sul labbro superiore. Ho pianto dalla frustrazione. Ma sono invisibile? Anche per i bambini? Sono una persona che ci si aspetta di vedere coperta di terra, cibo o vernice verde? Sabrina, la donna con la vernice in faccia, la macchia appiccicosa sui pantaloni, le ditate e i resti di cibo sulla maglietta. Non dirle che è sporca perché tanto lo è sempre, ci si aspetta che lo sia, è parte di ciò che è.

Ne ho chiesto conto a Aidan, finendo per sbraitargli contro una folle accusa solo per uno sbaffo in faccia. Lui ha detto che semplicemente non l'ha visto, e io mi sono chiesta se mi abbia guardata e non l'abbia visto, o se invece non mi abbia guardata proprio per tutto il giorno. Cosa è peggio? Abbiamo passato un'intera seduta di terapia a parlarne, a discutere della vernice verde che non ha visto.

È iniziato tutto con lo sbaffo verde, ma è stato il quasi-annegamento a far traboccare il vaso. Poi sono partita alla ricerca delle biglie perdute nel tentativo di sistemare le cose, di salvare la situazione, di chiudere il cerchio per papà, quando forse sto solo cercando di capire me stessa.

Aidan ha paura che io lo lasci, ha ammesso apertamente di avere questa paura da quando mi ha tradita, ma io non ho intenzione di farlo. Come mi sento non ha niente a che vedere con lui o con quel che ha fatto così tanto tempo fa che non ci soffro nemmeno più, il dolore è solo un'eco lontana.

Riguarda solo me. Di recente, mi sono sentita in trappola, non la solita me, oppure mi sono accorta che la vera me non mi piace, ma non importa. Pane, burro, formaggio, prosciutto, taglia a metà. Snack all'uvetta. Avanti il prossimo. Sorveglio una piscina vuota, salvo un uomo che non vuole essere salvato, non mi immergo mai nell'elemento che mi emoziona di più, ma sto a bordo vasca e guardo l'acqua da fuori. È come guardare le vetrine con il portafoglio pieno, o fare shopping con un portafoglio vuoto. Insomma, mi sento esclusa, confinata ai margini, inutile.

Ho vissuto con un padre di cui solo oggi ho scoperto i segreti e, pur non sapendo nulla, sono diventata anche io come lui, forse per imitazione o seguendo inconsciamente le sue orme, per questo non mi apro con Aidan. Forse è successo dopo il suo tradimento, forse prima, non conosco le motivazioni psicologiche e nemmeno mi interessano. Non ho intenzione di rimuginarci su, voglio solo andare avanti. Quello che importa è che adesso non ho segreti. Per tutto quest'anno ho provato la stessa sensazione: noia.

Ma ora non sono più annoiata.

Sorrido con consapevolezza.

Marlow mi guarda con un sorriso pigro. «Non vuoi fargliela pagare?» tira a indovinare. «Occhio per occhio, dente per dente.» La sua mano sale lungo la mia maglietta. Scoppiamo a ridere e lui allontana la mano, senza prendersela. «Mi sa di no.»

«No» concordo infine.

A quel punto si ritrae, rispettoso, senza insistere. «Si è raffreddata ora, se vuoi dargli un'occhiata.» Prende la biglia, la lucida e la studia prima di consegnarmela.

«È bellissima» gli dico, incantata. «Quanto ti devo?»

Mi dà un ultimo bacio. «Sei così dolce. Questa è per te...» Mi consegna una seconda biglia. «Ho una teoria per cui le biglie riflettono il carattere dei loro proprietari, come succede con i cani.» Sorride. Poi prende la sua birra e si ritorna lenti alla festa, ancora in pieno svolgimento.

La biglia che mi ha dato è quella marrone da cui ero stata subito attratta appena arrivata. A un primo sguardo sembra una semplice biglia marrone, ma quando la sollevo alla luce della luna assume sfumature arancioni e ambrate come se avesse una fiamma luminosa che le arde dentro. Proprio come la sua proprietaria.

Sono le quattro del mattino quando finalmente trascino via Lea e me stessa dal quarto piano del parcheggio. Il sole sta sorgendo sulla città, la mia luna protettrice non si vede più, mi ha abbandonata a me stessa ora che la missione è finita. Lea crolla sul sedile accanto a me, esausta. Prima era tutta amore libero e felicità, adesso ha un colorito verdastro. Insiste per venire in clinica con me, ha il turno di mattina e si farà passare la sbronza schiacciando un pisolino nella stanza riservata allo staff. So che tiene a papà al punto da voler essere subito al suo fianco domattina.

Non intendo rimanere molto, voglio solo lasciare la biglia accanto al letto di papà, così la troverà quando si sveglia, e con un po' di fortuna sarà la prima cosa che vedrà quando aprirà gli occhi. La clinica è ancora chiusa. Suono il campanello e la guardia, che riconosce Lea, ci lascia entrare.

«Gesù» sussurra Grainne, guardando la collega. «Guarda in che stato ti sei ridotta.»

Lea ride.

«L'hai incontrato?»

Lei annuisce.

«Allora?»

«Ti racconto tutto domani mattina.»

«Ma è già mattina» ride Grainne.

Io percorro il corridoio in punta di piedi fino alla camera di papà. È sdraiato sulla schiena, sembra vecchio ma felice, russa piano. Poso la biglia sul comodino, insieme a un biglietto, e gli do un bacio sulla fronte.

31
Il gioco delle biglie
Cimelio di famiglia

Mi sveglio con la sensazione di aver vissuto un migliaio di vite in sogno. Ricordi frammentari indugiano ancora quando apro gli occhi, poi si sfaldano delicatamente come la brina mattutina sotto il sole che sorge. I fantasmi del passato e del presente, insieme alle loro voci, cominciano a sparire mentre mi guardo attorno. Non sono in Scozia, che associo al verde, all'erba, ai laghi e ai conigli, alle spalle curve di mio padre, con gli occhi tristi e l'odore della pipa; non sono a St Benedict's Gardens, dove mi svegliavo ogni mattina con i piedi di un altro fratello in faccia, visto che dormivamo in due nello stesso letto a castello; non sono nel bungalow di zia Sheila a Synnott Row dove per un anno intero, dopo il nostro arrivo in Irlanda, ci siamo svegliati sul pavimento, né a casa della madre di Gina, dove abbiamo abitato durante il primo anno di matrimonio per risparmiare e comprarne una tutta nostra; e neanche nella casa in cui abbiamo vissuto da sposati. Non sono nell'appartamento in cui ho abitato da solo per così tanti anni e di cui, per la prima volta dopo molto tempo, ho un ricordo vivido, al punto che riesco quasi a sentire le urla e i fischi del campo di calcio, suoni tipici del sabato e della domenica mattina. E non sono nemmeno nella camera in cui dormivo con Cat, quella che quando chiudo gli occhi mi dà una sensazione di calore arancione, dolce e brillante. Sono nella clinica che nell'ultimo anno è stata casa mia, in cui fino a ieri ero felice di vivere e che mi piaceva considerare la mia dimora. Ma ora voglio – no, non è questo il termine – ho bisogno, di andarmene via. Questo posto è vuoto, là fuori invece c'è la vita, anche se prima mi sembrava il contrario. Qualcosa è cambiato nella mia mente, si è spostato di poco, ma ha avuto le conseguenze di un sisma. Adesso ho fame, mentre prima ero sazio. Adesso voglio ricominciare a sentire, prima, invece, ero sordo. In effetti, mi ero reso sordo da solo, me l'ero autoimposto, per proteggermi, suppongo. Sarà il dottor Loftus a dirmelo, abbiamo una seduta stamattina.

Questo cambiamento ha prodotto due effetti: mi fa sentire allo stesso tempo fiducioso e disperato. Spero di riuscire ad andarmene, ma non ho speranze di poterlo fare subito.

Ho la bocca secca e mi serve dell'acqua. Mi guardo attorno in cerca del mio bicchiere; di solito è sul comodino, sulla destra, in questo modo mi obbligano a esercitarmi a muovere il braccio destro. Nel punto in cui dovrebbe esserci soltanto il bicchiere, vedo una biglia, grande, bellissima, blu reale. È illuminata dalla luce del mattino che entra dalla finestra e mi toglie il fiato. È un vero spettacolo, stupenda, elegante, perfetta, eccezionale.

È un mappamondo: dentro il suo oceano blu reale c'è un planisfero dalle proporzioni perfette. La terra e le montagne sono marroni, color sabbia e miele; ogni continente, ogni Stato, ogni isola sono perfettamente riprodotti. Ci sono persino delle sottili nuvole bianche nell'emisfero settentrionale. In questa biglia è racchiuso il mondo intero. Allungo la mano sinistra per prenderla, non rischierò di usare la parte destra indebolita, non in un momento come questo, non per un compito come questo. La rigiro tra le dita, ispeziono ogni centimetro. Le isole sono perfette, l'oceano sembra rilucere dall'interno. Non c'è un solo graffio né una scalfitura. È perfetta. Una biglia meravigliosa. È più grande del normale, ha un diametro di otto centimetri. La tengo nel palmo della mano: è grande e audace. Mi tiro su a sedere con il cuore che mi batte forte per quella scoperta, devo prendere gli occhiali per vederla meglio. Sono sul comodino alla mia sinistra, più facili da raggiungere. Una volta che li ho indossati, vedo che c'è un biglietto. Poso con cautela la biglia sulle ginocchia e allungo la mano sinistra, è una fatica notevole protendermi così tanto e devo stare attento a non far cadere la biglia a terra, sarebbe una catastrofe.

Prendo il biglietto e mi metto comodo per leggerlo.

Papà,
hai il mondo in palmo di mano.
Con tanto amore,

Sabrina
x

Le lacrime mi rotolano giù dalle guance, fisso il biglietto per un tempo che mi sembra infinito, e le credo. Ce la posso fare, posso riprendermi la mia vita. Il sonno mi reclama di nuovo. Con gli occhi stanchi, mi tolgo gli occhiali e mi accerto che la biglia sia al sicuro. Mi ricorda una biglia che ho visto in luna di miele, una di quelle che avrei voluto comprare ma che non potevo permettermi. All'improvviso mi appare un'immagine di Gina in viaggio di nozze, del suo viso, giovane e innocente, in una camera d'hotel di Venezia, con le lentiggini sul naso e sulle guance, senza un filo di trucco, qualche attimo prima che facessimo l'amore per la prima volta. Quell'immagine di lei è impressa nella mia mente per sempre, è l'immagine dell'amore e dell'innocenza. Questo ricordo mi suscita un bisogno travolgente di regalarle questa biglia, di regalarle il mondo. Avrei dovuto farlo allora, invece lo farò adesso: le donerò la parte di me che le ho nascosto per così tanto tempo.

Sabrina capirà, e capiranno anche Cat e Robert, il marito di Gina. A suo tempo, Gina potrà lasciarla a Sabrina e ai ragazzi, quando saranno più grandi. Può diventare un cimelio di famiglia, il simbolo del mondo che viene lasciato alla generazione successiva.

A Cat, invece, donerò tutto il mio cuore.

32
Regolamento della piscina

Vietato nuotare da soli

Arrivo a casa alle cinque del mattino. È stata una lunga giornata, seguita da una nottata altrettanto lunga. Non vedo l'ora di buttarmi sul letto almeno per qualche ora, prima che Aidan e i bambini ritornino.

Le teorie sulla luna di Amy non mi convincono granché, ma ce n'è una confortante che ho sentito nella sala d'attesa di Mickey ieri. La luna nuova è un portale simbolico per i nuovi inizi, alcuni credevano che segnasse il momento giusto per pensare a nuovi progetti creativi, da sviluppare e coltivare. In altre parole: per fare qualcosa di innovativo, per costruire altri ricordi.

Ripenso a me da piccola durante le notti di luna piena, sveglissima e vigile, con la testa ricca di pensieri e progetti, incapace di riposare, come se un'antenna mi stesse mandando dei messaggi.

È stata colpa della luna se ho fatto tutto questo? Non lo so. Però credo che non sia il caso di annullare le mie sedute di terapia, forse solo adesso sto cominciando a comunicare davvero.

Il sole è già spuntato mentre percorro il vialetto di casa mia, e vedo la signora O'Grady, la mia vicina, che dietro le tende di pizzo osserva di nascosto la mia camminata della vergogna. Infilo la chiave nella serratura e non mi sento una donna diversa, sono sempre la stessa, ma un po' cambiata, in meglio.

Sogno di togliermi le scarpe e i vestiti e di buttarmi a letto, manca ancora qualche ora al ritorno dei bambini, ma la porta si spalanca prima che possa girare la chiave ed è allora che mi accorgo che l'auto di Aidan è parcheggiata fuori.

È proprio lui ad accogliermi, in condizioni disastrose, esausto e bellissimo, con un'espressione in volto che mi fa scoppiare a ridere.

«Mami!» I bambini mi corrono incontro, mi si lanciano addosso e mi afferrano ciascuno una parte del corpo diversa. Mi stringono forte, come se non mi vedessero da una settimana anziché da ventiquattr'ore.

Li abbraccio forte mentre Aidan mi osserva, stremato, ma preoccupato.

«Dove sei stata?» mi chiede, quando loro la smettono con le coccole, e cominciano a trascinarmi in fondo al corridoio per farmi vedere una cosa incredibilmente eccitante che hanno trovato. Mi portano fino agli scatoloni di biglie posati sul pavimento; li ho lasciati lì prima di precipitarmi fuori dalla porta per correre all'ufficio di Mickey, ieri mattina.

«Gli stavo insegnando a giocare» mi dice Aidan, guidandomi lontano da loro. «Spero che per te vada bene, sanno che devono starci attenti. Anche se a dir la verità avrei voluto cacciargliele tutte in gola con le mie mani... Sono stati un incubo» geme, stringendomi tra le braccia e fingendo di piangere. «Alfie non ha dormito. Per niente. Charlie ha fatto la pipì sui sacchi a pelo e alle quattro del mattino Fergus ha deciso che voleva mangiare per colazione una rana che aveva catturato. L'unica era tornare a casa. Dico sul serio» frigna.

Rido e lo abbraccio stretto. «Aidan...» comincio a dire, il mio tono lo mette in guardia su ciò che sto per rivelargli.

«Sì» replica lui , senza spostarsi, ma il suo corpo si irrigidisce.

«Sai quando hai detto di non lasciare che *un altro uomo* mi baciasse?»

«Che cosa?» Si ritrae, sul viso gli si dipinge una smorfia.

«Papà! Mamma! Alfie ha ingoiato una biglia!»

Accorriamo entrambi.

Un'ora dopo, mi tolgo le scarpe e i vestiti e mi butto a letto. Sento le labbra di Aidan sul collo, e ho a malapena chiuso gli occhi quando il campanello suona.

«Probabilmente è il tuo amante» brontola lui, girandosi e lasciando che sia io ad andare ad aprire.

Gemo, mi metto la vestaglia e mi trascino alla porta. Una donna bionda mi sorride con aria nervosa, la riconosco e cerco di capire dove l'ho vista. Alla clinica. Le ho parlato in mensa, nei corridoi, in giardino, mentre aspettavamo i nostri cari. Ed è allora che tutti i pezzi del puzzle vanno al loro posto. Abbiamo sempre aspettato la stessa persona. Le sorrido e sento un grande peso che mi si solleva dalle spalle. Non ero all'oscuro proprio di tutto. *So chi è questa donna.*

«Mi dispiace» mi dice, contrita. «So che è sabato mattina e non volevo disturbare te e i bambini. Sono stata in piedi quasi tutta la notte in attesa che facesse giorno, e non sono riuscita ad aspettare oltre, devo darti questa.»

Mi accorgo dell'enorme borsa che sta tenendo con due mani. Me la porge e io la prendo; è pesante.

«Dentro c'è una parte della collezione di biglie di tuo padre» mi spiega, e io smetto di respirare. «Le ho prese io prima che avesse l'ictus, prima che vendesse l'appartamento, per tenerle al sicuro. Mi aveva mandata a vendere questi oggetti e ho finto con lui di averlo fatto. I soldi che gli ho dato erano un prestito da parte di suo fratello Joe.» Sembra tormentata da quella confessione. «Sentivo che era importante tenere queste cose al sicuro, sono così preziose per lui.» Le guarda, incerta se separarsene o meno. «Ma è giusto che le tenga tu. La collezione dev'essere completa, nel caso lui la rivoglia.»

Guardo la borsa, assolutamente sbalordita di averla tra le mani.

«Non ti ho detto chi sono» mi dice con voce tremante.

«Sei Cat?» domando, e il suo viso si paralizza per lo shock. «Ti prego, entra» la invito, sorridendo e spalancando la porta.

Ci sediamo al tavolo e io apro con cautela la borsa. Vorrei piangere dalla felicità. La scatola campione del 1930 usata dai venditori della Akro Agate Company e la scatola originale con venticinque biglie *World's Best Moons*. Ci faccio scorrere sopra le dita, incapace di credere che siano qui, che dopo una giornata intera passata a cercarle alla fine abbiano trovato da sole la strada di casa.

33
Il gioco delle biglie
Bloodies

Sono sdraiato sul pavimento del soggiorno di zia Sheila. Attorno a me, Hamish, Angus e Duncan dormono nei sacchi a pelo. La mano mi pulsa ancora dove padre Murphy l'ha colpita oggi e comincio a piangere senza riuscire a impedirmelo. Mi manca papà, la fattoria in Scozia, il mio amico Freddy, e com'era prima la mamma. Non mi piacciono questi nuovi odori, non mi piace dormire sul pavimento e nemmeno il cibo di zia Sheila. Non mi piace la scuola e soprattutto non mi piace padre Faccia di Culo. Ho la mano destra così gonfia che quasi non riesco a piegarla e ogni volta che chiudo gli occhi vedo lo stanzino buio e freddo in cui mi ha rinchiuso oggi; mi sale il panico, non riesco a respirare.

«Ehi!» sento qualcuno sussurrare. Mi irrigidisco e smetto subito di piangere per paura che uno dei miei fratelli mi abbia sentito e mi prenda in giro.

«Psst!»

Mi volto e vedo che Hamish si è messo seduto.

«Stai piangendo?» mi chiede sottovoce.

«No.» Tiro su con il naso, ma è ovvio.

Si avvicina trascinandosi sul sedere e mette il suo sacco a pelo vicino al mio, così siamo fianco a fianco. Dà un calcio in testa a Angus, che si lamenta e rotola per far spazio ai suoi piedi. Già a undici anni Hamish riesce sempre a farci fare quello che vuole con grande facilità. È il mio eroe e quando cresco voglio essere proprio come lui.

Mi mette un dito sulla guancia e mi asciuga la pelle, poi lo lecca. «Stai piangendo, cazzo.»

«Scusa» piagnucolo.

«Ti manca pa'?» chiede, mentre mi si sdraia accanto.

Annuisco. Non è solo quello il motivo, ma in parte sì.

«Anche a me.»

Resta in silenzio per un po' e non capisco se si è riaddormentato.

«Ti ricordi che faceva dei rutti lunghissimi?» mi sussurra all'improvviso.

Sorrido. «Sì.»

«E che al compleanno di Duncan ha cantato tutta *Tanti auguri a te* ruttando?»

Stavolta rido.

«Vedi? Così va meglio. Non possiamo dimenticare cose come quella, Fergus, okay?» mi dice con il tono deciso di quando sta parlando sul serio, e io faccio di sì con la testa, anche io serio. «Dobbiamo ricordarci di com'era pa' una volta, quando era felice, delle cose buone che ha fatto, e non… di tutto il resto.»

È stato Hamish a trovare papà appeso a una trave del nostro granaio. Non ci ha mai detto esattamente che cosa ha visto, nessun dettaglio violento, e quando Angus ha provato a tirarglielo fuori gli ha mollato un pugno in faccia e gli ha quasi rotto il naso, così nessuno di noi ha chiesto più.

«Noi ci ricorderemo l'un l'altro cose come quella. Nemmeno io dormo molto la notte, perciò io e te possiamo parlare.»

Mi piace come suona, solo io e Hamish, l'avrò tutto per me.

«Questo è un patto» mi dice. «Dobbiamo stringerci la mano.» Me l'afferra, quella che mi fa male, e io piagnucolo e strillo come il cane di zia Sheila quando gli pesti una zampa. «Che cazzo è successo?»

Gli racconto di padre Murphy, dello stanzino buio, e piango ancora. Lui si arrabbia e mi mette un braccio attorno alle spalle. Di sicuro questo non lo racconterò agli altri, lui mi infilerebbe la testa nel cesso se lo facessi, e mi piace che mi abbracci così. Però non gli racconto che mi sono fatto la pipì addosso. Quando sono tornato a casa, non ho detto a nessuno cosa mi aveva fatto padre Murphy. All'inizio volevo, ma poi zia Sheila si è accorta della mano ferita, mi ha aiutato a disinfettarla e a fasciarla, e ha detto di non raccontarlo a mamma perché è già abbastanza sconvolta così. Sono tutti sconvolti, perciò non l'ho detto a nessuno.

«Cos'hai lì?» mi chiede sentendo le mie biglie sbatacchiare nell'altra mano.

«Sono *bloodies*» dico orgoglioso, mostrandogliele. Quella notte ho deciso di dormire con loro perché mi piace sentirle in mano. «Me le ha regalate un prete gentile quando ero nello stanzino.»

«Te le puoi tenere?» domanda Hamish, studiandole.

«Penso di sì.»

«Si chiamano *bloodies*?» chiede.

«Sì, perché sono rosse come il sangue» spiego. Non so molto altro su di loro, ma vorrei saperlo.

«Come te e me» mi dice, facendole scorrere sul palmo. «Siamo fratelli di sangue, come queste biglie color sangue.»

«Sì.» Sorrido nel buio.

«Portale a scuola con te domani» mi dice restituendomele, poi si sdraia di nuovo sul sacco a pelo.

Angus ci dice di chiudere la nostra cazzo di bocca e Hamish gli dà un altro calcio in testa, ma rimaniamo lo stesso in silenzio finché dal suo respiro capiamo che si è riaddormentato.

Hamish mi sussurra all'orecchio: «Mettiti le *bloodies* in tasca domani. Tienile lì ma non dirlo a nessun altro, neanche agli altri ragazzi, o i preti lo verranno a sapere e te le porteranno via. E se lui ti chiude di nuovo in quello stanzino, le avrai con te. Mentre tutti gli altri studiano e si beccano scappellotti in testa, tu sarai là dentro, a giocare. Hai capito?».

Annuisco.

«Domani aiuterà anche me sapere che sarai là dentro a spassartela, senza che loro sospettino nulla. Nessuno può battere un Boggs» mi dice.

Sorrido.

«E più ti rinchiuderanno in quello stanzino, più bravo diventerai. Fergus Boggs, il miglior giocatore di biglie di tutta l'Irlanda, magari persino del mondo. E io sarò il tuo agente. Fratelli Boggs, compari di biglie.»

Ridacchio, e lui fa lo stesso.

«Suona bene, vero?»

Capisco che anche lui è entusiasta dell'idea.

«Sì.»

«Sarà il nostro segreto, okay?»

«Okay.»

«Ogni notte mi racconti cosa hai imparato.»

«Okay.»

«Me lo prometti?»

«Te lo prometto, Hamish.»

«Bravo ragazzo.» Mi scompiglia i capelli. «Staremo bene qui» mi dice. «No?»

«Sì, Hamish» rispondo.

Mi prende la mano dolorante, questa volta con più delicatezza, e ci addormentiamo insieme.

Compari di biglie. Fratelli di sangue per sempre.

Epilogo

Lunedì mattina ritorno al lavoro.

«Passato un bel fine settimana?» mi chiede Eric squadrandomi; so che sta valutando la mia stabilità mentale dopo l'incidente con la tazza.

«Grandioso, grazie.» Sorrido. «Va tutto bene.»

«Ottimo» mi dice continuando a scrutarmi con gli occhi azzurri che scintillano sulla sua finta abbronzatura arancione. «Sai, ho controllato quel significato per te, quella cosa del formicolio.»

«Ah, sì?»

«Può significare anche che sei sessualmente eccitata.»

Rido e scuoto la testa, lui ridacchia mentre ci incamminiamo verso l'ufficio.

«Eric» lo chiamo. «La prossima settimana vorrei cominciare a insegnare a mio padre a nuotare. E stavo pensando di provare qualcosa di nuovo qui. Ginnastica in acqua, una volta a settimana. Cosa ne pensi?»

Eric sorride. «Penso che sia una grande idea, Sabrina. Non vedo l'ora di vedere Mary Kelly e il signor Daly ballare la samba in piscina.»

Fa con il bacino un movimento sexy che mi fa scoppiare a ridere.

Sono felice, mi siedo sullo sgabello e osservo la vasca

vuota. Il cartello con il regolamento della piscina ci guarda minaccioso dall'alto, come il crocifisso in una chiesa. È un promemoria, un avvertimento, un simbolo. Non fare questo, non fare quello. Questo no, quello no. All'apparenza è tutto negativo, ma in realtà è una guida. Dammi retta e starai bene. Andrà tutto bene.

Mary Kelly è in ospedale a riprendersi dal suo attacco di cuore, per fortuna la sua condizione è stabile. Io mi sento tutto meno che vuota, sono ringiovanita, percepisco un fuoco ardere dentro di me, e so che potrei restarmene qui a guardare il nulla e sentirmi comunque bene, ed è proprio così che andrà.

Il signor Daly arriva con il suo costume azzurro attillato che sembra un ulteriore strato di pelle e infila una cuffia di gomma troppo stretta sui radi ciuffi di capelli che gli sono rimasti.

«Buongiorno, signor Daly» lo saluto.

Mi supera imbronciato, ignorandomi. Afferra il corrimano e lentamente si cala in acqua. Mi lancia un'occhiata di nascosto per vedere se lo sto guardando. Distolgo lo sguardo, voglio fare in fretta. Si mette gli occhialini, si aggrappa alle sbarre di metallo della scala e si cala sott'acqua.

Vado alla scaletta, immergo le mani in acqua e lo tiro su.

«Tutto bene?» gli dico, tirandolo fuori dall'acqua e aiutandolo a sedersi a bordo vasca. «Prenda.» Gli passo un bicchiere d'acqua che lui beve d'un fiato, con gli occhi rossi, le mani e tutto il corpo tremanti. Se ne sta seduto per un po' a fissare il vuoto, in silenzio; io rimango accanto a lui, lo abbraccio e gli carezzo la schiena mentre si calma. Non è abituato al fatto che dopo io mi sieda affianco a lui. L'anno scorso a un certo punto ho smesso di farlo, quando ho capito che niente l'avrebbe fermato. Mi limitavo a salvarlo e tornavo a sedermi. Mi guarda di sottecchi, mi osserva sospettoso. Continuo ad accarezzargli la schiena con fare confortante, sentendo pelle e ossa, e un cuore che batte.

«Sei andata via prima venerdì» mi dice all'improvviso.

«Sì» rispondo con gentilezza, commossa dal fatto che se ne sia accorto. «È così.»

«Pensavo che forse non saresti tornata.»

«Ma come? E perdermi tutto questo?»

Si morde l'interno delle guance per impedirsi di sorridere, mi restituisce il bicchiere, torna in acqua e fa una vasca.

Ringraziamenti

Vorrei ringraziare tutte le persone che hanno condiviso con me i loro ricordi legati alle biglie; ho scritto dodici romanzi ma è la prima volta che suscito così tanto interesse quando rivelo di cosa sto scrivendo. Tutte quelle storie personali sono sgorgate con grande semplicità dalle persone e, grandi o piccole che fossero, hanno rafforzato in me la convinzione che i ricordi legati alle biglie corrispondano a momenti chiave dell'adolescenza. Tutti queste memorie condivise mi hanno incoraggiata strada facendo.

Grazie a te, Killian Schurman, mastro vetraio e scultore, che hai passato moltissime ore a mostrarmi il processo di creazione delle biglie. Mi prendo la responsabilità assoluta di qualsiasi errore ci sia nella scena della realizzazione della biglia. Grazie a Orla de Brí per averci messi in contatto e per essere stata una fonte di ispirazione. Ringrazio anche i Lundberg Studios per aver condiviso con me le loro conoscenze e aver ispirato la biglia-mondo di Marlow. Due libri in particolare mi sono stati d'aiuto: *Marbles Identification and Price Guide* di Robert Block e *Collecting Marbles; A Beginners Guide* di Richard Maxwell. Grazie a Dylan Bradshaw per aver risposto alle mie domande insolite riguardo il phon silenzioso, che poi non è entrato nella versione finale del manoscritto!

Come sempre, tutto il mio amore va a David, Robin e Sonny. A mamma, papà, Georgina, Nicky e a tutta la banda. Alla fata madrina Sarah Kelly, a Marianne Gunn O'Connor, a Vicki Satlow e Pat Lynch.

Grazie anche a Lynne Drew e Martha Asbhy per il super editing, alla sempre allegra Louise Swannell, a Kate Elton, Charlie Redmayne e a tutto il team di HarperCollins. Ringrazio le librerie, grandi e piccole, indipendenti e di catena, fisiche ed elettroniche. E soprattutto, un grande grazie a voi lettori.

Questo volume è stato stampato presso ELCOGRAF S.p.A.
nel mese di settembre 2017
Stabilimento – Cles (TN)
Stampato in Italia